HEYNE <

*Das Buch:*

Herbst 1972, Northern Ontario: Die siebenjährige Clara hält Ausschau nach ihrer geliebten Schwester Rose. Vor zwölf Tagen ist die Jugendliche nach einem Streit mit der Mutter verschwunden. Clara fühlt sich von den trauernden Eltern mit ihren Sorgen alleine gelassen. Gerne würde sie Trost bei der Nachbarin Mrs. Orchard suchen, doch die liegt seit Wochen im Krankenhaus. Als ein Fremder in Mrs. Orchards Haus einzieht, ist Clara fassungslos: Wer ist der Mann, und warum packt er die Sachen der alten Frau in Kartons?

Der Fremde ist Liam Kane, der nach einer gescheiterten Ehe sein altes Leben in Toronto hinter sich gelassen hat, um ein paar Wochen in der Kleinstadt Solace zu verbringen. Mrs. Orchard hat ihm ihr Haus hinterlassen. Doch warum kann er sich kaum an sie erinnern?

Die Vergangenheit lässt Mrs. Orchard nicht los: Besonders ein kleiner Junge, dem sie vor dreißig Jahren in großer Not beigestanden hat, geht ihr nicht aus dem Kopf. Vor allem aber möchte sie vor ihrem Tod unbedingt einen Fehler wiedergutmachen, der damals tragische Konsequenzen hatte.

*Zur Autorin:*

Mary Lawson, aufgewachsen in Ontario, lebt seit 1968 in Surrey, England. Mindestens einmal im Jahr reist sie in ihre Heimat Kanada. Sie ist verheiratet und hat zwei erwachsene Söhne. Ihr Romandebüt »Rückkehr nach Crow Lake« war ein internationaler Erfolg und wurde in 20 Länder verkauft. Mit »Im letzten Licht des Herbstes« wurde sie 2021 zum zweiten Mal für den Booker Prize nominiert. Der Roman war in Kanada ein Bestseller.

Mary Lawson

# IM LETZTEN LICHT DES HERBSTES

Roman

Aus dem Englischen
von Sabine Lohmann

WILHELM HEYNE VERLAG
MÜNCHEN

Die Originalausgabe *A Town called Solace* erschien erstmals 2021
bei CHATTO & WINDUS / VINTAGE, London.



FSC www.fsc.org
MIX
Papier | Fördert
gute Waldnutzung
FSC® C014496

Penguin Random House Verlagsgruppe FSC® N001967

Vollständige Taschenbuchausgabe 09/2023

Printed in Germany
Umschlaggestaltung: ZERO Werbeagentur,
unter Verwendung eines Motivs von Stocksy / Jen Grantham
Satz: Uhl + Massopust, Aalen
Druck und Bindung: GGP Media GmbH, Pößneck
ISBN: 978-3-453-44168-2

www.heyne.de

# 1

## CLARA

Es gab vier Kartons. Große. Mit einer Menge Sachen drin, denn sie waren schwer, das konnte man daran sehen, wie der Mann sie reinschleppte, nach vorn gebeugt, in den Knien ein bisschen eingeknickt. Er brachte sie in Mrs. Orchards Haus, stellte sie im Wohnzimmer ab und ließ sie einfach dort stehen. Also war wohl nichts Wichtiges in den Kartons, nichts, was er gleich brauchen würde, wie Pyjamas, sonst hätte er sie ausgepackt.

Die Kartons standen mitten im Zimmer herum, was Clara nervös machte. Jedes Mal, wenn der Mann reinkam, musste er einen Bogen darum machen. Wenn er sie an die Wand gerückt hätte, wären sie ihm nicht im Weg gewesen, und es hätte auch viel ordentlicher ausgesehen. Und weshalb trug er sie überhaupt aus dem Auto ins Haus, wenn er sie dann nicht auspackte? Zuerst dachte Clara, er hätte sie nur für Mrs. Orchard abgeliefert und sie würde sie selbst auspacken, wenn sie wieder nach Hause kam. Aber sie war nicht wieder nach Hause gekommen, und die Kartons waren immer noch da, genau wie der Mann, der dort nicht hingehörte.

Gegen Abend war er in einem großen blauen Auto angefahren gekommen, genau zwölf Tage, nachdem Rose weggelaufen war. Zwölf Tage, das war eine Woche und fünf Tage. Clara hatte an ihrem üblichen Platz am Wohnzimmerfenster gestanden und versucht, nicht zu horchen, während ihre Mutter mit Sergeant Barnes telefonierte. Der Apparat stand im Flur, sodass man immer mitbekam, was jemand am Telefon sagte, egal in welchem Zimmer man sich aufhielt.

Claras Mutter schrie den Polizisten an. »Sechzehn! Rose ist sechzehn, falls Sie das vergessen haben sollten! Sie ist noch ein Kind!« Ihre Stimme brach. Clara presste die Hände auf die Ohren und summte laut vor sich hin, drückte das Gesicht ans Fenster, bis ihre Nase platt gequetscht war. Ihr Summen klang etwas abgehackt, weil es ihr schwerfiel zu atmen, wenn ihre Mutter sich so aufregte; sie musste immer wieder innehalten und Luft holen. Aber das Summen half. Wenn man summte, konnte man es innendrin spüren, nicht bloß hören. Es fühlte sich an wie eine Hummel. Wenn man sich auf das Gefühl und den Klang konzentrierte, schaffte man es, an nichts anderes zu denken.

Dann war da plötzlich ein knirschendes Geräusch, das ihr Summen übertönte, Autoreifen auf Kies, und das große blaue Auto kam in Mrs. Orchards Einfahrt gerollt. Clara hatte den Wagen noch nie zuvor gesehen. Es war ein schnittiger Straßenkreuzer, mit

Heckflossen, himmelblau. Zu anderen Zeiten, normalen Zeiten, hätte er Clara vielleicht ganz gut gefallen, aber jetzt war nichts mehr normal, und sie wollte, dass alles so blieb, wie es immer gewesen war. Ohne fremde Autos in der Einfahrt.

Der Motor wurde ausgeschaltet, und ein unbekannter Mann stieg aus dem Wagen. Er schloss die Autotür, stand da und blickte auf Mrs. Orchards Haus. Es sah aus wie immer; dunkelgrün mit weißen Tür- und Fensterrahmen und einer breiten Veranda mit grau gestrichenem Bretterboden und weißem Geländer. Bisher hatte Clara nie darauf geachtet, wie das Nachbarhaus aussah, aber jetzt fiel ihr auf, dass es genau zu Mrs. Orchard passte. Alt, aber nett.

Der Mann ging auf die Veranda zu, stieg die Stufen hoch, zog einen Schlüsselbund aus der Hosentasche, schloss die Tür auf und ging hinein.

Clara war entsetzt. Wo hatte er die Schlüssel her? Der hatte da doch gar nichts zu suchen. Mrs. Orchard hatte ihr gesagt, dass es drei Schlüsselbunde gab (je einer für die Vorder- und Hintertür). Mrs. Orchard hatte einen, Mrs. Joyce (die einmal die Woche zum Putzen kam) hatte einen, und Clara hatte den dritten. Clara wollte es ihrer Mutter sagen, die nicht mehr am Telefon war, aber ihre Mutter weinte manchmal, wenn sie mit dem Polizisten gesprochen hatte; ihr Gesicht wurde dann ganz rot und fleckig, und das machte Clara Angst. Außerdem konnte sie ihren Platz am Fenster nicht verlassen. Wenn sie nicht nach ihr

Ausschau hielt, würde Rose vielleicht nie zurückkommen.

In Mrs. Orchards Flur wurde eine Lampe angeschaltet – der Lichtschein fiel kurz auf die Veranda, bevor der Mann die Tür schloss. Mrs. Orchards Wohnzimmer befand sich direkt neben dem Wohnzimmer von Claras Haus, die Seitenfenster lagen sich gegenüber, und beide hatten auch noch Fenster zur Straße raus. Clara lief hinüber zum Seitenfenster (solange sie an einem der Fenster blieb, würde Rose nichts dagegen haben), und prompt ging in Mrs. Orchards Wohnzimmer das Licht an, und der Mann kam herein. Clara konnte alles gut sehen: Moses, der sich unter dem Sofa versteckt hatte (er verschwand immer unterm Sofa, wenn irgendwer außer Mrs. Orchard oder Clara ins Haus kam), schoss so schnell zur Tür hinaus, dass er schon weg war, bevor der Mann einen Fuß ins Zimmer gesetzt hatte. Er hatte sich in die Waschküche verzogen, wie Clara wusste, und von dort aus in den Garten. Die Waschküche hatte drei Türen, eine zum Wohnzimmer, eine zur Küche und eine zum Garten, und die Gartentür hatte eine Katzenklappe. »Er ist getürmt«, hätte Mrs. Orchard gesagt. Sie war die Einzige, von der Clara je das Wort »türmen« gehört hatte.

Eine Stunde zuvor war Clara noch in der Waschküche gewesen, um Moses zu füttern. Morgens und abends erlaubte sie es sich, ihren Platz am Fenster kurz zu verlassen, weil sie Mrs. Orchard versprochen hatte, sich um Moses zu kümmern, während sie im Krankenhaus war. Rose würde das verstehen.

»Er wird froh sein, wenn du rüberkommst«, hatte Mrs. Orchard gesagt. »Er vertraut dir. Stimmt's, Moses?« Sie hatte Clara in die Geheimnisse des neuen Dosenöffners eingeweiht. Er war elektrisch. Man musste die Dose auf bestimmte Weise daranhalten, aber alles andere machte er allein, sogar die Dose drehen, während er den Deckel abschnitt.

»Eigentlich bin ich ja nicht für so einen Schnickschnack zu haben«, hatte Mrs. Orchard gesagt, »aber der alte Dosenöffner funktioniert nicht gut, und ich möchte nicht, dass du dich verletzt.« Moses war ihnen um die Beine gestrichen, ungeduldig nach seinem Abendessen miauend.

»Man könnte meinen, wir lassen ihn hungern«, sagte Mrs. Orchard schmunzelnd. »Hier, siehst du, der Deckel bleibt am Dosenöffner hängen – da ist ein Magnet dran. Pass auf, dass du nicht an die Kante kommst, wenn du ihn abnimmst. Du musst ziemlich fest ziehen, und die Kante ist sehr scharf. Bewahr die Dose im Kühlschrank auf, bis sie leer ist, dann spül sie aus und wirf sie draußen in die Tonne, nicht hier in den Eimer, sonst stinkt es. Mrs. Joyce kümmert sich um den Müll, wenn sie zum Putzen kommt. Ich hab mit deiner Mutter gesprochen, und sie ist damit einverstanden, dass du Moses zweimal am Tag füttern kommst. Ich bleib ja auch nicht lange weg.«

Aber sie war lange weggeblieben, wochenlang. Das

Katzenfutter war Clara mehrmals ausgegangen, und sie hatte ihre Mutter um Geld bitten müssen, um neues nachzukaufen. (Das war, bevor Rose verschwand, als alles noch normal war und Clara sich frei bewegen konnte.) Sie hatte Mrs. Orchard für zuverlässiger gehalten und war enttäuscht von ihr. Die Erwachsenen waren meistens weniger zuverlässig, als sie sein sollten, aber sie hatte gedacht, Mrs. Orchard sei eine Ausnahme.

Sie konnte ihre Mutter in der Küche hören. Vielleicht ging es ihr jetzt wieder besser.

»Mummy?«, rief Clara.

»Ja?«, sagte ihre Mutter nach einer Weile mit erstickter Stimme.

»Ach nichts«, rief Clara schnell. »Schon gut.«

Der Mann ging durchs Haus, knipste Lichter an – Clara sah ihren fahlen Widerschein draußen auf dem Rasen. Er knipste sie nicht wieder aus, wenn er ein Zimmer verließ. Wenn Clara oder Rose das getan hätten, hätte ihr Vater »Licht aus!« gerufen. Aber jetzt war Rose nicht mehr da. Keiner wusste, wo sie war. Claras Mutter behauptete immer wieder, Rose sei in Sudbury oder North Bay und es gehe ihr gut, sie hätten sie nur lieber wieder zu Hause, oder wenigstens mal eine Postkarte von ihr, denn es wäre schön zu wissen, dass alles in Ordnung sei. Was eigentlich nur hieß, dass ihre Mutter keine Ahnung hatte, was mit Rose los war. Weshalb sie den Polizisten anschrie, weil er Rose noch immer nicht gefunden hatte.

Nachdem in Mrs. Orchards Haus so viele Lampen an waren, konnte man draußen fast nichts mehr erkennen. In Claras Wohnzimmer auch nicht, aber sie machte kein Licht, weil der Mann sie dann hätte sehen können. Im Hellen sieht man die Leute im Dunkeln nicht, doch wenn man im Dunkeln ist, sieht man die Leute im Hellen. Das wusste sie von Rose. »Stehst du nur einen Schritt weg vom Fenster«, hatte Rose gesagt, »dann können sie dich nicht sehen. Ich hab neulich Mrs. Adams zugeschaut, wie sie sich ausgezogen hat. Ganz nackt! BH und Schlüpfer, alles! Sie hat dicke Fettwülste am ganzen Körper, und ihr Busen erst! Wie zwei riesige schlabberige Ballons. Grässlich!«

Der Mann war jetzt wieder im Wohnzimmer und sah sich die Fotos auf Mrs. Orchards Anrichte an. Es waren sehr viele, alle gerahmt. Manche Rahmen aus Silber, manche aus Holz. Zwei der Fotos waren von Mrs. Orchard und ihrem Mann, als er noch gelebt hatte. Auf dem einen saßen sie nebeneinander auf dem Sofa, auf dem anderen standen sie auf irgendwelchen Türstufen, und auf beiden hatte Mr. Orchard seiner Frau den Arm um die Schultern gelegt. Es gab auch Fotos von ihm allein, am Türrahmen eines anderen Hauses lehnend, die Hände in den Hosentaschen, lächelte er in die Kamera. Es musste ein schönes Haus gewesen sein, denn an der Mauer neben ihm rankten Blumen. Mrs. Orchard sprach mit dem Foto, als sei es Mr. Orchard selbst, leibhaftig bei ihr im Zimmer,

Clara hatte es oft gehört. Sie klang dabei nicht traurig, eigentlich genau wie immer.

Auf einem der Fotos war Mr. Orchard mit einem kleinen Jungen zu sehen. Der Junge saß am Frühstückstisch, was man daran sah, dass ein Glas Orangenmarmelade vor ihm stand – Clara konnte gerade noch das Etikett erkennen. Mr. Orchard trug ein ordentlich gefaltetes Geschirrtuch über dem Arm und darauf einen vollgeladenen Teller (Clara hatte ihn sich genau angesehen und war zu dem Schluss gekommen, dass es sich um gebratenen Speck und Würstchen handelte). Mr. Orchard stand kerzengerade da und blickte auf den Jungen hinab, der zu ihm aufsah und übers ganze Gesicht strahlte. Clara hatte Mrs. Orchard gefragt, ob das ihr Sohn sei, und Mrs. Orchard hatte gesagt, nein, sie hätten keine Kinder, es sei ein Nachbarskind, aber sie und Mr. Orchard hätten den Jungen sehr gern gehabt. Ist es Ihr Lieblingsfoto?, hatte Clara wissen wollen, und Mrs. Orchard hatte sie angelächelt und gesagt, es seien alle ihre Lieblingsfotos. Aber Clara glaubte ihr das nicht, denn Mrs. Orchard hatte nur dieses Foto und das von Mr. Orchard im blumenumrankten Türrahmen ins Krankenhaus mitgenommen. Clara hatte gleich gemerkt, dass sie fehlten. Wenn man nur zwei Fotos mitnahm, dann waren das doch wohl die Lieblingsfotos.

Der fremde Mann hatte sich vorgebeugt und musterte die Fotos. »Fass sie ja nicht an«, flüsterte Clara ärgerlich, aber als ob er sie gehört hätte und absichtlich nicht gehorchte, hob er sofort eins hoch. Clara ballte die Fäuste. »Das gehört dir nicht!«, sagte sie laut. Er sah sich eins im Holzrahmen an. Dem Platz in der Reihe nach hätte es eins von Mr. und Mrs. Orchard sein können, aber sie war sich nicht sicher – vielleicht war es auch das von Mrs. Orchards Schwester, Miss Godwin, die allein in dem Haus gewohnt hatte, bevor Mrs. Orchard zu ihr zog, und die vor ein paar Jahren gestorben war.

Der Mann stellte das Foto wieder zu den anderen. Er stand noch eine Weile da und schaute sie an, dann drehte er sich um und ging hinaus.

Clara lief zurück zum Vorderfenster – von dort aus konnte man Mrs. Orchards Einfahrt besser sehen. Erst dachte sie, er wollte wieder wegfahren, aber dann ging er ums Auto herum, öffnete den Kofferraum und hob einen der Kartons heraus, und noch einen, und noch zwei von der Rückbank, um sie in Mrs. Orchards Wohnzimmer zu tragen. Anfangs hatte Clara noch den tröstlichen Gedanken, dass die Kartons voller Sachen für Mrs. Orchard waren (aber was würde sie denn haben wollen, das so schwer und sperrig war?) und dass er ins Auto steigen und wegfahren würde, nachdem er die Kartons abgeliefert hatte. Stattdessen tat er etwas, das alles andere als ermutigend war: Er holte einen Koffer heraus.

Sie nahm ihr Abendessen am Fenster ein. Sie hoffte, ihr Vater würde nach Hause kommen, bevor sie ins

Bett musste, damit sie ihm von dem Mann im Nachbarhaus erzählen konnte, aber dann fiel ihr ein, er war bei einer Lehrerkonferenz und würde erst spät zurück sein. Also aß sie schnell auf, wünschte Rose stumm eine gute Nacht, wo immer sie sein mochte, sagte ihrer Mutter Gute Nacht und ging hinauf. Lieber wäre sie die ganze Nacht auf ihrem Posten geblieben, aber zu Bett gehen gehörte zu der Abmachung, die sie mit ihrem Vater getroffen hatte, als Clara eine Woche nach Roses Verschwinden mit ihrer Fensterwache begonnen hatte.

In jener zweiten Woche begann Clara, den kalten Schatten der Angst zu spüren. Angst, dass ihrer Schwester etwas passiert sein könnte. »Ich kann auf mich selbst aufpassen«, hatte Rose in ihrem Zimmer zu ihr gesagt, bevor sie auf und davon gegangen war. »Das weißt du doch, nicht?« Clara hatte betrübt genickt und zugesehen, wie Rose herumwirbelte, Kleidungsstücke vom Boden aufsammelte, andere aus dem Schrank riss und alles in ihre Schultasche stopfte. Es stimmte ja: Rose war klug und stark. Außerdem schön und witzig und andauernd im Clinch mit den Eltern und Lehrern (sehr zum Verdruss ihres Vaters, denn er war der Geschichtslehrer an ihrer Schule). Rose hasste es, gesagt zu bekommen, was sie tun sollte. Wenn Rose wütend auf ihre Mutter war, sagte sie Dinge, die sie nicht so meinte, wie zum Beispiel, dass sie abhauen und nie mehr wiederkommen würde. Sie war schon zweimal von zu Hause weggelaufen und nach ein paar Tagen wiedergekommen, wenn sie fand, dass sie ihrer Mutter genug Angst eingejagt hatte. Das war immer ihre Absicht gewesen, wusste Clara. Rose lief weg, um ihre Mutter zu bestrafen.

Aber diesmal fühlte es sich anders an; bisher hatte Rose noch nie zu ihrer Mutter gesagt: »Du siehst mich nie mehr wieder. Niemals. Versprochen.« Rose nahm Versprechen ernst. Und bisher hatte sie ihre Drohungen immer herausgeschrien, doch diesmal hatte sie leise gesprochen, fast sanft, was Clara noch mehr ängstigte als das Schreien. Die Küche hatte förmlich geraucht vor verhaltener Wut.

Dabei hatte es gar nicht wie ein besonders großer Krach begonnen – Rose war nur mal wieder zu spät heimgekommen –, aber daraus wurde dann ein hitziger Streit, ob ihre Mutter Rose vorschreiben könne, was sie zu tun und zu lassen habe. Immer aufgebrachter hatten ihre Stimmen geklungen, bis ihre Mutter schließlich sagte: »Solange du in diesem Haus lebst, mein Fräulein, wirst du tun, was man dir sagt.« Was in dem Fall genau das Falsche war.

»Mach dir keine Sorgen um mich«, hatte Rose oben in ihrem Zimmer zu Clara gesagt, während sie ein paar T-Shirts aus dem Schrank zerrte. »Versprich es mir«, sagte sie streng. Ihre Augen waren dick mit schwarzem Eyeliner umrahmt. Rose trug immer jede Menge Make-up – die blasseste Grundierung, die sie finden konnte, fast weiß, einen dicken schwarzen Lidstrich, schwarze Wimperntusche, grünen oder blauen Lidschatten (an dem Tag war er grün) und einen Lippenstift, der so blass war, dass er ihre Lippen beinahe verschwinden ließ. Einmal hatte sie sich eine schwarze Träne auf die Wange gemalt. Sie färbte ihre Haare schwarz, bleichte die Spitzen, bis sie wie gelbes Stroh aussahen, und türmte das Ganze zu einer riesigen Bienenstockfrisur auf. »Ich sehe aus wie der Tod«, hatte sie einmal zufrieden festgestellt, während sie sich im Badezimmerspiegel musterte. »Findest du nicht auch, dass ich wie der Tod aussehe?«

»Ich finde, du siehst schön aus«, hatte Clara gesagt, was die Wahrheit war. Rose war die Schönste auf der ganzen Welt.

»Aber wo willst du denn hin?«, fragte Clara, als sie ihrer Schwester beim Packen zusah. »Wo wirst du schlafen?« Die Kehle tat ihr weh vor lauter Anstrengung, nicht zu weinen. Rose hasste es, wenn sie weinte. »Wann werde ich dich wiedersehen? Wie kann ich wissen, ob es dir gut geht?«

Rose zögerte. »Das weiß ich noch nicht«, sagte sie schließlich. »Aber irgendwie werde ich mich bei dir melden. Ich weiß nicht, wie oder wann, aber ich werde es hinkriegen, also bleib wachsam, aber sag Mum und Dad nichts davon, okay?«

Einen Moment lang sah sie Clara eindringlich an, während sie an einem Fingernagel kaute – das Nägelkauen war etwas, das Rose an sich hasste. »Fang bloß nie damit an«, hatte sie mal zu Clara gesagt. »Wenn du anfängst, an den Nägeln zu kauen, bring ich dich um. Versprich mir, dass du es lässt.«

Dann nahm sie die Hand herunter und sagte sanft, was ungewöhnlich war, denn Rose war keine von der sanften Sorte: »Wenn ich eine eigene Bleibe gefunden hab, kannst du mich besuchen kommen. Wir werden solchen Spaß haben! Wir gehen jeden Abend aus, und ich werd dir *alles* zeigen!«

Sie lächelte, und Clara versuchte, das Lächeln zu erwidern, aber ihre Unterlippe zitterte zu sehr, und Rose wirkte plötzlich niedergeschlagen. Sie stopfte die T-Shirts in ihre Tasche, schmiss die Tasche aufs Bett, nahm Clara in die Arme und wiegte sie sanft hin und her. »Ich hab dich so wahnsinnig lieb«, murmelte sie, den Mund an Claras Kopf gedrückt. »Versprich mir, dass du das nie vergisst.«

»Versprochen«, sagte Clara, halb erstickt, weil sie den Kampf mit den Tränen verloren hatte. Aber Rose verlor nicht die Geduld mit ihr wie sonst, sondern drückte sie nur noch fester an sich. Und dann ging sie.

Es stimmte, dass Rose auf sich selbst aufpassen konnte. Ron Taylor war von hinten gekommen und hatte ihr seine fetten Pratzen auf die kleinen Brüste gelegt, und Rose hatte sich losgerissen und ihm so einen Schlag mit der Schultasche verpasst, dass er Nasenbluten bekam. Clara hatte es mit eigenen Augen gesehen. Wenn Rose sagte, sie würde klarkommen, dann konnte man ihr das glauben. Darum hatte Clara sich anfangs auch keine Sorgen um ihre Sicherheit gemacht, sondern nur darum, wann sie wieder heimkommen würde. Aber nach einer Woche hatte sie doch langsam Angst bekommen. Nicht nur, dass eine Woche mehr als doppelt so lang war wie Roses frühere Abwesenheiten; es waren auch die wachsende Verzweiflung ihrer Mutter und das schreckliche Verhalten ihres Vaters, der so tat, als ob alles in Ordnung wäre. Was, wenn es da draußen gefährliche Dinge gab, von denen Rose keine Ahnung hatte? Offenbar wussten ihre Eltern davon, sonst wären sie nicht so besorgt gewesen.

Clara bildete sich immer wieder ein, Rose zu sehen. Acht Tage nach ihrem Verschwinden, als Clara auf dem Heimweg von der Schule war und wie immer ihre Schritte zählte (sie musste auf dem Hin- und Rückweg, so lange sie konnte, jeweils hundert am Stück zählen, oder Rose würde womöglich nicht zurückkommen), meinte sie beim Einbiegen in ihre Einfahrt, ihre Schwester im Wald jenseits der Straße zu sehen. Das Gebiet dort war nie gerodet worden, es war nichts als struppiger Wildwuchs, über Hunderte von Meilen hinweg. Manchmal tauchten Rehe auf, grasten direkt am Straßenrand, und von Zeit zu Zeit tappte ein Bär neugierig durch die Gärten, sodass die Leute Angst hatten, hinauszugehen. Aber an diesem Tag schien es Clara, nur für eine Sekunde, sie habe im Dunkel der Bäume etwas Rotes aufblitzen sehen – genau das Rot von Roses Jacke.

Sergeant Barnes und die Leute aus der Stadt hatten

den Wald natürlich längst abgesucht; meilenweit hatten sie alles durchkämmt. Aber Rose hätte ihnen ein Schnippchen schlagen können; sie hätte am Anfang erst einmal weit weggehen können, um dann, wenn alle aufgegeben hatten und heimgegangen waren, wieder zurückzukommen.

Mit angehaltenem Atem spähte Clara zu den Bäumen hin. Nichts rührte sich. Ganz behutsam, als ob Rose ein Reh sei und aufgescheucht werden könnte, huschte Clara über die Straße, bis an den Waldsaum. »Rose?«, rief sie leise. Es war nichts zu hören. Keine Bewegung. »Rosie?«, rief sie wieder und ging langsam, vorsichtig in den Wald hinein. Plötzlich blitzte wieder etwas auf, und eine rot geflügelte Amsel flatterte aus einem Baum auf.

Es war also gar nicht Rose gewesen. Aber Clara wurde das Gefühl nicht los, dass es etwas mit ihr zu tun hatte. Vielleicht war es irgendeine geheimnisvolle Botschaft.

Das war der Abend, an dem sie ihre Wache am Fenster begann. Als ihre Mutter ins Wohnzimmer kam, um sie zum Abendessen zu rufen, sagte Clara, sie würde sich von nun an nicht mehr an den Esstisch setzen. Und auch nicht zur Schule gehen. Bis Rose wieder nach Hause kam.

Ihre Mutter begriff es nicht.

»Wieso kannst du vom Fenster weggehen, um die Katze zu füttern, aber nicht dein Abendbrot essen oder zur Schule gehen?«, hatte sie gefragt, die Hände an den Wangen, als hielte sie mit Müh und Not ihren Kopf zusammen.

Sie klang ganz verzweifelt, was wiederum Clara zur Verzweiflung brachte, weil sie nicht wusste, wie sie es erklären sollte. Sie musste Moses füttern und ein bisschen Zeit mit ihm verbringen, weil sie es Mrs. Orchard versprochen hatte; und sie musste den Rest der Zeit am Fenster stehen bleiben, weil sie Rose sonst verpassen könnte, oder eine Botschaft von Rose. Wer wusste denn, in welcher Form die Botschaft kommen würde? Erst hatte Clara einen Brief erwartet, oder wenigstens eine Postkarte, die so aussah, als sei sie von jemand anders abgeschickt worden, und nur Clara würde merken, von wem sie stammte. Es konnte aber auch etwas ganz anderes sein. Wenn Rose wirklich zurückgekommen war und sich in der Nähe versteckte, würde sie vielleicht mit Clara reden wollen, um herauszufinden, ob es ein günstiger Moment war, sich wieder blicken zu lassen. Und wenn Clara dann nicht auf ihrem Posten war, könnte sie sie verpassen. Aber wie konnte sie ihrer Mutter das erklären, ohne Rose zu verraten? Ihre Mutter würde Sergeant Barnes anrufen, und alle würden noch mal den Wald durchkämmen, und Rose würde endgültig weglaufen und nie mehr wiederkommen.

»Ich muss hier auf Rose warten«, sagte sie schließlich, ohne ihre Mutter anzusehen.

»Liebes«, sagte ihre Mutter, »ich weiß, dass sie dir fehlt, Daddy und mir geht es genauso, aber am Fenster stehen bringt sie uns nicht zurück. Bitte komm und iss ordentlich zu Abend. Ich kann mich jetzt nicht auch noch damit…« Sie stockte, drauf und dran, in Tränen auszubrechen. Clara vergaß zu atmen. Ihr war auf einmal so schwindlig, dass sie umgekippt wäre, wäre ihr Vater nicht hereingekommen.

»Was ist denn hier los?«, fragte er in dem künstlichen Tonfall, den er sich angewöhnt hatte, seit Rose verschwunden war. Clara konnte ihn nicht ansehen, weil sein Gesicht ihr ebenso Angst machte wie das ihrer Mutter. Es war nicht vom Weinen verquollen; stattdessen trug es eine heitere Miene, wie eine Maske, die nicht richtig saß.

Ihr Vater hasste Auseinandersetzungen. Wenn Leute sich stritten, musste er vermitteln, er konnte gar nicht anders. Dann ruderte er beschwörend mit den Armen und sagte so etwas wie: »Momentchen, jetzt beruhigen wir uns erst mal alle wieder. Sehen wir doch mal, ob wir einen Kompromiss finden können.« Oder: »Versuchen wir doch, zu einer Einigung zu kommen. Wer will hier was, fangen wir mal damit an.« Damit trieb er Rose und ihre Mutter regelmäßig zur Weißglut (Rose meinte, total von ihm genervt zu sein, sei das Einzige, was sie und ihre Mutter gemeinsam hätten). In der Schule mischte er sich genauso in jeden Streit ein, sagte Rose, und die Leute wollten ihn am liebsten umbringen. Aber eigentlich war er ziemlich gut im Streitschlichten, fand Clara. Für alle Probleme gebe es eine Lösung, sagte er, es gehe nur darum, sie zu finden, und das schien ihm am Ende auch meistens zu gelingen.

Die Kräche in der Familie fanden immer zwischen Rose und ihrer Mutter statt. Clara hasste Streit ebenso wie ihr Vater; außerdem hatte sie bisher auch noch keinen zum Streiten gefunden. Rose war sowieso nie fies zu ihr, und Clara war so sehr darauf bedacht, ihre Mutter nicht zu ärgern, dass sie nie etwas falsch machte. Daher war es jetzt das erste Mal, dass sie ihrem Vater Grund zum Einschreiten gab. Und sie war ihm dankbar, dass er einschritt.

Ihre Mutter weniger. »Mach, dass du rauskommst!«, fauchte sie ihn an. »Kannst du dich nicht ein einziges Mal raushalten!«

Aber das konnte er nicht. Und er fand eine Lösung, auch wenn es eine Weile dauerte. Sie einigten sich schließlich darauf, dass Clara weiterhin zur Schule und zur üblichen Zeit ins Bett gehen sollte, aber dafür durfte sie ihre Mahlzeiten am Wohnzimmerfenster einnehmen oder wo sonst es ihr beliebte.

»Wie soll sie denn da essen?«, hatte ihre Mutter mit schriller Stimme eingewandt. »Da ist kein Platz für einen Tisch.«

»Wir stellen den Teller einfach aufs Fensterbrett«, sagte ihr Vater ruhig.

»Da fällt er runter! Sieh doch, wie schmal es ist! Die Teller sind zu groß dafür! Das Essen wird über den Boden verstreut sein, soll sie vielleicht vom Boden essen? Wie kannst du nur so lächerliche Vorschläge machen?«

»Wir tun das Essen einfach in eine kleine Schüssel«, entgegnete ihr Vater noch ruhiger. »Probieren wir's doch wenigstens mal aus, Di, dann sehen wir ja, ob's geht.«

»Würdest du bitte aufhören, mich so von oben herab zu behandeln? Ich bin deine Frau, nicht dein Kind! Und hör auch endlich auf, so zu tun, als ob ...« Claras Mutter brach mitten im Satz ab und verließ den Raum.

Aber die Sache mit dem Essen in der Schüssel klappte bestens, und von da an stand Clara den ganzen Tag – mit Ausnahme der Schlafenszeit, der Schulzeit und der Moses-Fütterzeit – am Fenster und hielt Ausschau nach Rose.

Clara hatte ein eigenes Zimmer, aber dort bewahrte sie nur ihre Sachen auf. Von klein auf hatte sie bei Rose im Zimmer schlafen wollen, dort gab es zwei Betten, und Rose hatte sie gelassen. Manchmal ließ Rose sie sogar bei sich im Bett schlafen, obwohl Clara nun schon fast acht war und es ein bisschen eng wurde. Das war das Allerschönste für sie. Clara versuchte dann wach zu bleiben, um das Gefühl von Rose so dicht neben ihr zu genießen, Roses warmen Atem im Nacken zu spüren, aber sie schlief immer viel zu schnell ein.

Nachdem sie sich die Zähne geputzt, den Pyjama angezogen und ihre Sachen ordentlich auf dem Stuhl in ihrem Zimmer zusammengelegt hatte, ging Clara an dem Abend, als der Mann im Nebenhaus aufgetaucht war, zurück in das Zimmer, das sie sich mit Rose teilte, hob die herumliegenden Klamotten auf und hängte sie in den Schrank, wo sie hingehörten. Dann zog sie ein paar andere wieder heraus, ließ sie neben Roses Bett auf den Boden fallen und rührte sie gewissenhaft mit dem Fuß durcheinander.

Der Kontrast zwischen ihren beiden Seiten des Zimmers war immer ein Witz für sie gewesen: Rose war eine »geborene Schlampe«, wie sie selbst sagte, während Clara eine geborene Ordnungsfanatikerin war. »Geradezu widernatürlich«, pflegte Rose sie aufzuziehen. Roses Seite des Zimmers sah immer aus wie eine Müllhalde. Ihre Mutter hatte es aufgegeben, ihr deswegen Vorhaltungen zu machen. Wenn sie in einem Schweinestall leben wollte, dann war das ihre Sache, sagte ihre Mutter, und sie würde sicher nicht hinter ihr herräumen. Rose hatte das als einen eindeutigen Sieg betrachtet.

An dem Abend, als Rose fortgegangen war, hatte Clara die Sachen ihrer Schwester aufgeräumt, denn es würde ihr doch sicher gefallen, in ein ordentliches Zimmer zurückzukommen, das sie dann wieder verwüsten konnte. Es war ein Fehler gewesen. Das Zimmer hatte so verkehrt ausgesehen, dass Clara nicht schlafen konnte, also stand sie nach einer Weile wieder auf, nahm ein paar von Roses Sachen aus dem Schrank und verstreute sie über den Boden. Von da an veränderte sie das Durcheinander jeden Abend, sodass Rose alles genau so vorfände, wie sie es mochte, wenn sie sich unter dem Schutz der Dunkelheit ins Haus zurückstehlen würde.

Clara stieg ins Bett und kuschelte sich auf ihrer Seite zusammen, dachte an Rose und wünschte, sie käme wieder heim, dachte an den Mann im Nachbarhaus und wünschte, er ginge wieder weg, bis die beiden Dinge irgendwie miteinander verschmolzen und sie einschlief.

Im Schlaf sah sie Rose durch die Dunkelheit wandern. Sie ging sehr langsam, mit nackten Füßen. Erst wandte sie Clara den Rücken zu, aber dann drehte sie sich um, sah sie an und lächelte. Es war aber nicht ihr normales Lächeln. Es war das Lächeln eines Mädchens, das versuchte, so auszusehen, als ob es sich nicht fürchtete.

# 2

# ELIZABETH

Martha macht wieder mal Theater. Ich kann nicht genau verstehen, was sie sagt, aber sie scheint sich über irgendetwas zu beschweren. Heute Morgen hat sie sich schon aufgeregt, als Schwester Roberts zum Fiebermessen kam. Schwester Roberts sagte (und zwinkerte mir dabei zu): »Ganz recht. Es ist eine Schande. So was sollte nicht erlaubt sein. Hier, stecken Sie das mal unter die Zunge, okay?«

Sie hat eine Engelsgeduld mit uns – wie die meisten Schwestern, aber Schwester Roberts ganz besonders. Ein wunderbarer Mensch.

»Nimm doch Vernunft an!«, schimpfte Martha mit der Person in ihrem Kopf, und das Thermometer flog ihr aus dem Mund und landete auf der Decke. Schwester Roberts hob es auf, wischte es mit einem Papiertuch ab und sagte: »Ich will's versuchen. Wissen Sie was? Sie behalten das hier jetzt zwei Minuten unter der Zunge, und ich versuche, Vernunft anzunehmen. Einverstanden?«

Du hättest dich sofort in sie verliebt, mein Schatz.

(Schwester Roberts, meine ich, nicht Martha. Ganz bestimmt nicht Martha!) Du hast dich immer in hübsche junge Frauen verliebt, besonders, wenn sie Grips hatten. Es hat mir nicht das Mindeste ausgemacht.

Übrigens macht mir Marthas Gezeter auch nicht mehr so viel aus wie am Anfang. Die ersten Tage hier ging es mir entsetzlich auf die Nerven, aber man gewöhnt sich an alles. Inzwischen finde ich es ganz unterhaltsam. Ich versuche immer herauszuhören, wann sie komplett abdreht. Manchmal ist sie auch ganz klar im Kopf.

Sie bekommt nie Besuch. Ich allerdings auch nicht. Meine wenigen noch lebenden Freundinnen fahren nicht mehr Auto. Als Diane hörte, dass ich ins Krankenhaus musste, wollte sie mich mit der kleinen Clara besuchen kommen, doch ich habe dankend abgelehnt. Es ist eine furchtbar lange Fahrt, und die Straßen sind in miserablem Zustand. Ich wollte nicht, dass sie sich verpflichtet fühlt. Obwohl ich es jetzt schon ein bisschen bedaure. Ich hatte nicht angenommen, dass sie mich so lange hierbehalten würden, und ich war nicht darauf gefasst, wie endlos sich die Tage im Krankenhaus dehnen.

Aber ich habe ja dich, mein Liebster, also beklage ich mich nicht. Dich und Moses.

Ein Besuch von Moses, das wäre was. Alle hier würden aus ihren Betten hüpfen und versuchen, ihn zu streicheln.

Ich mache mir Sorgen um ihn. Das Katzenfutter

muss ja längst verfüttert sein. Diane wird wohl Nachschub besorgt haben, wenn Clara sie darum gebeten hat, aber was soll aus Moses werden, wenn es ganz schlimm kommt und ich hier sterbe? Clara wird ihn adoptieren wollen, aber Diane hat eine Katzenallergie, darum geht es nicht. Ich liege die halbe Nacht wach und mache mir Sorgen. Albern.

Ich kann dir gar nicht sagen, wie sehr ich mich nach Hause sehne. Es sind die ganz alltäglichen Dinge, die ich am meisten vermisse. Wasser aufsetzen. Ein Schwätzchen mit Clara, wenn sie nach der Schule rüberkommt. Ich genieße unsere Unterhaltungen sehr, man weiß nie, wo sie hinführen. Sie lässt mein Herz nicht höherschlagen, wie Liam früher, aber das hat kein anderes Kind je getan.

Clara hat eine ältere Schwester, die in der rebellischen Phase ist und ihren Eltern die Hölle heiß macht, aber Clara ist ein braves Mädchen. Nein, brav ist nicht das richtige Wort. Interessant, manchmal rührend, aber nicht brav. Zum Beispiel ist sie eine waschechte Skeptikerin. Ich kenne sie, seit sie auf der Welt ist, und kaum war sie alt genug, eine Frage zu stellen, hat sie an der Antwort gezweifelt. »Was ist das?«, fragte sie und zeigte auf den Toaster, und wenn man dann sagte, das sei ein Toaster, um das Brot knusprig zu machen, guckte sie einen so von der Seite an, als wollte sie sagen, erzähl mir keinen Quatsch. Für eine Dreijährige war das schon sehr komisch, aber inzwischen ist sie fast acht und eine ausgewachsene Zweiflerin. Als ich ihr sagte, ich müsse ins Krankenhaus, meinte sie: »Wieso das denn?«, als hätte sie mich im Verdacht zu simulieren. Ich sagte, mein Herz sei nicht ganz in Ordnung, doch es sei nichts Ernstes, und ich würde nicht lange wegbleiben. »Wie viele Tage?«, hakte sie nach, und ich sagte, vielleicht ein, zwei Wochen, worauf sie wissen wollte: »Wird Ihr Herz dann wieder in Ordnung sein?« Ich sagte, ich hoffte es. Das war natürlich keine befriedigende Antwort; sie wollte ja oder nein hören, keine Ausflüchte. Ich wechselte schnell das Thema, um Fragen über den Tod zu vermeiden. Ich fragte sie, ob sie Moses füttern und jeden Tag ein bisschen bei ihm bleiben wolle, damit er nicht so einsam wäre, und sie nickte entschlossen.

»Werden Sie einsam sein?«, fragte sie dann, was mich überraschte. So viel Empathie hatte ich ihr gar nicht zugetraut. Ich sagte, wahrscheinlich nicht, weil man im Krankenhaus immer von einer Menge Leuten umgeben sei. Sie dachte einen Moment über meine Antwort nach und beschloss offenbar, sie gelten zu lassen, aber ehrlich gesagt, mein Liebster, bekam ich es auf einmal mit der Angst zu tun. Eine Menge Leute um sich zu haben verhindert nicht, dass man sich einsam fühlt. Ich beschloss, das Bild von dir und Liam mitzunehmen, und dazu das von dir in Charleston – diese beiden Fotos heitern mich immer auf. Sie stehen Seite an Seite auf dem Nachtkästchen neben meinem Bett. Ich brauche nur den Arm danach auszustrecken.

Schwester Roberts findet dich gut aussehend. Ich sagte ihr, sie habe einen guten Geschmack.

Aber zurück zu Clara: Ich bin natürlich nicht der Grund dafür, dass sie so viel Zeit bei mir verbringt. Da mache ich mir nichts vor. Es ist Moses, den sie besuchen kommt. Er mag sie (was ungewöhnlich ist, er ist sonst sehr misstrauisch) und lässt sich sogar manchmal von ihr streicheln. Sie versucht nicht, ihn auf den Arm zu nehmen, was weise ist, es würde ihm nicht gefallen. Meist hockt sie nur da und sieht ihm zu, während er regungslos das Loch in der Fußleiste belauert, hinter dem die Maus wohnt. Moses hat eine lange Fehde mit der Maus laufen. Stundenlang kann er vor dem Mauseloch sitzen, als ginge es ihn gar nichts an, wobei nur sein Schwanzzucken die innere Anspannung verrät. Hin und wieder gibt es eine winzige Bewegung hinter dem Loch, das Aufblitzen eines Schnurrhaars. Ich habe mich gefragt, ob es eine absichtliche Provokation vonseiten der Maus ist – vielleicht hat sie die natürliche Ordnung der Dinge verkehrt und spielt Maus und Katz. Moses erstarrt dann hoffnungsvoll, duckt sich, macht sich ganz flach, sprungbereit. Clara duckt sich ebenfalls, streckt den Kopf vor, entschlossen, keine Sekunde des Dramas zu verpassen. Ich weiß nicht, welchen Ausgang sie sich erhofft. Ich wage nicht zu fragen.

Ich vermisse sie. Wenn ich mir einen Besucher auswählen dürfte, würde ich sie wählen.

Leber zum Mittagessen. Ich hasse Leber. Nicht

sehr taktvoll, Leuten, deren eigene Innereien ihnen zu schaffen machen, Innereien zu servieren. Immerhin gab es Apfelkuchen mit Eis zum Nachtisch. Zu wenig Äpfel zwar, aber die Kruste tadellos, und schön süß. Es heißt ja, im Alter entwickele man einen süßen Zahn, und siehe da, es stimmt.

Die Mahlzeiten sind das Einzige, auf das man sich hier freuen kann. Das muss ihnen doch klar sein, warum geben sie sich dann nicht ein bisschen mehr Mühe?

Nach dem Mittagessen habe ich ein Nickerchen gemacht und bin mit dem Gedanken aufgewacht, dass ich nicht Clara wählen würde, wenn ich nur einen Besucher haben könnte, sondern natürlich Liam. Und du wärst schon hier, also wären wir wieder zu dritt, wie damals.

Ein neuer Tag. Dienstag, glaube ich, auch wenn das keinen Unterschied macht. Heute Morgen bin ich hingefallen. Geschieht mir recht, würdest du bestimmt sagen. Sie hatten mich ermahnt, nicht alleine aufzustehen, sondern eine Schwester zu rufen, aber ich musste auf die Toilette, und es war keiner da, also beschloss ich, es zu versuchen. Prompt gaben die Beine unter mir nach, und ich lag am Boden. Martha hatte wohl gerade einen klaren Moment, denn sie sagte: »Ach, du liebe Zeit!«, schlug die Decke zurück und fing selber an, aus dem Bett zu klettern. Ich nehme an, sie wollte mir zu

Hilfe eilen, was nett von ihr war, aber albern, sie ist ja in einem viel schlechteren Zustand als ich. Im Handumdrehen landete sie ebenfalls auf dem Boden. Dann fing jemand im Krankensaal an zu schreien, und die Schwestern kamen hereingestürzt, es gab einen Riesenwirbel, bis wir irgendwann wieder in unseren Betten lagen. Ich wisperte Schwester Roberts zu, dass ich immer noch aufs Klo musste, und sie wisperte zurück, sie würde mir eine Bettpfanne bringen. Ich sagte ärgerlich, ohne zu wispern, dass ich Bettpfannen hasste und aufs Klo gehen wollte wie ein zivilisierter Mensch. Sie setzte sich auf die Bettkante, nahm meine Hand und sagte sanft: »Heute nicht, Mrs. Orchard, wo Sie doch gerade hingefallen sind. Warten wir noch ein Weilchen, bis Sie wieder sicherer auf den Beinen sind.«

Es ist schwer, wütend auf jemand zu sein, der so nett ist – aber ich war es.

Ich bin eine alte Kuh. Es ist scheußlich. Das Leben hat keinen Sinn mehr, wenn man den Leuten nur noch zur Last fällt.

Martha war heute Nacht wieder unruhig. Sie schimpfte, vielleicht mit derselben Person wie letztes Mal, er oder sie solle endlich erwachsen werden. Wer das wohl sein mochte? Heute Morgen beschloss ich, sie zu fragen. Geht mich nichts an, ich weiß, aber die Tage sind hier so eintönig, dass man jede Chance auf Ablenkung ergreifen muss. Sonst stirbt man, egal woran man erkrankt ist, am Ende noch vor Langeweile.

Es war beim Frühstück, als wir alle in die Kissen gelehnt saßen. Martha aß *Shredded Wheat*, du weißt schon, diese kleinen Getreidekissen. Die Schwestern schneiden es ihr klein, aber nicht klein genug, es ragt ihr immer was davon aus dem Mund, wie bei einem Pferd, das Heu frisst, außer dass Pferden keine Milch übers Kinn läuft. Zugegeben, es ist schwer, nicht zu kleckern, wenn man im Bett isst. Man kann sich nicht richtig aufsetzen, weil man die Beine ausgestreckt hat. Außerdem sitzt Marthas Gebiss locker, was nicht gerade hilfreich ist. Die Schwestern legen ihr ein Handtuch um, wie ein Lätzchen, und es ist immer patschnass.

»Auf wen sind Sie denn so zornig?«, fragte ich.

Sie wandte den Kopf und sah mich an. »Wa?«, fragte sie mit vollem Mund. Die Art, wie sie essen, sagt eine Menge über Leute aus, und Marthas Mutter legte offenbar keinen Wert auf Tischmanieren. Meine Manieren sind tadellos, wohlgemerkt. Genau wie deine; deine waren immer absolut perfekt. Du hast selten von dir gesprochen, mein Liebster – genau genommen nie, es sei denn, man drängte dich dazu –, weshalb ich sehr wenig von deiner Jugend weiß, aber ich weiß, dass du überaus gut erzogen wurdest. (Gilt das eigentlich generell für die Briten, oder ist es eine Frage der »Klasse«? Ich habe nie begriffen, wie euer Klassensystem funktioniert oder wie du da reingehörst. Immerhin warst du auf dem Internat, also wohl recht gut betucht. Meiner Meinung nach ist es barbarisch, Kinder ins Internat zu stecken, aber lassen wir das.)

»Sie haben im Schlaf mit jemandem geschimpft«, sagte ich zu Martha. »Ich hab mich nur gefragt, wer das sein mag.«

Sie kaute weiter. Schien darüber nachzudenken. Schluckte ein paarmal, ihr magerer alter Hals arbeitete krampfhaft, wie eine Schlange, die einen Golfball hinunterwürgt.

»Janet«, sagte sie schließlich.

»Wer ist Janet?«

»Meine Schwester.«

»Was hat sie getan, das Sie so wütend macht?«

»Hat sich den Männern an den Hals geworfen, einem nach dem anderen. Schließlich ist sie an einen richtig fiesen, verlogenen Dreckskerl geraten…«

Als sie nichts weiter hinzufügte, fragte ich behutsam: »Und hat sie da wieder rausgefunden? Gab es ein Happy End?«

»Nein«, sagte sie. »Gab es nicht.«

Unehelicher Nachwuchs – das wird es gewesen sein, was Janet passiert war. Ein Schandfleck für die Familie. Ein Bastard. Ein ungewolltes Kind.

Ein »ungewolltes Kind« – allein schon der Gedanke kommt mir vor wie Blasphemie.

Schlafenszeit. Die Nachtschwestern haben ihren Dienst angetreten. Bei Nacht sind sie nur zu zweit. Sie sitzen mitten im Saal an einem Schreibtisch, die Leselampe mit einem Handtuch umwickelt, damit das Licht uns nicht stört. Dem Schnarchen nach zu urteilen, scheinen manche der Patienten tatsächlich die ganze Nacht durchzuschlafen, was ich erstaunlich finde. Ich schaffe selten mehr als zwei, drei Stunden am Stück.

Aber du leistest mir Gesellschaft, mein Liebster. Ich versetze mich zurück an einen bestimmten Tag oder einen bestimmten Moment, meist gar nichts Dramatisches, einfach unser Alltag. Unser »Alltag« während der kurzen Phase, als Liam Teil unseres Lebens war, war die größte Freude, die ich je gekannt habe. Letzte Nacht zum Beispiel habe ich eine ganz simple Erinnerung aus jener Zeit hervorgekramt: Ich war in der Küche und bereitete einen kleinen Imbiss für uns zu (wir hatten sehr früh mit Liam gegessen, der jetzt auf der alten Campingliege am Fuß unseres Bettes schlief). Ich kriegte ein Gurkenglas nicht auf, also brachte ich es zu dir ins Wohnzimmer, um mir helfen zu lassen, und fand dich so in dein Buch vertieft (vermutlich etwas Spannendes über Parasiten und Getreideseuchen), dass ich dich lieber nicht stören wollte.

Das war das Wunder: Es fühlte sich so normal an, dieses hinreißende Kind bei uns zu haben, dass du dich in dein Buch vertiefen konntest und ich einen kleinen Snack zubereitete, als wäre das einfach unser Familienleben.

Jedenfalls wollte ich dich nicht beim Lesen stören und hielt das Glas nur gerade so tief, dass du es aus dem Augenwinkel sehen konntest. Irgendwann hob sich deine linke Hand und nahm es mir ab, dein Ellbogen hielt das Buch offen, während du – immer noch lesend – mit der rechten Hand den Deckel aufschraubtest, ihn locker auf dem Glas liegen ließt und es mir langsam wieder reichtest. Ich sagte: »Danke, Schatz«, und nach so langer Zeit, dass ich schon aufgegeben hatte und auf dem Weg zurück in die Küche war, hörte ich dich vage murmeln, wohl aus einer völlig anderen Sphäre: »Ist mir ein Vergnügen.«

Die Erinnerung hat mich die ganze Nacht beglückt. »Ist mir ein Vergnügen.«

# 3

## LIAM

Nachdem er die Kartons reingetragen und sein Gepäck nach oben gebracht hatte, war es immer noch ein bisschen hell, also beschloss er, einen Spaziergang ins Stadtzentrum zu machen, um zu sehen, was sie dort zu bieten hatten. Die Antwort war: nicht viel. Es gab zwei Straßen, die sich kreuzten, die eine in nord-südlicher Richtung, parallel zum See, die andere ostwärts vom See verlaufend, aber nur wenige Wohnblocks lang, bis sie am Waldrand endete. Abgesehen von ein paar kleinen Bauernhöfen, einer nagelneu aussehenden Oberschule, die ganz allein mitten in einem Feld stand, einer Sägemühle und einem Holzfällercamp am äußeren Stadtrand war's das auch schon: Solace, Nord-Ontario, September 1972.

Sechs Stunden lang war Liam an jenem Tag durch reines Waldgebiet gefahren. Er war ein Stadtmensch, und er fand, hier oben gab es einfach zu viele Bäume. Hügelauf, hügelab schimmerte das Herbstlaub in Rot und Gold, doch unterhalb der leuchtenden Farben lag die bedrückende Finsternis des Waldes. Wenn man sich aus irgendeinem Grund ein paar Meter durch das Unterholz gekämpft hätte, würde der Wald einen verschlucken, und man käme nie wieder ans Tageslicht.

Die Geschäfte an den beiden Hauptstraßen führten das übliche Sortiment, plus ein wenig Firlefanz für die Touristen. Es gab einen kleinen Lebensmittelladen mit einem Schnapsladen hinten im Anbau, als hielte er sich vor der Obrigkeit versteckt, dazu noch Postamt, Bank, Feuerwehr und einen Hudson's Bay Store mit Parkas und Schneestiefeln im Schaufenster. Ein Sportgeschäft für Anglerbedarf befand sich neben einem blau gestrichenen Andenkenladen voller Indianerstickerei und Schnitzwerk im Fenster, mit Preisschildern, deren Zahlen ins Drei- bis Vierstellige gingen. Beide Läden hatten ein handgeschriebenes »Geschlossen«-Schild an der Tür hängen, auf dem vermerkt war, dass sie nächsten Juni wieder öffnen würden.

Ein Stück abseits der Straße stand eine alte Kirche, flankiert von zwei Ahornbäumen und einer ebenso alten Grundschule. Beide Gebäude wirkten zu groß für diese Stadt. Sicher Überbleibsel aus früheren Zeiten, sagte sich Liam, als der hohe Norden mit all seinen Reichtümern noch die Leute anlockte, die etwas erreichen wollten. Heutzutage waren es wohl nur noch die Holzgewinnung und die Touristen, die den Ort am Leben hielten.

An der Straße, die vom See wegführte, gab es einen Eisenwarenladen, eine kleine, hässliche, moderne Bücherei, zwei Bars, eine davon direkt neben dem Polizeirevier, dann noch einen Drugstore und zwei Cafés, und im selben Moment, in dem Liam feststellte, dass sie geschlossen waren, merkte er, dass er Hunger hatte. Er sah sich um. Eigentlich war hier alles geschlossen. Und nicht nur das, es war auch keine Menschenseele auf der Straße. Abgesehen von zwei herumschnüffelnden Hunden war er allein. Er sah auf die Uhr; kurz nach sieben. Kurz nach sieben an einem Donnerstagabend, und es sah aus wie eine Geisterstadt.

Einen kurzen irrationalen Moment lang fragte er sich, ob er sich das alles vielleicht einbildete; nicht nur diese einsame nördliche Stadt, die wie aus der Wildnis herausgeschnitzt schien, sondern alles: Fiona, die vergangenen acht Jahre, seine sogenannte Karriere, sein Leben. Mehrmals während der Fahrt hierher war ihm aufgefallen, dass er sich nicht auf die Straße konzentrierte. Er fühlte sich benommen, hatte schlecht geschlafen und dumpfe, hartnäckige Kopfschmerzen. Ab und zu hatte er das Gefühl, dass ihm alles entglitt, dann spürte er eine Art Schwindel, als ob die Dinge in seinem Kopf in Schieflage gerieten. Er versuchte sich selbst immer wieder damit zu beruhigen, dass es sicher nur die Müdigkeit war. Geh zurück ins Haus, dachte er. Find was zu essen und leg dich aufs Ohr.

Nur um das Bild zu vervollständigen, machte er auf dem Rückweg einen Schlenker zum See, stand ein paar Minuten am Ufer und blickte übers Wasser, dessen glatte, klare Fläche das letzte Licht am Himmel widerspiegelte. Es war geradezu unheimlich still. Das jenseitige Ufer, kaum noch sichtbar, war von Buchten und Landzungen zerklüftet. Jetzt fehlte nur noch ein Elch, sagte sich Liam, und er stünde mitten in einem Reiseprospekt. Fröstelnd zog er die Schultern hoch – es kühlte sich schnell ab – und machte sich auf den Heimweg.

Mrs. Orchards Haus – sein Haus – befand sich in der letzten Seitenstraße am nördlichen Rand der Stadt. Er hatte das Licht unten angelassen, und jetzt stand er draußen im Dunkeln und musterte das Gebäude. Es musste wohl so alt wie die Kirche und die Schule sein, aus viktorianischer Zeit. Ein Holzhaus, kein Wunder bei den vielen Bäumen. Geräumig und gut proportioniert. Immobilien waren im hohen Norden nicht so viel wert, aber zusätzlich zu dem Geld, das Mrs. Orchard ihm hinterlassen hatte, war es schon ein echter Segen. Zumindest würde es ihm Zeit zum Nachdenken geben.

Er würde noch eine Zeit lang hierbleiben, entschied er, als er die Verandastufen hochstieg. Es als Urlaub betrachten. Wenn er Glück hatte, würde das gute Wetter noch bis in den Oktober andauern. Doch egal was geschah, sobald die erste Schneeflocke fiel, würde er das Haus zum Verkauf anbieten und von hier verschwinden. Er hatte keine Lust, einen nordischen Winter zu erleben. Unten in Toronto war es schon schlimm genug.

Er war froh, dass er das Licht angelassen hatte. Als er am Nachmittag die Verandastufen hochgestiegen war, war es ihm vorgekommen, als würde die Haustür sich gleich öffnen und Mrs. Orchard dort stehen, mit ihrem gütigen Lächeln, genau wie das letzte Mal, dass er sie gesehen hatte … wie lange war das her? Dreißig, einunddreißig Jahre?

Er machte die Tür hinter sich zu und blieb stehen. Ihm war, als hätte er etwas gehört, ein so schwaches Geräusch, dass es kaum mehr als ein Luftzug war. Er wartete, horchte, aber nein. Nichts. Zu viel Fantasie. Er warf einen Blick ins Wohnzimmer – alles war so, wie er es hinterlassen hatte.

In der Küche füllte er den Wasserkocher und schaltete ihn ein, dann ging er durch die Zimmer und zog die Vorhänge zu – etwas, das er all die Jahre in der Stadt nie getan hatte, wo die Leute keine zwei Meter vor der Tür vorbeiliefen. Im Haus roch es muffig; morgen würde er alle Fenster öffnen und einmal ordentlich durchlüften.

Im Wohnzimmer stand ein Fernseher – praktisch eine Antiquität. Er schaltete ihn ein und wechselte mit der Fernbedienung durch eine Reihe krisseliger Schwarz-Weiß-Kanäle, bis er die Nachrichten reinbekam. Die Nachrichten selbst waren ihm gleichgültig, er wollte nur die Stille im Haus vertreiben. Er drehte die Lautstärke hoch und ging zurück in die Küche, um sich etwas zu essen zu machen. Die Schränke enthielten all die üblichen Vorräte: Mehl, Zucker, Salz, Teebeutel, Pulverkaffee, Campbell's Dosensuppen, Thunfischbüchsen, Dosenpfirsiche; nichts, was ihm zusagte. Auf dem Küchentresen aber stand ein großes Glas mit Korkdeckel, halb voll mit Keksen. Er nahm den Deckel ab und schnupperte. An den Geruch erinnerte er sich: Hafer, nicht gerade seine Lieblingskekse als Kind – die Kekse, die sie stets gebacken hatte, wenn er rüberkam, waren mit Schokosplittern –, aber sie und Mr. Orchard hatten immer die Haferkekse gegessen, und der Geruch brachte ihn zum Lächeln. Auf einmal war eine Verbindung da zu ihnen und zur Vergangenheit; die Situation war nicht mehr ganz so unbehaglich.

Er öffnete den Kühlschrank und musterte den Inhalt. Mrs. Orchard hatte wohl aufgeräumt, bevor sie ins Krankenhaus ging, denn es war nichts Verderbliches darin wie Milch, Obst oder Fleisch. Nur ein Glas Salatdressing, Marmelade, Margarine und angeschimmelter Cheddar, den er gleich in den Eimer unter der Spüle warf. Der Müllsack war leer; entweder sie hatte ihn noch ausgeleert, bevor sie aufbrach, oder die Putzfrau war inzwischen da gewesen. Es gab ein Dutzend Eier – probehalber schlug er eins auf, zuckte zurück vor dem Geruch, schlug sie alle auf und spülte sie durch den Ausguss, ein unerwartet schwieriges Unterfangen, das viel Herumgestocher mit einer Gabel erforderte.

Eier kaufte man auf Vorrat, wenn man erwartete, bald wieder nach Hause zu kommen. Im Geiste sah er Mrs. Orchard (die Frau auf den Fotos im Wohnzimmer, nur älter) die Eier in der Pfanne verrühren und sie am kleinen Küchentisch essen, oder vielleicht auch vor dem Fernseher, erleichtert, die Zeit im Krankenhaus überstanden zu haben. Wann mochte ihr wohl bewusst geworden sein, dass sie nicht mehr heimkommen würde?

Er machte sich eine Tasse Kaffee, mit zwei Löffeln Zucker als Ersatz für die fehlende Milch, und nahm den Kaffee und die Kekse mit ins Wohnzimmer. Eine Stunde lang futterte er muffige Kekse und sah unscharfe Bilder über die Mattscheibe flimmern. Um zehn ging er nach oben. Er sah nach, welches der Schlafzimmer das von Mrs. Orchard war (das einzige, das bewohnt schien), und suchte sich eins der hinteren aus. Den Koffer stellte er auf einem Stuhl ab und kramte seine Zahnbürste hervor. Im Bad putzte er sich die Zähne am Waschbecken, das einen Sprung hatte, und kehrte dann in sein Zimmer zurück.

Das Bett war bezogen, sehr zu seiner Erleichterung; er zog sich aus, ließ die Sachen liegen, wie sie fielen, und kroch unter die Decke. Für einen Moment lag er still da und spürte, wie erschöpft er war, dann knipste er die Nachttischlampe aus, schloss die Augen und wurde schlagartig von all den Gedanken heimgesucht, die er sich auf der langen Fahrt gen Norden mühsam vom Leibe gehalten hatte. Die allmähliche, unerbittliche Zersetzung seiner Ehe, der Entschluss, sich zu trennen, die Monate der immer heftigeren Konflikte um das Haus, der endgültig letzte, unvergessliche Abend im einstigen Zuhause, wo sie sich ihren Besitz aufteilten.

*Nimm du das, es hat dir immer besser gefallen als mir.*

*Es war dein Geburtstagsgeschenk, ich hab's für dich gekauft, es ist deins.*

*Ich will es nicht. Nimm es oder schmeiß es weg.*

Bücher, Platten, Nippes – die griechische Vase, Andenken an einen lang ersehnten Urlaub, der von Anfang bis Ende von Streit und Groll verdorben worden war. Bettwäsche, Besteck, Geschirr. Die Kristallgläser (ein Hochzeitsgeschenk von ihrer Patentante) hatte Fiona so rabiat in Zeitungspapier gewickelt, dass bei einem Glas der Stiel abgebrochen war. Heiße Tränen. Eine zersplitterte Ehe, in Kartons verpackt, sieben von ihr, vier von ihm, die hier jetzt mitten im Wohnzimmer standen.

Nach einer Weile gab er den Versuch einzuschlafen endgültig auf. Er knipste die Nachttischlampe wieder an, stand auf und suchte in der Innentasche des Koffers nach dem Brief von Mrs. Orchard, der vor acht Jahren geschrieben worden war und den er hinten in einer Schublade wiedergefunden hatte, als Fiona und er das Wrack ihrer Ehe ausschlachteten. Er setzte sich aufs Bett, nahm den Brief aus dem Umschlag und breitete ihn auf den Knien aus.

*Lieber Liam,*

*du wirst dich kaum an mich erinnern; deine Eltern zogen in das Haus neben dem unseren in Guelph, als du drei Jahre alt warst, und du warst erst vier, als wir dich zum letzten Mal gesehen haben. Doch in der kurzen Zeit hast du eine große Rolle in unserem Leben gespielt, in meinem sowie in dem von meinem Ehemann Charles, und so dachte ich, dass ich dir nun schreiben sollte.*

*Charles ist vor drei Monaten gestorben, Anfang März. Ich hätte dir schon eher geschrieben, aber ich war ein bisschen deprimiert nach seinem Tod. Er hatte eine Blinddarmoperation, bei der es Komplikationen gab, sodass er den Eingriff leider nicht überlebt hat. Für den Fall, dass du dich noch an ihn erinnerst, dachte ich, du würdest wissen wollen, wie er gestorben ist.*

*Wie du siehst, lebe ich nicht mehr in Guelph, sondern bin nach Solace gezogen, nach Nord-Ontario. Meine ältere Schwester lebt hier, und sie hat mich netterweise eingeladen, mit ihr zusammenzuwohnen.*

*Ich weiß nicht, ob du diesen Brief je erhalten wirst – ich schicke ihn an die letzte Adresse, die Charles von deinem Vater hatte. Ich schreibe dir einfach in der Hoffnung, dass er dich erreicht, und aus Dankbarkeit für die Freude, die du Charles und mir geschenkt hast.*

*Mein sehnlichster Wunsch ist es, dass es dir gut gehen möge und dass du dein Leben genießt, lieber Liam. Ich denke oft an unsere gemeinsame Zeit und das macht mich froh.*

*In ewiger Liebe,*
*Elizabeth Orchard*

Er faltete den Brief zusammen, schob ihn in den Umschlag zurück und legte ihn auf den Nachttisch. Er erinnerte sich vage an Mrs. Orchard und ihren Mann; sie waren sehr nett zu ihm gewesen und er hatte viel Zeit in ihrem Haus verbracht. Er erinnerte sich noch an seinen Kummer, als er sie verlassen musste, wahrscheinlich, als seine Familie nach Calgary zog. Aber war er damals nicht noch zu klein gewesen, um begreifen zu können, dass er sie nie wiedersehen würde?

Er hatte den Brief schon mehrere Male gelesen, seit er ihn entdeckt hatte, doch als er nun auf dieser Bettkante in Mrs. Orchards Haus saß, acht Jahre, eine gescheiterte Ehe und eine gestrandete Karriere später, erinnerte er sich an ein weiteres Bruchstück emotionalen Ballasts, das mit dem Eintreffen dieses Briefs verbunden war: Fiona und er waren gerade dabei gewesen, die Hochzeitseinladungen zu verschicken, und es hatte einen Streit zwischen ihnen ausgelöst.

Beide hatten kurz zuvor neue Jobs in Toronto gefunden – Fiona war Anwältin, er selbst Buchhalter –, gut bezahlt und mit besten Aufstiegschancen. Mit dem Umzug aus Calgary, dem Hauskauf und der Hochzeit hatten sie eine Menge um die Ohren, also schlug Fiona (die besser Organisierte von ihnen beiden) vor, die anfallenden Aufgaben zwischen ihnen aufzuteilen. Liam fiel es zu, sich um den Hauskauf zu kümmern, und Fiona hatte unter anderem die Hochzeitsplanung übernommen.

Für die Einladungen an Liams Freunde und Verwandte hatte Fiona einen Termin festgesetzt, an dem er sie erledigt haben sollte. Und das wäre an jenem Abend gewesen.

Der Brief hatte auf dem Tisch im Flur auf ihn gewartet, als er von der Arbeit heimkam. Sein Name stand auf dem Umschlag, aber er war an die Adresse seines Vaters an der University of British Columbia adressiert, mit dem Zusatz *bitte nachsenden.* Es gab keinen Absender, und die Schrift erkannte er nicht – eine altmodische, schräge, blassblaue Frauenschrift. Verwundert öffnete Liam den Brief, sah Mrs. Orchards Namen und fühlte sich prompt um dreißig Jahre zurückversetzt.

Er hatte den Brief sofort gelesen, noch im Flur. Die Nachricht von Mr. Orchards Tod erschütterte ihn über jedes vernünftige Maß hinaus angesichts der Tatsache, dass er fast dreißig Jahre lang nicht an die Orchards gedacht hatte. Aber der Brief machte deutlich, dass er ihnen wichtig gewesen war, und er spürte tief in seinem Inneren, während er dort im Flur stand, dass es auf Gegenseitigkeit beruhte. Er beschloss, augenblicklich zu antworten.

»Wo ist das Briefpapier?«, rief er. Fiona war in der Küche und bereitete das Abendessen zu. Die Abmachung war, sie kochte, er wusch ab.

»Obere Schublade links.«

Er fand Papier und Stift, nahm beides mit in die Küche, setzte sich an den kleinen, runden Resopaltisch und fing an zu schreiben.

*Liebe Mrs. Orchard,*

*ich habe gerade Ihren Brief erhalten, und es tut mir leid zu hören …*

Er knüllte das Blatt zusammen und fing noch mal an. *Liebe Mrs. Orchard …* Er hielt inne.

»Du hast das falsche Papier genommen«, sagte Fiona. Sie war dabei, Schnitzel zu panieren, tunkte die Stücke in eine Schale mit aufgeschlagenem Ei und drückte sie dann ins Paniermehl.

»Was?« Er sah auf.

»Das ist ein gewöhnlicher Notizblock. Das Papier für die Einladungen ist hellblau.«

»Das ist keine Hochzeitseinladung. Ich beantworte nur einen Brief, der gerade gekommen ist. Von einer Frau, die ich als Kind kannte. Ihr Mann ist gestorben.«

»Oh, das tut mir leid.«

Er widmete sich wieder seinem Brief. Es sollte ein guter Brief werden – voller Erinnerungen an Mr. Orchard, Dinge, an die er gerne zurückdachte und die

Mrs. Orchard freuen würden. Das Problem war, dass seine Erinnerungen so verschwommen waren.

»Vielleicht könntest du das machen, wenn du mit den Einladungen fertig bist«, sagte Fiona. »Dann kannst du dich besser darauf konzentrieren.«

»Ich möchte es lieber gleich machen«, entgegnete er zerstreut.

»Das kannst du ja dann später immer noch. Aber wenn du die Einladungen zuerst schreibst, hast du keinen Zeitdruck, dann wird's dir leichter fallen.«

»Ich hab keinen Zeitdruck. Alles gut.«

*Ich erinnere mich an die schönen Zeiten…*

Er zerknüllte das Papier. Dann strich er es wieder glatt – er würde es als Schmierpapier verwenden und erst mal einen Entwurf verfassen.

»Ich finde wirklich, du solltest lieber erst die Einladungen erledigen«, sagte Fiona.

»Ich will erst das hier machen. Das ist wichtig.«

Falsche Antwort; das war ihm sofort klar, aber sein Frust über den Brief war in unbestimmte Gereiztheit mutiert.

»Oh, verstehe«, sagte Fiona. »*Das* ist wichtig.«

Er schloss die Augen. Jetzt geht das wieder los, dachte er. So clever, witzig und hübsch sie auch war, fühlte Fiona sich doch schneller gekränkt als jede andere Frau, die er je getroffen hatte. »Du weißt doch, dass ich es nicht so gemeint hab.«

»Ich glaube doch.«

»Okay.« Er warf den Stift hin. »Du hast recht. Eine

alte Frau, die ihren Mann verloren hat, ist nicht weiter wichtig, verglichen mit ein paar Hochzeitseinladungen.« Er schob den Stuhl zurück, stand auf und ging ins Wohnzimmer. Fand das hellblaue Briefpapier, nahm es mit in die Küche, setzte sich, zückte den Stift.

»Was soll ich denn schreiben?«

»Was du willst, es sind ja deine Einladungen.« Die Schärfe war aus ihrer Stimme gewichen; Fiona war immer versöhnlich, wenn sie sich durchgesetzt hatte. Er dagegen war jetzt gründlich genervt. Er würde Mrs. Orchard heute nicht mehr schreiben, und auch nicht morgen oder übermorgen, denn kaum würde er den Stift aufs Papier setzen, würde er sich an den Wortwechsel erinnern und zu ärgerlich sein, um klar zu denken.

»Du hattest doch so eine Vorlage«, sagte er grimmig.

»Ja, aber die war für meine Freunde. Du willst es für deine Freunde vielleicht anders formulieren.«

»Ich bin sicher, deine Worte werden bestens passen.«

Und so ging es weiter. Kein sonderlich heftiges Gezänk. Keine verbale Messerstecherei, kein zorniges Schweigen, das tagelang anhielt. Die Ironie einer Streiterei über Hochzeitseinladungen war ihm erst später aufgefallen. Doch es war das erste Mal, dass er sich gefragt hatte – ein flüchtiger, schnell unterdrückter Zweifel –, ob er Fiona überhaupt mochte, ganz zu schweigen davon, ob er sie genug liebte, um den Rest seines Lebens mit ihr zu verbringen.

Der Wind hatte über Nacht aufgefrischt, und am Morgen rauschte die alte Birke vor dem Fenster und schwenkte ihre Äste wild hin und her. Er lehnte die Stirn an die Scheibe und sah zu, wie die langen, biegsamen Zweige voller kleiner goldener Blätter über die Rückseite des Hauses fegten. *Rapunzel, Rapunzel,* dachte er.

Im Badezimmer fiel ihm auf, dass der Boden unterm Waschbecken feucht war. Zu feucht, als dass es durch sein Zähneputzen am Abend zuvor verursacht worden sein könnte. Er hockte sich hin, tastete um den Fuß des Beckens herum. Das Holz war vollgesogen und weich. Er würde sich wohl bald mal darum kümmern müssen.

Zum Frühstück gab es wieder Haferkekse und Kaffee, dann fuhr er in die Stadt, um Proviant zu besorgen. Im Auto schaltete er das Radio ein und erfuhr, dass elf israelische Athleten bei der Münchner Olympiade ermordet worden waren. Bevor der Nachrichtensprecher ihm noch mehr davon erzählen konnte, löste der Empfang sich in diffuses Rauschen auf. Liam drehte an der Senderwahl, stieß überall nur auf Störgeräusche und schaltete schließlich verärgert ab.

Der Supermarkt führte ein überschaubares Sortiment. Es gab vor allem Konserven – Gulasch, Bohnen, Pfirsiche, Kochschinken, alles in Dosen. Eigentlich sonderbar, wo der Ort doch von Bauernhöfen umgeben war. Vielleicht kauften die Leute ihr Obst und Gemüse direkt beim Bauern. Vielleicht lag man hier aber auch zu hoch im Norden, um sonderlich viel Grünzeug anzubauen, und es war zu kostspielig, verderbliche Waren aus dem Süden heranzuschaffen.

Er und Fiona hatten immer am Samstagvormittag zusammen eingekauft. Nun, da er ihre Wünsche nicht mehr berücksichtigen musste, war er nicht sicher, was er alles brauchte. Er ließ eine Packung *Shredded Wheat* in den Einkaufswagen fallen, dazu ein Päckchen Cheddar (den einzigen Käse im Angebot), einen Karton Milch und einen Becher Margarine. Weißes Scheibenbrot (keine Auswahl), eine Packung Rinderhack, Erdnussbutter, Marmelade – das Glas im Kühlschrank war fast leer. Mehr Kaffee, Eier. Am Ende des ersten Ganges entdeckte er doch noch etwas Frischware in Kisten auf dem Boden – Maiskolben, Möhren, grüne Bohnen, Zwiebeln, Äpfel, Birnen. Fiona hätte das ganze Gemüse gekauft, also kaufte er nur Obst – aus einer Art Trotz, auch wenn es kindisch war. Als er seine zwei Papiertüten zum Auto hinaustrug, sah er Viertelpfundkörbchen mit Blaubeeren vor der Tür, auf einem Tisch aus umgedrehten Kisten, also kehrte er noch einmal um und kaufte eins davon.

Auf dem Heimweg machte er wieder einen Umweg zum See und parkte den Wagen an der Rampe, die zum Ufer hinabführte. Am Abend zuvor hatte es so friedlich ausgesehen; jetzt rollten Brecher heran, die hohe Schaumfontänen aufsprühen ließen, wo sie auf die Felsen trafen, und in langen Gischtzungen am Strand ausliefen, um beim Rückfluss geräuschvoll die

Kiesel mitzureißen. Er sah ihnen eine Weile zu, ohne irgendetwas zu fühlen oder zu denken, dann gab er sich einen Ruck und kehrte zum Auto zurück.

Zu Hause holte er die Tüten aus dem Kofferraum und lud sie auf dem Küchentresen ab. Als er die Haustür schließen ging, zögerte er, denn wieder hatte er das Gefühl, etwas gehört zu haben. Wieder kam er zu dem Schluss, dass er es sich nur eingebildet hatte, und erreichte die Tür gerade rechtzeitig, um einen Streifenwagen in die Einfahrt einbiegen zu sehen.

# 4

## CLARA

Sie dachte, sie hätte den Mann nur im Traum gesehen, aber nein, am Morgen stand sein Auto immer noch da. Sie hatte plötzlich Angst um Moses. Was, wenn der Mann ihn gefunden hatte? Was, wenn er keine Katzen mochte? Er könnte ihn umbringen! Das Katzenfutter, der Napf, das Katzenklo – stand alles in der Waschküche. Eine Dose Futter reichte für zwei Tage, und es war pures Glück, dass gerade keine angebrochene Dose im Kühlschrank stand. Wenn der Mann die Dosen noch nicht bemerkt hatte, würde er es sicher bald tun, und dann wüsste er, dass Moses da war. Clara stellte sich vor, wie er hinter den Möbeln und unter den Betten nach Moses suchte, bis er ihn schließlich gefunden hatte. Moses würde in die hinterste Ecke zurückweichen, einen Buckel machen und das Mäulchen in einem stummen Angstschrei aufreißen.

Sie würde seine Sachen wegräumen müssen. Ins Haus schleichen, wenn der Mann ausgegangen war, und sich alles schnappen ... aber wohin damit? Moses konnte nicht zu ihnen ins Haus, weil ihre Mutter allergisch war. Blieb nur die Garage. Da konnte sie seine Sachen hinbringen und ihn auch füttern.

Bloß heute Morgen ging das nicht, weil der Mann noch da war, als sie in die Schule musste. Also würde Moses den ganzen Tag hungrig bleiben. Bei dem Gedanken war ihr ganz elend zumute, bis ihr wieder einfiel, was er für ein guter Jäger war. Ständig schleppte er tote Vögel an. (Clara konnte es nicht leiden, aber Mrs. Orchard sagte, Katzen seien nun mal Raubtiere. »Es ist ihre Natur, Clara, es gehört zum Katzesein.«) Dennoch würde Moses denken, sie hätte ihn vergessen, und würde sich im Stich gelassen fühlen.

Zu der Sorge um Moses gesellte sich die Sorge um Rose und die um Mrs. Orchard, und die drei Sorgen wühlten in ihr und verursachten ihr Bauchschmerzen, sodass sie sich auf rein gar nichts von dem konzentrieren konnte, was Mrs. Quinn im Unterricht sagte.

Seit Roses Verschwinden war Mrs. Quinn besonders nett zu Clara. Sie konnte streng sein, und wenn man nicht aufpasste, bekam man einen Rüffel, aber Clara konnte beim besten Willen nicht aufpassen, und Mrs. Quinn rügte sie trotzdem nicht, nahm sie im Unterricht nicht dran und stellte ihr auch keine Fragen über Roses Verschwinden, was für sie eine Erleichterung war.

Dafür sprachen Claras Freundinnen umso mehr davon. Meist auf dem Schulhof in der Pause.

Ruth sagte atemlos (sie hatte ein neues Springseil und versuchte, auf hundert Sprünge am Stück zu kommen): »Mummy sagt (japs), deine Schwester ist wild (japs), und das musste ja (japs) böse enden.«

Susan fragte neugierig: »Wieso ist sie denn weggelaufen? Waren deine Eltern fies zu ihr?«

Sharon zupfte an ihren Haaren, die lang und blond waren und sich zu Locken kringelten, die sie hasste. »Erwartet sie etwa ein Baby? Weil, sie ist ja mit 'ner Menge Jungs rumgezogen, nicht?«

Jenny, Claras beste Freundin, wisperte: »Keine Angst, ich bleib deine Freundin, egal, was die anderen reden.« Aber es klang so selbstgefällig, dass Clara nicht mehr ihre Freundin sein wollte.

Sie ging dazu über, die Pausen auf der Schultreppe zu verbringen, wo sie mit einem Stöckchen Bilder von Moses in den Staub zeichnete. Zwei Kreise: ein kleiner mit zwei Ohren, zwei Augen, einer Nase und einem Maul mit drei Schnurrhaaren an jeder Seite, darunter ein größerer mit einem Schwanz und zwei Beinen. Immer wieder wischte sie das Bild mit dem Fuß weg und zeichnete es noch mal. So brauchte sie wenigstens niemanden anzuschauen.

Als sie heimkam, stand das Auto des Mannes immer noch in der Einfahrt. Was nicht heißen musste, dass er da war. Er konnte auch in die Stadt gegangen sein, oder an den See; besser erst mal abwarten. Ihre Mutter war nicht in der Küche oder im Wohnzimmer, also ging Clara nach oben. Die Tür des Elternschlafzimmers war zu; während sie noch dastand und zögerte, hörte sie die Stimme ihrer Mutter: »Hallo, Süße, komm rein.«

Clara öffnete die Tür. Die Vorhänge waren zugezogen, doch sie konnte den Umriss ihrer Mutter auf dem Bett erkennen.

»Ich hab mich nur mal kurz hingelegt«, sagte ihre Mutter. Es klang, als ob sie lächelte, aber man merkte ihr an, dass sie nur so tat. »Ich bin ein bisschen müde. Aber ich werde bald aufstehen und Abendessen machen. Wie war's in der Schule?«

»Ganz okay«, sagte Clara.

»Gut. Ich komm dann gleich runter.«

»Du bist doch nicht krank, Mummy?«

»Nein, nein, nur müde, aber ich steh gleich auf.«

Clara ging hinunter ins Wohnzimmer und nahm ihren Wachposten ein, diesmal am Seitenfenster. Sie gab acht, dass sie halb von der Gardine verborgen war, sodass der Mann sie nicht sehen konnte, falls er aus Mrs. Orchards Fenster schaute. Es war dreizehn Tage her, seit Rose fortgegangen war: beinah zwei Wochen. Gestern Abend hatte sie ihre Mutter zornig zu ihrem Vater sagen hören: »Weißt du, was am schwersten zu ertragen ist? Dein Optimismus. Dein andauernder, unerschütterlicher *Optimismus*, für den es überhaupt keinen Grund gibt! Als ob das alles nur eine Art Spiel wär!«

Schweigen, dann sagte ihr Vater, so leise, dass Clara ihn kaum verstehen konnte: »Di, ich versuche doch nur, das hier durchzustehen, genau wie du.«

»Eben *nicht* genau wie ich, jetzt tu doch nicht so! Du bist nicht derjenige, der Krach mit ihr hatte! Nein, das überlässt du ja immer mir, damit du den ach so gütigen, verständnisvollen Vater spielen kannst! Und jetzt kannst du dir sagen, du hast keine Schuld, dass sie weggelaufen ist! Dir kann man nichts vorwerfen! Also tu nicht so, als würdest du dasselbe durchmachen wie ich!«

Clara hörte zu, und alles krampfte sich in ihr zusammen. Mum und Dad sind wirklich mit den Nerven am Ende, sagte sie im Stillen zu Rose, die sich irgendwo da draußen in der Welt rumtrieb, wo Clara noch niemals gewesen war. Du musst wiederkommen, Rosie. Bitte komm wieder nach Hause.

Drüben war immer noch keiner zu sehen, und sie war schon drauf und dran rüberzugehen, um Moses' Sachen zu holen, als der Mann, einen Keks knabbernd, in Mrs. Orchards Wohnzimmer geschlendert kam. Das sollte man nicht, herumlaufen und dabei essen, das gab überall nur Krümel, man sollte am Tisch sitzen bleiben, bis man fertig war.

Der Mann trat ans Bücherregal und sah sich Mrs. Orchards Bücher an. Er stand mit dem Rücken zu Clara, doch als er den Kopf drehte, konnte sie ihn kauen sehen. Wenn Moses im Haus war (aber wahrscheinlich hatte er sich ja in den Garten verzogen), dann würde er unterm Sofa hocken und sehen, wie es Krümel regnete und wie die Männerfüße auf Mrs. Orchards Boden hin und her liefen. Und wie Clara würde er sich wünschen, dass der Mann verschwände. Und wegbliebe. Dann würde Mrs. Orchard wiederkommen, und Rose würde wiederkommen, und alles würde wieder normal.

Kurz nach sechs ging der Mann endlich vor die Tür. Er nahm nicht den Wagen, er ging zu Fuß die Einfahrt runter und dann nach links, in Richtung Stadt. Das Timing war perfekt, weil Clara gerade ihr Abendessen beendet hatte (am Fensterbrett, wie abgemacht). Sie nahm Mrs. Orchards Schlüssel und schlich hinüber zum Nachbarhaus. Das Schleichen konnte sie sich nicht verkneifen, obwohl sie wusste, dass der Mann nicht da war. Sie ging durch die Hintertür, denn auf die Weise lief sie nicht Gefahr, auf den Mann zu stoßen, falls er plötzlich zurückkam.

Es gab keinen Zaun zwischen ihren Gärten, nur eine Baumreihe, durch die sie durchschlüpfen konnte, ohne um das Haus herumgehen zu müssen. In der Waschküche sammelte sie Moses' Schüssel und Dosen ein (es waren nur noch drei übrig, sie würde ihre Mutter bitten müssen, Nachschub zu besorgen) und trug alles hinüber in ihre Garage. Sie stellte die Sachen in die Ecke, damit ihr Vater nicht drüberrollte, wenn er in die Garage fuhr. Dann kehrte sie zurück, um das Katzenklo zu holen. Sie würde Moses mit Futter in die Garage locken müssen; er mochte keine fremden Orte.

Alles funktionierte bestens, bis zu dem Punkt, wo es schiefging. Sie hatte den Dosenöffner vergessen. Der von Mrs. Orchard war an der Wand in der Küche angebracht, aber Clara hatte Angst davor, in die Küche zu gehen. Falls der Mann die Tür zum Flur offen gelassen hatte, würde er sie sofort erwischen, wenn er ins Haus käme. Also lief sie in ihre eigene Küche und holte den alten Dosenöffner ihrer Mutter, doch es wollte ihr nicht gelingen, den Dorn durch den Deckel zu stoßen. Sie versuchte es immer wieder, bis ihr die Hand wehtat und sie vor lauter Anspannung zu atmen vergaß.

Sie ging wieder ins Haus, um sich von ihrer Mutter helfen zu lassen, aber ihre Mutter lag noch im Bett. Clara hockte sich auf die Küchentreppe, mit der Dose auf den Knien. Sie wusste nicht, was sie tun sollte. Doch dann tauchte Moses auf und setzte sich neben sie, was sehr ungewöhnlich und sehr nett von ihm war. Aufrecht saß er da, den Schwanz um die Pfoten gelegt, und beobachtete zwei Krähen auf dem Garagendach. Die Krähen beobachteten ihn ihrerseits. Ab und zu hüpfte eine auf und nieder und krächzte ihn an, aber Moses zuckte nicht mit der Wimper. An dem Katzenfutter schien er nicht weiter interessiert, obwohl er doch kein Frühstück bekommen hatte. Was nur heißen konnte, dass er irgendwas gekillt hatte, sagte sich Clara. Sie musste ihn regelmäßig füttern, damit er nicht so viel mordete.

Einträchtig saßen sie nebeneinander und beobachteten Vögel, und allmählich ging Claras Atem wieder normal. Schließlich gab sie sich einen Ruck und sagte zu Moses: »Wir müssen in Mrs. Orchards

Küche gehen und ihren Dosenöffner benutzen, und wir müssen es gleich tun, bevor er wiederkommt.« Sie stand auf, Moses erhob sich ebenfalls, und zusammen durchquerten sie die beiden Gärten. Clara schloss Mrs. Orchards Waschküche auf und trat ein, mit Moses auf den Fersen. Sie horchte einen Moment, klopfenden Herzens, aber Moses schlüpfte an ihr vorbei in die Küche, was nur heißen konnte, dass der Mann nicht da war. Clara ging trotzdem auf Zehenspitzen. Sie hielt die Dose an den Öffner, sodass der Magnet sie festhielt, und schaltete ein – nur um gleich wieder auszuschalten, starr vor Schreck; sie hatte nicht bedacht, dass der Öffner so laut surrte. Sie horchte. Keine Schritte. Kein Schlüsselklirren. Moses strich ihr um die Beine, die Vögel waren vergessen.

»Du musst jetzt gut lauschen«, wisperte Clara ihm zu. »Und mir gleich Bescheid geben, wenn er kommt, okay?« Moses hörte auf, im Uhrzeigersinn um ihre Beine zu streifen, und versuchte, die Sache gegen den Uhrzeigersinn zu beschleunigen.

Sie schaltete die Maschine wieder ein und wartete mit angehaltenem Atem, bis der Deckel abgelöst war. Dann schnappte sie sich die Dose, und beide, Kind und Katze, machten sich schleunigst davon.

Tage vergingen. Daheim wurde es immer schlimmer. Das Haus schien irgendwie enger zu werden, oder vielleicht, dachte Clara, wurde es nur in ihr drin immer enger. Es fühlte sich an, als würde man keine Luft mehr im Haus bekommen. Keine Minute mehr fühlte sich das Leben normal an.

In der Schule saß sie an ihrem Pult, blickte auf die Tafel, wenn Mrs. Quinn etwas anschrieb, und hörte zu, wenn sie sprach, aber sie sah nichts und hörte kein Wort.

Dann passierte etwas Überraschendes. Eines Nachmittags sah sie auf dem Heimweg von der Schule Dan Karakas am Straßenrand. Es war ein Stück Landstraße, an dem es keine Häuser gab, nur Wald; man hatte hier also nichts zu suchen, wenn man nicht gerade aus der Schule kam, aber Dan war in Roses Alter und ging in ihre Klasse an der Oberschule. Sein Vater war Bauer, und die Familie wohnte außerhalb der Stadt, und wie alle Kinder vom Land fuhr Dan mit dem Schulbus. Heute musste er schon ein ganzes Stück vor seiner Haltestelle ausgestiegen sein. Obwohl er nirgends hinzuwollen schien. Er stand nur da, Zigarette in der Hand, als ob er auf jemand wartete. Es konnte aber nicht Clara sein; ältere Jungs ließen sich nicht mal tot mit jüngeren Schülern blicken, erst recht nicht mit Mädchen.

Sie ging auf ihn zu. Rose mochte Dan. Wenigstens war er kein so'n Blödmann wie die anderen, hatte sie gemeint.

»Hi«, sagte er, als Clara näher kam.

Clara blieb überrascht stehen, weil es klang, als ob er sie kennen würde und mit ihr reden wollte. Sie hatte ihn noch nie getroffen; sie wusste nur, wer er war, weil Rose ihn ihr einmal aus der Ferne gezeigt hatte. Aber er hatte ein nettes Gesicht, entschied sie. Sein schwarzes Haar stand buschig vom Kopf ab. Er zog an seiner Zigarette, ließ sie dann fallen und trat sie mit dem Schuh aus. Ringsum lagen schon mehrere Kippen.

»Hi«, sagte sie unsicher. Wollte er wirklich mit ihr reden, oder sollte sie lieber weitergehen?

»Du bist Clara, stimmt's?«

Sie nickte.

»Ich wollte mal wissen…« Er sah sie nicht an, stupste mit der Schuhspitze gegen einen Stein, »ob du irgendwas von Rose gehört hast. Ob sie dir vielleicht 'ne Postkarte geschickt hat oder so.«

Clara machte große Augen – woher wusste er, dass Rose versprochen hatte, sich bei ihr zu melden?

»Und?« Er sah kurz auf, senkte dann wieder den Blick.

»Nein«, sagte Clara. Dann kam ihr ein Gedanke: War er vielleicht der Bote? Schickte Rose ihr vielleicht eine Botschaft durch ihn?

»Und *du?*«, fragte sie, plötzlich atemlos vor Hoffnung.

Dan trat heftig gegen den Stein, der aus der Erde sprang und auf die Straße kullerte. Er angelte ihn mit dem Fuß zurück und kickte ihn zwischen die Bäume. »Nein«, sagte er. »Ich dachte nur, du vielleicht. Du hast überhaupt nichts von ihr gehört?«

»Nein«, sagte Clara. Und weil hier endlich jemand

war, dem sie sich anvertrauen konnte, setzte sie hinzu: »Sie hat gesagt, sie meldet sich, hat sie aber nicht.«

Er nickte. »Ja, das hat sie mir auch gesagt. Wir haben ausgemacht, dass sie mir über Rick Steels Adresse schreibt, damit meine Eltern sich nicht wundern, von wem ich Post kriege. Rick hat einen Brieffreund in Toronto, da fällt es nicht weiter auf. Aber Rick hat keine Post bekommen.«

Sie starrte ihn an, ungläubig, mit bitterem Groll. Er wollte ihr wohl weismachen, dass Rose in ihn verliebt war, aber das war eine Lüge, weil Rose ihr alles erzählte, und ihn hatte sie noch nicht mal erwähnt, außer das eine Mal, als sie sagte, dass er kein Blödmann sei. Rose würde nur jemandem schreiben, den sie wirklich liebte, wie Clara. Und überhaupt, wann hätte Rose ihm denn sagen sollen, dass sie abhauen wollte? Sie konnte an dem Tag ja noch gar nicht wissen, dass sie Krach mit ihrer Mutter kriegen würde.

»Wann?«, sagte Clara tonlos.

»Was, wann?«

»Wann hat sie dir gesagt, dass sie wegwollte?«

»An dem Abend, als sie weggegangen ist. Sie ist auf den Hof gekommen. Hat gefragt, ob ich mitwollte. Ich konnte nicht. Es ist Erntezeit. Ich konnte meinen Dad doch nicht mit der Ernte allein lassen, das würde er nicht schaffen. Aber ich hab gesagt, ich würde nachkommen, wenn die Ernte rum ist. Sie wollte mir schreiben, damit ich weiß, wo ich sie finde.«

In Claras Kopf drehte sich alles. Rose hatte ihn

mitnehmen wollen? Einen Moment war sie sprachlos. »Ich muss jetzt heim«, sagte sie schließlich.

»Oh.« Er warf ihr einen verdutzten Blick zu. »Okay.«

Nachdem sie ein paar Minuten gegangen war, hörte sie eilige Schritte hinter sich, und Dan holte sie ein.

»Hey, Clara«, sagte er. Sie ging weiter, aber er blieb an ihrer Seite. »Hey, hör mal, tut mir echt leid, wenn ich was Falsches gesagt hab. Ich wollte nur wissen, ob du was von ihr gehört hast. Ob es ihr gut geht.«

Clara ging weiter.

»Hör mal«, sagte er, »ich weiß nicht, wieso du jetzt sauer bist, aber wir müssen in Kontakt bleiben, falls einer von uns was von ihr hört. Wenn du mir eine Nachricht hinterlassen willst...« Er zögerte. »Ähm, du kannst doch schon lesen und schreiben?«

Clara blieb ruckartig stehen und fuhr herum. »Natürlich kann ich lesen und schreiben! Ich bin fast acht!« Rose hatte sich in ihm getäuscht, er war ein Blödmann.

»Oh, okay, sorry. Umso besser. Ich wollte nur sagen, du kannst die Nachricht Rick Steels Schwester geben. Sie heißt Milly oder Molly oder so. Sie ist in der Siebten oder Achten. Bei dir auf der Schule. Kennst du sie?«

Clara nickte widerstrebend. Molly war eins von den großen Mädchen. Clara hatte nie mit ihr geredet, aber sie wusste, wer sie war.

»Sie heißt Molly! Sie ist in der Achten!«

Er grinste ein bisschen, was unhöflich war, weil sie gar nichts Komisches gesagt hatte. »Okay, Molly«, er nickte. Dann sagte er »Bye«, machte kehrt und ging in die andere Richtung davon.

Das einzig Gute an dem Mann nebenan war, dass er jeden Abend gegen sechs aus dem Haus ging und mindestens eine Stunde wegblieb. Wenn es nicht regnete, ging er zu Fuß. Clara nahm an, dass er zum Essen ins Hot Potato ging, weil er ein Mann war und Männer nicht kochen konnten. Auf dem Küchentresen stand schmutziges Geschirr herum, wenn sie Moses' Dosen öffnen ging, aber das war wohl vom Frühstück und Mittag. Es sah unordentlich aus, und Clara musste es sich verkneifen, einen Stuhl vor die Spüle zu schieben, um sich zum Abwaschen draufzuknien und die Teller und Tassen in den Schrank zurückzustellen, wo sie hingehörten. Mrs. Orchard ließ nie etwas herumstehen.

Clara musste um sieben zu Bett gehen (manchmal konnte sie es noch bis halb acht rauszögern), sodass ihr eine ganze Stunde blieb, um im Nachbarhaus mit Moses zu spielen, damit er sich nicht so einsam fühlte. Sie fütterte ihn immer noch in der Garage, doch sie hatte keine Angst mehr, in Mrs. Orchards Küche zu gehen, weil der Mann immer der gleichen Routine folgte.

Sie und Moses hatten auch eine Routine: Nachdem Moses sein Futter verputzt hatte, liefen sie hinüber ins Wohnzimmer, wo Moses die Maus belauerte und Clara herumspazierte und sich alles genau anguckte. Die vier Kartons standen noch immer mitten im Raum. Sie waren mit braunem Klebeband verschlossen, sodass Clara nicht hineinschauen konnte. Aber sie waren beschriftet. Die Schrift war schlampig, und es dauerte eine Weile, bis sie das Gekrakel entziffert hatte. *Wohnzimmer,* stand auf einem Karton, *Kleidung* auf einem anderen, *Bücher, Papiere* auf dem dritten, und auf dem letzten irgendetwas wie *Div,* von dem sie nicht wusste, was es bedeutete.

Manchmal setzte sie sich in den Sessel, in dem sie immer Platz genommen hatte, wenn sie und Mrs. Orchard eine Tasse Tee oder ein Glas Limonade miteinander tranken. Neben dem Sessel stand ein kleiner Tisch in genau der richtigen Höhe, um ein Getränk und einen Teller Kekse abzustellen, aber jetzt gab es keinen Tee mehr, und auch keine Kekse, weil der Mann sie alle aufgegessen hatte. An jenem Tag – dem Tag, nachdem sie Dan Karakas getroffen hatte – war sie so kribbelig, dass sie kaum still sitzen konnte, und allein hier zu sitzen, ohne Mrs. Orchard im anderen Sessel, das gab ihr ein Gefühl von schmerzhafter Enge in der Brust. Sie wollte gerade wieder aufstehen, als Moses noch einmal etwas sehr Ungewöhnliches tat: Er ließ die Maus Maus sein, sprang auf Claras Schoß, rollte sich zusammen und fing an zu schnurren. Clara war so freudig überrascht, dass ihr für einen Moment der Mund offen stehen blieb. Sie hatte Moses schon oft schnurren hören – es war ganz schön laut –, aber sie hatte es noch nie gespürt. Ihr ganzer Körper vibrierte mit, als ob sie ebenfalls schnurrte.

Sie wusste natürlich, dass es immer noch ein Risiko war, sich im Haus aufzuhalten; der Mann konnte jederzeit zurückkommen. Doch außer auf den Schlüssel in der Tür zu horchen, konnte sie nichts machen, wenn sie ihr Versprechen halten wollte, das sie Mrs. Orchard gegeben hatte. Sie hatte versucht, Moses dazu zu bringen, ganz in die Garage umzuziehen – sie hatte ihre Mutter um ein altes Handtuch gebeten und es als Lager für ihn auf den Betonboden drapiert –, aber er wollte nichts davon wissen. Das Nächstbeste wäre gewesen, ihn einfach draußen zu lassen, aber das wollte er auch nicht, und außerdem wurde es langsam zu kalt. Er bestand darauf, genauso gemütlich weiterzuleben wie zuvor, in Mrs. Orchards Wohnzimmer.

Wahrscheinlich, sagte sich Clara, wartete er auf Mrs. Orchard wie sie auf Rose. Das Haus aufzugeben hieße für Moses, Mrs. Orchard aufzugeben. Das konnte Clara gut verstehen. Sie verstand auch, weshalb er mittlerweile die meiste Zeit unterm Sofa hockte, außer wenn sie da war. Er hatte andauernd Angst. Genau wie sie. Sie hatte von Tag zu Tag mehr Angst, und sie wusste nicht mal, wovor.

Neun Tage, nachdem er in Mrs. Orchards Haus gezogen war, und einundzwanzig Tage, nachdem Rose verschwunden war, trug der Mann ein paar leere Kartons ins Wohnzimmer und fing an, Mrs. Orchards Sachen einzupacken. Er hatte kein Recht, die Sachen anzufassen, und erst recht nicht, sie von ihrem Platz zu nehmen. Wenn er sie einpackte, bedeutete das, er wollte sie aus dem Haus schaffen, ohne Mrs. Orchard zu fragen. Also war er ein Dieb.

Zum Glück war es Samstag, sodass Clara nicht in der Schule war und ihn dabei beobachtete.

»Mummy!« Sie rannte in die Küche. »Mummy! Der Mann klaut Mrs. Orchards Sachen!«

Ihre Mutter saß am Küchentisch, über die neueste Ausgabe des *Temiskaming Speaker* gebeugt, nicht die Titelseite, eine weiter innen. Fast am unteren Rand war ein Foto von Rose zu sehen, mit der Unterzeile: *»Mädchen aus Solace noch immer vermisst.«* Der Text darunter nur daumenbreit. Vorige Woche hatte der *Speaker* dasselbe Bild gebracht, aber größer. Und in der Woche davor war das Bild auf der Titelseite gewesen, mit der Schlagzeile: *»Wer hat Rose gesehen?«*, und Details darüber, wann sie verschwunden war.

Claras Mutter sah auf und lächelte matt. »Es ist schon nicht mehr aktuell, siehst du«, sagte sie. »Was anderes ist jetzt wichtiger. Der Preis von Mais.«

Sie konnte es ihrer Mutter ansehen: Ihr Kopf war so voll von Rose, dass sonst nichts darin Platz hatte. Clara hätte sie am liebsten umarmt, aber zugleich auch angeschrien. Ihr Vater war nach North Bay gefahren, um Leute zu fragen, ob sie Rose gesehen hatten. Er fuhr auch jeden Tag nach der Schule in der ganzen Gegend herum, genauso wie an den Wochenenden. Clara wollte, dass er nach Hause kam; sie wollte nicht mit der Verzweiflung ihrer Mutter allein sein. Aber meistens kam er nicht heim, bevor sie eingeschlafen war.

Sie kehrte ins Wohnzimmer zurück. Der Mann räumte gerade den Kaminsims ab: ein Paar Kerzenhalter (die Kerzen legte er lose in den Karton, sodass sie sicher kaputtgehen würden), eine Schale, in deren Glas man das Bild von einem Hundeschlitten erkennen konnte, und ein Eistaucher, der aus schwarzem Stein gemeißelt war. In einen kleineren Extrakarton steckte er eine verschnörkelte Uhr mit römischen Ziffern (Mrs. Orchard hatte gesagt, dass sie römisch waren, und ihr beigebracht, damit bis hundert zu zählen) und eine Gruppe handgeschnitzter Holzfiguren (Claras Zweitliebstes im Haus, nach Moses): vier alte Männlein, die Pfeife rauchend und Karten spielend um einen Tisch saßen, alle ganz perfekt, bis hin zu den Falten in ihren Hemden und den winzigen, fadendünnen Schnürsenkeln in ihren Stiefeln.

Der Mann wickelte die Uhr und die Schnitzerei (jedes Männlein einzeln, zusammen mit seinem Stuhl und einer Handvoll Karten) sorgfältig in Zeitungspapier, bevor er sie in den Karton legte. Dann ging er hinüber zu dem Tisch, auf dem Mrs. Orchards Fotos standen (die Bilder von ihrem Mann, ihre kostbarsten Schätze!), wählte drei davon aus und verpackte sie ebenfalls in Papier.

Alles andere stopfte er eher achtlos in den größeren Karton. Man konnte sehen, dass es ihm egal war, was mit diesen Sachen passierte. Als er alles bis auf die Bücher eingepackt hatte, streckte er sich, rieb sich den Rücken, sah auf die Uhr (es war kurz vor sechs) und ging wie üblich aus dem Haus, zum Essen.

Ein paar Minuten, nachdem der Mann gegangen war, geschah etwas Unerwartetes: Claras Vater kam früher nach Hause als sonst. Als sie sein Auto in der Einfahrt sah, stürzte sie in den Flur, um ihn willkommen zu heißen.

»Daddy!« Sie riss die Tür auf. »Der Mann klaut Mrs. Orchards Sachen!«

»Hallo, Kleines«, sagte ihr Vater. »Was war das eben?«

Er sah grau und erschöpft aus, aber es war ihr egal.

»Der Mann nebenan klaut Mrs. Orchards Sachen! Er steckt sie in Kartons, und er wird sie mitnehmen!«

»Aha«, sagte ihr Vater zerstreut, während er den Autoschlüssel auf den Flurtisch legte. »Na ja, ich nehme an, das ist seine Sache.«

Clara war verdattert. Was sollte das heißen? Wie konnte es seine Sache sein?

»Aber das sind Mrs. Orchards Sachen! Wenn sie aus dem Krankenhaus kommt, wird sie die brauchen!«

Ihr Vater blickte sie an. Als er nicht antwortete, holte Clara ganz tief Luft und wiederholte es noch einmal, schrie es heraus: *»Das sind Mrs. Orchards Sachen!«*

Ihr Vater hockte sich vor sie hin und umfasste ihre Arme. »Clara«, sagte er sanft, »du regst dich ganz umsonst auf. Mach dir keine Sorgen wegen dem Mann nebenan. Er...« Ihr Vater zögerte. »Er passt für Mrs. Orchard auf das Haus auf, weißt du. Sie wird nichts dagegen haben, versprochen.«

»Wohl! Wohl wird sie was dagegen haben! Du kennst sie nicht so wie ich, ich weiß, dass sie an den Sachen hängt!« Plötzlich schluchzte sie, was sie sonst nie tat, weil Rose es nicht leiden konnte, wenn sie weinte. Aber Rose war verschwunden, keiner wusste, wo sie war, und sie alle taten, als sei alles in Ordnung, statt ihr die Wahrheit zu sagen. Alle, *alle* logen sie an, selbst Mrs. Orchard, die gesagt hatte, sie würde bald wieder heimkommen, aber das stimmte nicht, und jetzt klaute ein Dieb all ihre Sachen, und keiner kümmerte sich darum.

Ihr Vater versuchte, sie in die Arme zu nehmen, um sie zu trösten, aber sie riss sich los. »Du lügst! Du kennst sie nicht! Ich kenne sie! Ich weiß, dass sie ihre Sachen braucht! Du lügst! Du bist ein Lügner!«

Ihr Vater stand auf. »Das reicht jetzt, Clara. Ich weiß, du bist durcheinander, aber so etwas darfst du nicht sagen.«

Auf einmal blickte er an ihr vorbei, und sie drehte sich um und sah ihre Mutter im Flur, und die beiden sahen sich über Claras Kopf hinweg an. Ihre Mutter schaute fragend, und als Clara zu ihrem Vater aufblickte, sah sie ihn fast unmerklich den Kopf schütteln.

»Ihr seid alles Lügner!«, schrie Clara. »Lügner! Lügner! Lügner!«

Sie hockte auf ihrem Bett und zupfte mit den Zähnen an einem Fingernagel. Sie kaute daran herum, bis kein vorstehendes Stück von dem Nagel mehr übrig war, nur noch rohe rosa Haut mit einem schmalen Blutrand.

# 5

## ELIZABETH

Mrs. Cox von der Bettreihe gegenüber trägt wieder mal ihr Lieblingsnachthemd. Wir bringen hier unsere eigene Nachtwäsche mit, die bei Bedarf von unseren Familien mit heimgenommen und gewaschen wird, oder aber vom Krankenhaus, wenn wir alleinstehend sind. Mrs. Cox' Nachthemd ist eine rüschige rosa Kreation, nicht ganz knielang. Mrs. Cox hat wahrlich die hässlichsten Stampfer, die ich je an einem Menschen gesehen habe: fett, weiß, voll grotesker Dellen, mit lila Krampfadern garniert. Sie muss sich das Nachthemd aus dem Katalog ausgesucht haben, in der fatalen Annahme, sie würde damit aussehen wie das junge Ding auf der Abbildung. Offensichtlich hat sie zu Hause keinen Ganzkörperspiegel. Aber womöglich kann Ahnungslosigkeit auch ein Segen sein.

Ich trage grundsätzlich Pyjamas. Da riskiert man nichts.

Das Luftholen fällt mir immer schwerer. Wahrscheinlich, weil ich so viel liege. Es fühlt sich an, als laste ein

Gewicht auf meiner Brust, als hockte etwas Schweres drauf. Ein Bär vielleicht. Heute Morgen habe ich es dem Doktor gesagt, als er auf seiner Runde vorbeikam. Er hat gelacht und mich mit seinem Stethoskop abgehört und gesagt, er glaube nicht, dass es ein Bär sei. Was es ist, hat er aber nicht gesagt, nur, dass ein zweites Kissen helfen könnte, also hat Schwester Roberts mir eins gebracht. Es hilft tatsächlich, obwohl ich immer noch Atemnot habe.

Schwester Roberts sieht unglücklich aus. Als sie heute Morgen hereinkam, hatte sie rote Augen und war sehr blass. Als sie nach der Visite die Medikamente verteilte, fragte ich sie ganz leise, damit die anderen es nicht hörten: »Was ist los, Kindchen?« Sie lächelte mich an, zuckte die Schultern und sagte schlicht: »Ein Mann.«

Aber Martha heiterte sie auf – sie heiterte den ganzen Krankensaal auf, unabsichtlich, versteht sich. Schwester Roberts sagte, sie müsse ihr eine Spritze geben, und Martha keifte: »Ich hasse Spritzen!«

Schwester Roberts sagte mitfühlend, aber bestimmt: »Ich weiß, meine Liebe, die mag niemand«, und Martha sagte: »Ich hasse sie aber *mehr* als andere, ich *hasse* es, wenn man was in mich reinsteckt.« Nach einer kleinen Pause setzte sie hinzu: »Sex mochte ich auch nie so besonders, um ehrlich zu sein.«

Schwester Roberts lachte so sehr, dass sie sich aufs Bett setzen musste, um wieder zu Atem zu kommen. Ihre Spritze kriegte Martha trotzdem, was sie mit

Schmollen quittierte. Wie ein Kind. Eine halbe Stunde lang sagte sie keinen Ton. Es war sehr erholsam. Ich hoffe, sie muss öfter Spritzen kriegen. Dreimal am Tag wäre nett.

Gestern hat sie sich nach meinem Familiennamen erkundigt. »Elizabeth wie?«, fragte sie. Mir wurde ein bisschen blümerant, als ich ihn ihr sagte. Sie ist etwa in meinem Alter. Doch es ist dreißig Jahre her, und außerdem kommt sie aus einer sehr abgelegenen Gemeinde hoch im Norden – vermutlich hatten sie dort gar keinen Zugang zu Tageszeitungen. Zumindest schien der Name ihr nichts zu sagen.

Heute Nachmittag hatte Mrs. Dubois, die das Bett neben Mrs. Cox belegt, Besuch von ihrem Mann und zwei kleinen Jungen. Der Jüngere ist etwa anderthalb, noch in der tapsigen Phase, und der Ältere dürfte an die drei Jahre alt sein. Beide sind dunkeläugig, mit wunderschön olivfarbenem Teint, wie ihre Mutter. In ihren blau-gelb gestreiften Pullis schwirren sie wie die Hummeln durch die Station. Mr. Dubois arbeitet natürlich, deshalb kann er die Kinder nur am Wochenende herbringen. Es ist schwer für seine Frau, die Jungen so selten zu sehen, in dem Alter verändern sie sich ja von Tag zu Tag. Die Arme liegt schon drei Monate hier. Sie wurde an der Wirbelsäule operiert.

Aber der Vater kommt gut mit ihnen zurecht, was ein erfreulicher Anblick ist. Ihre Mutter darf nicht mal den Kopf heben, also hebt er die Kleinen hoch und setzt sie neben ihr aufs Bett, damit sie ihnen die Wangen streicheln kann und ihnen sagen, wie brav sie sind und wie sehr sie sie lieb hat und vermisst.

Sie versucht, nicht zu weinen, aber sie schafft es nicht immer, und dann weinen die Kinder natürlich auch, und ihr Vater muss sie vom Bett runterheben. Er hat immer eine Tasche voller Spielzeug dabei, um es in solchen Momenten hervorzuzaubern, sodass die Kleinen sich schnell wieder beruhigen. Fast zu schnell. Ich fürchte, ihre Mutter könnte sich Sorgen machen, dass die Jungs sie schon nicht mehr ganz so sehr vermissen wie am Anfang.

Aber die ganze Station freut sich, wenn sie kommen. So kleine Kerle haben einfach etwas Hinreißendes.

Während sie da sind, kann ich ihnen zusehen, ohne dass es mir viel ausmacht. Doch wenn sie wieder weg sind, fällt es mir schwer, die Erinnerungen in Schach zu halten, manche sind noch so lebendig. Besonders eine kehrt so oft wieder, dass sie wohl schon eine Rille in mein Hirn gefurcht hat. Ich stehe an der Küchenspüle und wasche Farbpinsel aus. Fünfunddreißig Jahre alt, in einem schäbigen alten Rock und einem deiner Hemden mit abgestoßenem Kragen. Wahrscheinlich summe ich vor mich hin, wobei meine Erinnerung mich da auch trügen könnte. Gerade habe ich die zweite Schicht Farbe – ein weiches, warmes

Gelb – auf die Wände des kleinen Raums aufgetragen, den wir zum Kinderzimmer erkoren haben.

Meinen Job im Kindergarten habe ich aufgegeben. Ich vermisse die Kinder, aber es macht mir nichts aus, nicht mehr arbeiten zu dürfen; dazu bin ich viel zu glücklich. Wir hatten es drei Jahre lang »versucht«, und nun hat der Doktor endlich bestätigt, dass ich schwanger bin, im vierten Monat. Die Morgenübelkeit ist vorbei, und ich bin so voller Freude und Energie, dass ich gar nicht weiß, wohin mit mir. Als vorsichtiger (und manchmal reichlich überfürsorglicher) Ehemann fürchtest du immer, ich könnte mich überanstrengen, und damit du dir keine Sorgen machst, habe ich das Streichen der Decke dir überlassen.

So stehe ich denn in meiner Küche, an einem wunderbar sonnigen Frühlingstag; eine laue Brise weht durchs offene Fenster, während ich zusehe, wie die blassgelbe Farbe aus dem Pinsel sickert und in den Ausguss fließt, über alle Maßen glücklich, so glücklich, dass ich eine Weile gar nicht bemerke, was da an meinem Bein herabtropft.

Unser erster Verlust. Am Dienstag, den zweiten April 1934, kurz nach drei Uhr nachmittags, verloren wir unser erstes Kind.

Ich will nicht mehr daran denken, mein Schatz. Stattdessen will ich an Liam denken.

Erinnerst du dich noch an den Tag, als wir ihn kennenlernten? Es war der 24. August 1940. In der Nacht zuvor hatte die Bombardierung von London begonnen. Jeden Abend hörten wir im Radio auf BBC die Nachrichten, und jeden Abend wurden sie schlimmer.

Ich weiß noch, wie du dich im Sessel vorgebeugt hast, um nur ja kein Wort zu verpassen; deine Miene war finster und angespannt. Ich fürchte, du hattest in mir nicht viel Unterstützung, das tut mir immer noch leid; ich war zu sehr von meinem eigenen Unglück überwältigt, um an irgendetwas anderes denken zu können.

Doch zurück zu Liam: Ralph Kane war gerade nach Guelph gezogen, aus Queens, glaube ich. Vielleicht hattest du etwas mit seiner Anwerbung zu tun, ich erinnere mich nicht mehr. Entweder du hattest ihm gesagt, dass das Nachbarhaus zum Verkauf stand, oder es war purer Zufall, dass sie dort eingezogen sind. Ich weiß aber noch, wie du mir erzähltest, er habe Frau und Kinder. Das blieb mir im Gedächtnis haften.

Ich war damals in schlechter Verfassung. Sechs Wochen zuvor hatte ich meine fünfte Fehlgeburt erlitten, diesmal fast schon im sechsten Monat. Sie ließen mich unser Kind halten – unseren Sohn –, bevor sie ihn fortbrachten. Er mühte sich so sehr zu leben, aber er schaffte es nicht.

Hinter der Wohnzimmergardine stand ich und schaute zu, wie die neue Familie eintraf, so schlimm war ich dran. Als ob der bloße Anblick von anderer Leute Kinder mich schon zusammenbrechen lassen würde. Zwischen unseren Häusern lag ein unbebautes Grundstück, sodass sie hundert Meter weit entfernt waren und ich die Gesichter nicht erkennen konnte, aber ich sah, dass es drei Kinder waren, zwei Mädchen und ein kleiner Junge. Ich ertrug es kaum, sie anzuschauen, und doch konnte ich mich nicht losreißen.

Aus Höflichkeit hätten wir hinübergehen und die Neuankömmlinge in der Nachbarschaft willkommen heißen sollen, aber ich brachte es nicht fertig. Du bist allein gegangen, als du von der Arbeit kamst, und hast mich vermutlich mit Unpässlichkeit entschuldigt, was ja auch der Wahrheit entsprach.

Aber tags darauf hast du mich überredet, sie am Wochenende auf eine Tasse Tee oder ein Glas Limonade einzuladen. »Wir müssen das tun, Elizabeth«, sagtest du. »Es sind unsere Nachbarn, und Ralph ist ein künftiger Kollege, wir können sie nicht einfach ignorieren.«

»Was, wenn ich losheule?«, fragte ich unter Tränen. »Was dann?« Es passierte mir mehrmals am Tag, ich konnte es nicht verhindern.

Du sagtest, es würde schon nicht passieren, es würde alles gut gehen. Ich war dir sehr böse deswegen, Charles, so böse wie noch nie. Das könntest du doch nicht wissen, schrie ich dich an, das sei doch lächerlich, so was zu sagen. Du blicktest auf deine Füße hinab. All deine Bildung hatte dich nicht darauf vorbereitet, mit einer Frau umzugehen, die vor lauter Trauer den Verstand verlor. Du trauertest auch, das wusste ich, doch ich hatte das Gefühl, deine Trauer sei nicht so tief, nicht so verzehrend wie meine. Zu wissen, dass zahllose andere Frauen dasselbe durchgemacht und sich trotzdem wieder in den Griff gekriegt hatten, bürdete meiner Verzweiflung nur die zusätzliche Last der Schuld auf. Ich hatte mich immer für eine starke und vernünftige Person gehalten, und dennoch war ich jetzt vollkommen hilflos. Unsere verlorenen Kinder waren immer bei mir, in jedem Moment jedes einzelnen Tages. Ich konnte sie nicht loslassen, ich kam einfach nicht über sie hinweg.

Dennoch luden wir die Kanes zum Tee ein. Wütend buk ich zwei Kuchen, einen mit Schokolade und einen hellen, dazu ein Dutzend Buttertörtchen, und dann noch Kekse mit den kostbaren, für eine besondere Gelegenheit aufbewahrten Schokosplittern, die mir eine Freundin aus Amerika geschickt hatte. Man sollte mir nicht vorwerfen können, ich hätte mir keine Mühe gegeben. Am Samstagmorgen machte ich frische Limonade. Ich zog mein hübschestes Kleid an und steckte mir das Haar auf und vergaß auch nicht, einen Hauch Lippenstift aufzutragen. Ich bereitete mich vor, als sei ich auf dem Weg zur Guillotine und entschlossen, dem Tod tapfer ins Auge zu sehen.

Doch die Furcht, die Fassung zu verlieren, sobald ich die Kinder sah, wuchs von Stunde zu Stunde; als sie schließlich ankamen, war ich sicher, ich würde kein Wort herausbringen. Wenn ich den Mund aufmachte, käme nichts weiter heraus als Geheul.

Es klopfte an der Tür, und ich folgte dir beklommen, um unsere Gäste zu begrüßen. Sie standen alle zusammen im Windfang, die Mädchen – es waren Zwillinge – vorne, die Eltern dahinter, der kleine Junge, etwa drei Jahre alt, schüchtern an den Rock seiner Mutter geklammert. Es sah aus, als wollte er sie in die Gegenrichtung wegziehen. Die Szene war ein bisschen chaotisch: Du hieltst die Tür auf, um sie einzulassen, Ralph stellte die Zwillinge vor und stupste sie über die Schwelle, Annette versuchte, halb flehend, halb schimpfend, die Faust des kleinen Jungen von ihrem Rock zu lösen, aber er beachtete sie überhaupt nicht. Er hatte den einen Fuß gegen ihren Schuh gestemmt und das andere Knie gebeugt, um mit ganzer Kraft zu ziehen, so weit zurückgelehnt, dass er fast parallel zum Boden hing. Wenigstens schrie er nicht; er sparte sich den Atem, ganz und gar auf sein Vorhaben konzentriert.

Ich war so abgelenkt von diesem putzigen Tauziehen, dass ich Ralph und die Mädchen kaum zur Kenntnis nahm. Ich bin mir nicht einmal sicher, ob ich sie überhaupt begrüßte.

Annette wandte sich mir mit entnervter Miene zu – ich war in den Windfang hinausgetreten – und entschuldigte sich. Sie hielt das Kind am Arm fest und versuchte immer noch, seine kleine Faust aufzubiegen. »Tut mir leid«, sagte sie atemlos, »ich fürchte, er fremdelt noch ein bisschen. Liam, sag Mrs. Orchard Guten Tag.«

Liam dachte gar nicht daran. Er zerrte weiter an ihr. Mir schien sein Verhalten jedoch durchaus verständlich, wenn man die Dinge von seinem Standpunkt aus betrachtete: Vor zwei Tagen erst hatte man ihn aus seinem gewohnten Zuhause gerissen und in ein neues verpflanzt, ohne ihn zu fragen, was er davon hielt. Es passte ihm nicht, und es passte ihm erst recht nicht, schon wieder in ein neues Haus zu müssen und den Nachmittag mit »netten Leuten« zu verbringen, die er noch nie gesehen hatte.

Mit anderen Worten: Er wollte mich ebenso wenig treffen wie ich ihn; was für mich zumindest so lange galt, bis er vor mir stand. Tatsächlich sah er so haargenau aus, wie ich mich fühlte, dass ich beinah lachen musste. Ich merkte, wie meine Stimmung sich mit einem Mal aufhellte.

»Hallo, Liam«, sagte ich, »möchtest du vielleicht einen Keks?« Ich warf seiner Mutter einen kurzen Blick zu, und sie nickte, mit schwachem Lächeln. Vermutlich genierte sie sich für den schlechten Eindruck, den sie bei unserem ersten Zusammentreffen machte. Sie mochte gehört haben, dass ich Erzieherin war, und fürchten, ich würde sie für unfähig halten, was ich damals aber nicht tat; es war klar, dass der kleine Kerl einen starken Willen hatte und nicht leicht zu bändigen war.

Auf meinen Bestechungsversuch einzugehen, war unter Liams Würde, und er ignorierte ihn zu Recht, obwohl er kurz zu mir aufsah, wie um abzuschätzen, was für eine Sorte Keks diese grässliche Person wohl dahaben würde.

»Es gibt auch Schokoladenkuchen«, sagte ich. »Möchtest du vielleicht ein Stück Schokoladenkuchen, Liam?«

Diesmal zögerte er schon eindeutiger, und ich dachte, ich hätte gewonnen, aber nein, er fing wieder mit dem Gezerre an. Für einen Dreijährigen war er wirklich hartnäckig.

Ich spielte meinen letzten Trumpf aus. »Möchtest du vielleicht etwas Kuchen und einen Keks hier draußen, Liam? Dann kannst du hier auf der Stufe sitzen und musst mit keinem reden.«

Er hörte auf zu ziehen, blieb aber im Fünfundvierzig-Grad-Winkel am Rock seiner Mutter hängen und überlegte.

Ich wusste schon, wie er sich entscheiden würde. »Ist das in Ordnung?«, sagte ich leise zu Annette. »Na ja«, meinte sie, »wenn Sie sicher sind, dass es Ihnen nichts ausmacht.«

So geschah es dann. Liam hockte in unserem Windfang und verdrückte ein großes Stück Schokoladenkuchen und zwei Schokosplitterkekse, mehr oder weniger gleichzeitig. Wir haben kein Foto davon, aber ich brauche auch keins, es hat sich mir unauslöschlich ins Gedächtnis gebrannt. Es ist eins der Bilder, die ich in die Ewigkeit mitnehmen möchte, mein Liebster. Liam auf der Treppenstufe, drei Jahre alt.

# 6

# LIAM

Der Polizist war etwa Ende dreißig, vermutete Liam, ein paar Jahre älter als er. Nicht sonderlich groß, aber breitschultrig und kräftig, was angesichts der vielen Holzfällercamps und Bars hier in der Stadt wohl auch nötig war. Aber er sah ganz freundlich aus.

»Guten Morgen«, sagte er, während er die Stufen heraufkam.

»Guten Morgen«, sagte Liam.

»Das ist nur eine Art Antrittsbesuch«, sagte der Polizist. »Ich bin Sergeant Barnes.«

»Freut mich, Sie kennenzulernen.« Antrittsbesuch? Bekam jeder neu Zugezogene in der Gegend einen Antrittsbesuch von der Polizei? »Was kann ich für Sie tun?«

»Könnte ich vielleicht kurz reinkommen? Ich werde Sie nicht lange aufhalten.«

»Ja, klar, kommen Sie nur.« Liam hielt die Tür auf und ging voraus ins Wohnzimmer. »Bitte nehmen Sie Platz.«

»Sie sind gestern angekommen?«, fragte der Cop,

während er sich auf einem der Polstersessel niederließ. »Richtig?«

»Ja, aus Toronto.«

»Eine lange Fahrt. Ich fürchte, ich hab Ihren Namen nicht mitbekommen.«

»Oh«, sagte Liam. »Sorry. Kane. Liam Kane.«

»Sie sind ein Verwandter von Mrs. Orchard, Mr. Kane? Vielleicht ein Neffe? Mein Beileid, übrigens. Sie war eine sehr nette alte Dame – wie auch ihre Schwester. Kannten Sie Miss Godwin?«

»Nein.« Allmählich kam Liam sich schon wie ein Betrüger vor. »Ich bin auch nicht mit Mrs. Orchard verwandt. Sie und ihr Mann waren Nachbarn von meinen Eltern, als ich ein Kind war. Sie wohnten nebenan von uns, in Guelph, unten im Süden. Ihr Mann und mein Vater haben dort beide an der landwirtschaftlichen Hochschule unterrichtet.«

Sergeant Barnes nickte schweigend.

»Sie hatten keine Kinder«, erklärte Liam. »Ich war wohl eine Art Ersatz für sie. Ich habe viel Zeit bei ihnen verbracht.« Der Cop nickte wieder. Sagte wieder nichts. »Ich war ziemlich… überrascht«, setzte Liam hinzu, »dass sie mir alles hinterlassen hat. Sehr überrascht sogar. Sie hatte sonst wohl keine Erben.«

»Eine hübsche kleine Erbschaft«, ließ sich der Sergeant schließlich vernehmen. Immer noch freundlich. Immer noch nicht zufrieden.

»Ja.«

»Ich wünschte, jemand würde mich mal so positiv

überraschen. Ich scheine immer nur die andere Sorte Überraschungen abzukriegen.« Der Sergeant lächelte und setzte sich im Sessel zurecht. »Das ging ja wohl alles sehr schnell, nicht wahr, Mr. Kane? Sie wissen, was ich meine? Normalerweise dauert es doch eine Weile, bis so ein Testament auf seine Gültigkeit geprüft ist. Mrs. Orchard ist ja noch nicht vor so langer Zeit von uns gegangen. Genau genommen erst vor einer Woche.«

»Ja, ich weiß.« Er spürte, wie sein Pulsschlag sich beschleunigte. »Allerdings hat das Haus da schon mir gehört.«

»Interessant«, nickte Sergeant Barnes. »Wie kam das?«

»Sie hatte es mir überschrieben, bevor sie starb. Ein paar Wochen vorher. Alles andere war testamentarisch geregelt, aber das Haus wollte sie mir direkt schenken.«

»Und warum, glauben Sie, hatte sie es so eilig damit?«

»Ich weiß nicht. Sie wollte wohl, dass ich es gleich bekomme.« Dem Notar hatte er die gleiche Frage gestellt, und der Notar hatte die gleiche Antwort gegeben.

Sergeant Barnes musterte ihn nachdenklich. »Mr. Kane, ich habe kein Recht, Sie das zu fragen, und Sie müssen meiner Bitte auch nicht Folge leisten, aber es wäre hilfreich, wenn Sie mir ein Schreiben von Ihrem Notar zeigen könnten, das all das bestätigt. Und ein

Ausweis wäre auch gut. Obwohl Sie, wie gesagt, nicht dazu verpflichtet sind.«

»Die Papiere sind oben«, sagte Liam. »Ich hole sie mal.«

*Es wäre hilfreich,* dachte er, während er die Treppe hochstieg. *Folge leisten.* Klar doch.

Er ging ins Schlafzimmer und kramte das Testament, die Schenkungsunterlagen und seinen Ausweis aus dem Koffer, brachte sie nach unten und händigte sie dem Polizisten aus. Dann setzte er sich wieder und tat ganz entspannt.

Der Cop ließ sich Zeit. Er zog ein schwarzes Notizbuch hervor und schrieb sich Namen und Adresse des Notars auf, blickte prüfend von dem Ausweisfoto zu Liam hin, überflog die Dokumente, die die Schenkung beglaubigten. Schließlich reichte er die Papiere lächelnd zurück. »Sieht alles gut aus, Mr. Kane. Vielen Dank.«

Liam hatte das Gefühl, dass der Sergeant erleichtert wirkte, und atmete heimlich auf.

»Lassen Sie mich erklären, worum es hier geht«, sagte der Sergeant. »Ein Mädchen im Nachbarhaus – sechzehn Jahre – ist seit zwei Wochen verschwunden. Hat sich mit ihrer Mutter verkracht und ist abgehauen. Das hat sie schon öfter gemacht und ist jedes Mal nach ein paar Tagen zurückgekommen. Aber diesmal eben nicht. Ihre Eltern machen sich ernste Sorgen.«

»Oh«, sagte Liam. »Verstehe. Muss sehr … schwierig für sie sein.«

Sergeant Barnes nickte. »Mit sechzehn ist sie alt genug, von zu Hause wegzugehen, wenn sie das möchte, und keiner kann sie zwingen, wiederzukommen. Aber zwei Wochen ohne jede Nachricht sind ein Grund zur Besorgnis.«

Liam nickte. »Glauben Sie… besteht denn Anlass, ein Verbrechen zu vermuten?«

»Nein. Bisher haben wir nichts Konkretes. Ich habe mit ihren Freunden gesprochen, ihren Klassenkameraden, Fotos und Vermisstenanzeigen in alle Städte geschickt, wo sie hätte landen können, habe die Datenbank der Polizei konsultiert… die üblichen Maßnahmen eben. Wir haben eine groß angelegte Suchaktion durchgeführt, alle in der Stadt haben mitgemacht, inklusive zwei Fährtensucher aus dem Ojibway-Reservat. Wir haben Polizeihunde mit Hundeführern aus North Bay angefordert und die ganze Umgebung durchkämmt, aber nichts gefunden. Keinerlei Spur.

Na, jedenfalls sitze ich hier und stehle Ihnen die Zeit, weil Sie als Fremder in der Stadt ausgerechnet im Nachbarhaus eingezogen sind, zeitnah, sozusagen, und Mr. und Mrs. Jordon sind verständlicherweise sehr nervös. Sie haben jetzt auch Angst um ihre jüngere Tochter, sieben oder acht ist die Kleine. Ich wollte mich vergewissern, dass Sie der sind, für den Sie sich ausgeben, auch in Ihrem eigenen Interesse. Außerdem dachte ich, Sie sollten wissen, was nebenan los ist.«

Liam nickte. »Ja, sicher, das ergibt Sinn. Danke für die Erklärung.«

Ein kurzes Schweigen trat ein. »Wollen Sie sich hier niederlassen, Mr. Kane?«, fragte der Cop dann. »Oder haben Sie vor, das Haus zu verkaufen?« Er lächelte Liam an und machte eine vage Geste mit seinem Bleistift. »Das frage ich nicht als Polizist, ich bin nur neugierig.«

»Ich werde es verkaufen, aber ich dachte, ich gönne mir ein paar Wochen Urlaub, bevor ich es auf den Markt werfe«, sagte Liam. »Ich weiß noch nicht genau, wie lange ich bleiben werde. Das hängt vor allem vom Wetter ab. Ich hab gerade meinen Job gekündigt, also muss ich nicht zu einer bestimmten Zeit zurück sein.«

»Ach ja? Was für ein Job?«

»Ich bin Buchhalter. Ich war bei einer Firma – Jarvis and Jones – in Toronto angestellt.«

»Klingt nach einem guten Job.«

»Gute Bezahlung, lausiger Job.«

Die Kündigung war kein rationaler Entschluss gewesen – er hatte noch keinen neuen Job –, aber er dachte damals nicht vernünftig; er war immer noch voller Groll und Bitterkeit nach seinem letzten Treffen mit Fiona. Sein ganzes Leben schien den Bach runterzugehen, sein Job langweilte ihn seit Jahren – warum also nicht das Handtuch werfen? Er hatte noch eine Menge Resturlaub, also konnte er unverzüglich seinen Platz räumen. Was ihm viel Zeit ließ, in seiner neu angemieteten, schachtelartigen Wohnung in Toronto herumzusitzen und an die Wand zu starren, wie gelähmt vor Unentschlossenheit, und sich zu fragen, ob er nicht langsam verrückt wurde.

Zehn Tage, nachdem er bei Jarvis and Jones gekündigt hatte, kam ein Brief von Mrs. Orchards Notar in Sudbury, der ihm mitteilte, dass er ab sofort Eigentümer eines Hauses in Nord-Ontario sei. Dankbar, aber völlig überrumpelt, rief Liam seinen Vater an.

»Eine alte Frau hat mir gerade ihr Haus vermacht«, sagte er. »Mrs. Orchard, erinnerst du dich noch an sie?«

Nach kurzem Schweigen sagte sein Vater: »Das ist aber nett von ihr. Kam das unerwartet?«

»Na ja, nicht ganz. Sie hat sich vor ein paar Jahren bei mir gemeldet, nachdem ihr Mann gestorben war. Seitdem haben wir uns hin und wieder geschrieben, aber getroffen haben wir uns nie.«

»Ach, wirklich«, sagte sein Vater. Er klang, als starre er am anderen Ende der Leitung ins Leere. »Sie hat dich ja auch sehr gern gehabt, als du klein warst. Sie selbst hatten keine Kinder, also nehme ich an…« Er brach ab. »Hast du es schon deiner Mutter erzählt?«

»Nein.« Er rief seine Mutter selten an, und dann auch nur aus Pflichtgefühl.

»Na, vielleicht lässt du das auch besser«, sagte sein Vater. »Hör mal« – seine Stimme wurde lebhafter –, »ich muss los, in fünf Minuten habe ich ein Meeting, aber ich gratuliere. Du kannst wirklich mal eine gute Nachricht gebrauchen.«

»Wieso soll ich's Mum nicht erzählen?«

»Ach, die beiden haben sich nicht so gut verstanden. An deiner Stelle würde ich mir keine Gedanken darum machen. Genieß einfach deine Erbschaft.«

Er hatte vorgehabt, Mrs. Orchard noch am selben Tag zu schreiben, war aber nicht dazu gekommen, und bald kam ein zweiter Brief vom Notar mit der Nachricht, dass sie gestorben sei und ihn, bis auf einen kleinen Betrag für die Putzfrau, als Alleinerbe eingesetzt habe.

Noch bevor er den Brief zu Ende gelesen hatte, wusste er, dass er in den Norden fahren würde; es ergab eigentlich keinen Sinn, dennoch schien es ihm das einzig Richtige zu sein. Seine ganzen Habseligkeiten steckten noch in Kartons, also lud er sie ins Auto, und um vier Uhr morgens, schlaflos vor Aufregung, machte er sich auf den Weg. Um Viertel vor fünf war er auf dem Highway 400; hinter Barry hatte er dann die Straße ganz für sich. In Sudbury angekommen, begab er sich schnurstracks zum Notar, unterschrieb ein paar Dokumente und bekam die Hausschlüssel ausgehändigt. Und so stieg er um sechs Uhr abends die Stufen zu Mrs. Orchards Veranda hinauf; Toronto, seine Karriere und seine Ehe lagen nun erst einmal hinter ihm.

Und nicht viel mehr als zwölf Stunden später, etwas benommen und sehr übernächtigt, saß er in einem fremden Haus, das zufällig sein eigenes war, und versuchte, all das einem Cop zu erklären.

»Außerdem lassen meine Frau und ich uns gerade scheiden«, hörte Liam sich sagen. »Also sind die Dinge einigermaßen ... in der Schwebe.«

»Klingt ganz nach Midlife-Crisis.«

»Kann sein.« Er fragte sich, weshalb er das eben überhaupt erzählt hatte.

»So was passiert im Leben«, sagte Sergeant Barnes. »Ist aber ganz schön heftig.«

»Ja.«

Der Cop stand auf, schob das kleine Notizbuch in die Gesäßtasche. »Na dann, danke, dass Sie sich die Zeit genommen haben, Mr. Kane. Ich hoffe, Sie genießen Ihren Urlaub.« Er lächelte. »Eigentlich hoffe ich, Sie entschließen sich zu bleiben, wir brauchen hier oben neue Gesichter, man hat langsam genug davon, immer die gleichen zu sehen.«

Als der Streifenwagen davonfuhr, wurde Liam sich bewusst, dass es das erste Mal war, dass er mit irgendwem außer dem Notar mehr als zwei Worte gewechselt hatte, seit er vor drei Wochen aus seinem Büro bei Jarvis and Jones rausmarschiert war. Und wenn er die rein arbeitsbedingten Diskussionen mit seinen Kollegen ausklammerte, konnte es sogar sein, dass es das längste Gespräch war, das er mit irgendjemandem, inklusive seiner Frau, im letzten Jahr geführt hatte.

Fiona hätte es als eine perfekte Illustration der Tatsache betrachtet, dass Liam keine echten Freunde hatte, aus dem einfachen Grund, weil er sowohl beziehungsunfähig als auch liebesunfähig war. Die Bemerkung hatte sie oft gemacht, wie jüngst in einem exorbitant teuren Restaurant (ihre Wahl, natürlich) an ihrem achten und letzten Hochzeitstag. Er habe es immerhin fertiggebracht, acht Jahre mit ihr verheiratet zu bleiben, hatte er darauf erwidert, und das sei ja wohl schon eine ganz schöne Leistung. Das Gespräch hatte damit geendet, dass sie vereinbarten, sich scheiden zu lassen. »Gut, dass wir uns wenigstens in diesem Punkt einig sind«, meinte Fiona, »findest du nicht?«

In Mrs. Orchards Küche stand er mit den Händen in den Taschen da und starrte auf die unausgepackten Tüten mit Lebensmitteln. Die Unterredung mit dem Polizisten hatte das Knäuel aus unverdauten Gedanken und Gefühlen nur noch verworrener gemacht. Offensichtlich hatte der Cop ihm seine Story nicht abgekauft, und trotz der notariellen Beglaubigung war er vielleicht immer noch misstrauisch. Je mehr Liam darüber nachdachte, desto wahrscheinlicher kam es ihm vor, und wenn ja, änderte es alles: Er hatte sich auf ein paar entspannte Wochen gefreut, einen Urlaub, bei dem er sich von dem Stress der letzten Monate erholen und überlegen konnte, was er als Nächstes anfangen sollte. Als Verdächtiger im Fall eines vermissten, womöglich entführten Mädchens betrachtet zu werden, passte allerdings nicht in das Programm.

Nun, nichts hinderte ihn, seine Pläne zu ändern; der Polizist hatte ihn ja nicht aufgefordert, in der Stadt zu bleiben. Er konnte seine Kartons wieder ins Auto packen und auf der Stelle das Weite suchen. Das Entrümpeln und Verkaufen des Hauses ließ sich auch von anderswo bewerkstelligen; wenn er es darauf anlegte, konnte er am Abend schon wieder in North Bay sein. Und am nächsten Morgen früh aufbrechen, um … wohin zu fahren? Und was zu tun?

Während ihm all das durch den Kopf ging, hatte er ganz unbewusst die Lebensmittel ausgepackt, die jetzt auf dem Küchentresen standen und darauf warteten, weggeräumt zu werden. Wenn er wieder fortwollte, musste er sie gleich wieder einpacken.

Unentschlossen musterte er die Sachen. Münze werfen, dachte er vage. Er ging in den Flur, setzte sich auf die Treppe, Unterarme auf den Knien, die Hände dazwischen baumelnd. In der tiefen Stille des Hauses überkam ihn auf einmal ein solches Gefühl der Verlorenheit, dass ihm der Atem stockte. Er vergrub den Kopf in den Händen und holte vorsichtig Luft. Er wusste nicht, wie ihm geschah. Es war, wie von einer Lawine überrollt zu werden.

Nach einer Weile ließ der Zustand allmählich nach. Er öffnete die Augen, fixierte den Boden. Honigfarbenes Birkenholz, wie der Flurboden seines Elternhauses in Calgary, wo sie von Guelph aus hingezogen waren. Ein kleiner Läufer hatte dort gelegen, rot-blau, rutschig, besonders, wenn man rannte.

Er sah sich mit zehn, nicht rennend, sondern auf der Treppe sitzend, so wie jetzt, auf seine Schwestern horchend, die in ihren Zimmern kicherten. Sah die vier – zwei älter, zwei jünger als er – an ihm vorbei die Treppe herablaufen, in die Küche, wo ihre Mutter das Abendessen machte. Hörte sie über irgendeine Begebenheit lachen, die sie ihr berichteten. Er erinnerte sich, wie leer der Flur sich anfühlte, mit ihnen allen dort zusammen. An ihr Lachen. Und an das Gefühl von Leere in seinem Inneren. In seiner Erinnerung war es viele Male passiert, es passierte eigentlich jedes Mal, wenn er in ein Zimmer kam, in dem sie alle schwatzten – plötzlich waren sie ganz still. Drehten die Köpfe zu ihm hin, mit ausdruckslosen Mienen.

Es konnte nicht bloß deswegen sein, dass sie Mädchen waren und er als Junge naturgemäß ausgeschlossen. Da war etwas wie eine Barriere zwischen ihm und ihnen gewesen – besonders zwischen ihm und seiner Mutter; die Mädchen waren wohl einfach ihrem Beispiel gefolgt, sagte er sich jetzt. Meist war seine Mutter ihm gleichgültig erschienen, aber manchmal ging auch etwas wie Feindseligkeit von ihr aus, was er bis heute nicht verstehen konnte. Es war, als hätte er unwissentlich ein unverzeihliches Verbrechen begangen.

Er richtete sich auf. Wie kommst du jetzt darauf?, fragte er sich. Das ist doch ewig her. Spielt doch alles keine Rolle mehr.

Vorsichtig erhob er sich. Er fühlte sich wieder normal. Die Lawine war weitergerollt.

Er war im Moment nicht in der Verfassung, einen Entschluss zu fassen, ob er nun gehen oder bleiben wollte; er musste sich ablenken, etwas Körperliches tun. Er ging nach oben ins Bad, hockte sich hin und befühlte noch einmal die Bodendielen. Immer noch feucht und schwammig. Er fuhr mit der Hand das Abflussrohr entlang. Nass. Rätsel gelöst. Er versuchte, den Siphon von Hand aufzudrehen; es ging nicht. Er brauchte eine Rohrzange. Werkzeug hatte er hier noch keins gesehen, doch es gab eine Eisenwarenhandlung in der Stadt.

Bewegung würde ihm guttun, und es war ein schöner Tag, sonnig, kühler Wind vom See her, also ging er zu Fuß. In den zehn Minuten, die er bis ins Stadtzentrum brauchte, fuhr nur ein einziges Auto an ihm vorbei, aber in der Stadt waren Leute unterwegs. Wohl größtenteils Anwohner; die Touristensaison war vorbei. Manche lächelten ihm zu und grüßten. Er brachte es fertig, ihnen zuzunicken. In Toronto – sicher in jeder Großstadt – blickten die Leute starr vor sich hin und nahmen einander gar nicht wahr. Er fand es eigentlich besser so, es war weniger anstrengend.

Im Eisenwarenladen stand ein alter Mann hinter der Theke. Er hatte einen krummen Rücken und einen misstrauischen Blick. Für Liam hatte er nur ein knappes Kopfnicken übrig. Noch ein Misanthrop, dachte Liam; wir sollten uns gut verstehen. Der Laden war eine fensterlose Höhle, nackte Glühbirnen an der Decke. Werkzeuge hingen an der Wand, stapelten sich in Kästen, türmten sich auf dem Boden. In die Deckenbalken waren Haken eingelassen, an denen

Äxte, Handsägen, Sensenblätter baumelten – überhaupt alles, was sich irgendwie aufhängen ließ.

»Was suchen Sie?«, fragte der Alte ruppig, als wollte er Liam möglichst schnell wieder draußen haben.

»Ich brauche eine Rohrzange«, sagte Liam.

»Wofür?«

Aus dem Hinterzimmer kam eine Frau mit einem Becher Kaffee. »Hier, Dad«, sagte sie und nickte dann Liam zu: »Guten Morgen.« Es klang eher höflich als freundlich.

»Guten Morgen«, sagte Liam. Die Frau war in den Dreißigern. Gut aussehend. Nette Figur.

»Wofür?«, wiederholte der Alte barsch. Die Frau stellte den Kaffee ab und ging. Liam sah ihr nach.

»Bitte?«, sagte er.

*»Wofür Sie die Rohrzange brauchen!«* Der Alte brüllte fast.

Um dir den Schädel einzuschlagen, zum Beispiel, dachte Liam. Er erwog, einfach wieder rauszugehen, entschied sich aber dagegen, denn es gab keine andere Eisenwarenhandlung in der Stadt. »Für den Siphon im Bad. Der leckt.«

»Okay. Was Sie brauchen, ist das hier.« Der Alte schlurfte zum Ende der Theke und holte eine lange Zange aus einem Scheffelkorb. Liam zahlte, sparte sich ein Dankeschön und ging.

Auf dem Heimweg dachte er an Sex und daran, wie unbarmherzig doch der Trieb war. Das Letzte, was er jetzt brauchen konnte, war eine Frau in seinem Leben, und doch konnte sein Körper – ein Körperteil zumindest – nicht aufhören zu jagen, wie ein Pointer, der Wild witterte.

Natürlich war es Sex gewesen, was ihn am Anfang zu Fiona hingezogen hatte. Sie hatte natürlich zahlreiche Vorzüge – sie war schön und clever und geistreich, was er alles zu schätzen wusste –, aber vor allem war sie sexy. Sie war sich ihres Körpers überaus bewusst und mochte ihn, und sie teilte ihn großzügig, eine angenehme Abwechslung von den meisten anderen Mädchen, die sich ständig nervtötende Sorgen um ihr Aussehen machten. Fiona war sich ihrer Attraktivität sicher. Das hatte ihn bezaubert.

Er hatte nicht bedacht, dass man im Alltag, vor lauter Arbeiten, Einkaufen, Kochen und so weiter, beim besten Willen nicht allzu viel Zeit im Bett verbringen konnte. Man musste auch noch durch den Rest des Tages kommen. Durch den Rest des Lebens.

Er schloss die Tür von Mrs. Orchards Haus (jetzt seins) auf, ging nach oben ins Bad mit dem undichten Rohr (jetzt sein undichtes Rohr und daher sein Problem, ein geradezu willkommenes Problem, da es im Gegensatz zu seinen anderen Problemen leicht zu lösen war), hockte sich vors Waschbecken und überlegte, während er das Rohr mit der Zange anzog, ob Fiona und er sich je wirklich geliebt hatten; wenn überhaupt, dann allerhöchstens anderthalb Jahre lang. Achtzehn aufregende Monate, gefolgt von sieben Jahren zunehmender Desillusionierung und Langeweile;

gegen Ende war der Sex das Einzige gewesen, das noch irgendwie gut lief zwischen ihnen.

Aber ganz am Ende hatte Fiona auch daran das Interesse verloren. Voller Bitterkeit hatte Liam sich anderswo umgesehen.

Es klopfte an der Haustür. Er richtete sich auf, die Rohrzange in der Hand, und ging nach unten.

»Ich schon wieder«, sagte Sergeant Barnes.

Liam spürte einen Anflug von Nervosität. »Kommen Sie rein«, sagte er und machte die Tür weit auf.

»Das sieht ja bedrohlich aus.« Der Cop nickte zu der Rohrzange hin. »Erwarten Sie Ärger?«

»Oh.« Liam legte die Zange auf dem Flurtisch ab. »Sorry. Hab gerade den Abfluss repariert.«

Der Cop grinste. »Na, da bin ich aber erleichtert, dass es nur das ist. Hier gibt's sicher 'ne Menge zu reparieren, alte Leute kriegen ja manches nicht mehr so auf die Reihe. Sie müssen übrigens auch mal aufs Dach gucken, die Schindeln sind ziemlich hinüber. Also, ich werde Sie nicht lange aufhalten. Hab nur heute Morgen was vergessen, was ich Ihnen noch sagen wollte. Ich weiß nicht, ob Ihnen bekannt ist, dass wir gerade Bärenjagdsaison haben. Eine Menge eifriger Jäger wandern zurzeit mit großkalibrigen Winchesters durch den Wald, weitaus gefährlicher als die Bären selbst. Obwohl es auch nicht verkehrt ist, einen Bogen um die Bären zu machen. Mit anderen Worten, keine gute Zeit für Waldspaziergänge. Ich dachte, ich erwähne es lieber mal.«

»Danke«, sagte Liam, der nicht die Absicht hatte, jemals im Wald spazieren zu gehen. Er überlegte, ob dieser zweite Besuch womöglich noch ein anderes Motiv hatte; ob der Cop vielleicht versuchte, ihn bei irgendetwas Belastendem zu ertappen.

»Alles Gute für die Reparaturen!« Mit einer vagen Handbewegung drehte der Sergeant sich zur Tür um.

»Ähm …«, hielt Liam ihn zurück. »Eine Frage. Wissen Sie, ob es in der Stadt so was wie einen Schreiner gibt? Der Badezimmerboden ist durchgefault, wo das Wasser immer runtergeleckt ist, das könnte ein größerer Job werden.«

»Klar. Jim Peake. Er kann so ziemlich alles. Hat aber auch viel zu tun, kann sein, dass Sie eine Weile warten müssen. Sie finden ihn an der Tankstelle. Er hat hinten seine Werkstatt.«

»Danke. Ach, und noch was – die Cafés in der Stadt. Ich hab zwei gesehen. Können Sie mir eins davon empfehlen?«

»Nee«, sagte Sergeant Barnes. »Aber das Light Bite ist den Winter über zu, also gibt's nur das Hot Potato oder gar nichts. Empfehlen tu ich nichts, aber machen Sie sich am besten selbst mal ein Bild.«

Die Kellnerin war eine robuste Person, in nach unten hin zunehmendem Maße: ein kleiner Kopf mit gelbem Kraushaar, kein Hals, abfallende Schultern, riesiger Busen, der wie Lava über ihre üppig gewölbte Mitte floss. Gott allein wusste, was darunter liegen mochte.

»Was soll's sein?«, blaffte sie, beinahe bedrohlich über Liam aufragend. Mit der wollte man sich nicht anlegen, so viel war sicher. Das Lokal war leer, bis auf sie beide – keiner da, der ihm zu Hilfe eilen könnte.

»Könnte ich einen Blick in die Karte werfen?«

»Keine Karte zu dieser Jahreszeit.«

»Oh, okay. Was haben Sie denn?« Einen Moment lang wiegte er sich in der albernen Hoffnung, dass Sergeant Barnes sich geirrt hatte und dort hinten in der Küche ein Meisterkoch agierte, der nach Norden gekommen war, um sich vom Stress der Dreisterneküche zu erholen.

»Burger mit Pommes oder Poutine.«

»Sonst nichts?«

»Hier will niemand was anderes.« Hinter ihr, aus der Küche, ertönte ein Schmerzensschrei. Die Kellnerin reagierte nicht darauf.

»Na, dann nehme ich wohl Burger mit Pommes«, sagte Liam. »Mit allem Drum und Dran.« Er zögerte: »Das haben Sie doch?«

»Zwiebelsenf und Ketchup.«

»Eine Tomatenscheibe?« Tomate war gut, falls der Burger zu durchgebraten war, was er garantiert sein würde.

»Keine Tomaten.«

»Ich nehme alles, was Sie haben«, sagte Liam.

»Kaffee?«

»Sie haben Kaffee? Toll!« Er übertrieb ein bisschen, und der Blick, den sie ihm zuwarf, ließ ihn an eine

Klapperschlange denken, obwohl er noch nie eine gesehen hatte. Sie trollte sich mit seiner Bestellung.

Unvermutet hatte der kurze Wortwechsel ihn aufgeheitert. Die Tür schwang auf, und zwei Männer vom Elektrizitätswerk *Ontario Hydro* kamen in ihrer orangefarbenen Arbeitskluft herein. Sie nickten Liam zu, und er nickte zurück, während sie sich in eine Sitzecke am Fenster quetschten. Sein Kaffee kam, bitter, aber genießbar; mit Zucker und Dosenmilch war er beinah gut. Auf dem leeren Sitz gegenüber lag eine zerfledderte Zeitung; er angelte sie sich und setzte sich damit wieder hin. *Temiskaming Speaker* hieß sie und wurde in New Liskeard herausgegeben – auf seinem Weg hierher war er durch New Liskeard gefahren, eine kleine nördliche Stadt, aber verglichen mit Solace geradezu eine Metropole. Er schaute nach Neuigkeiten von der Schießerei bei der Münchner Olympiade, bis ihm auffiel, dass die Zeitung nur wöchentlich erschien und außerdem von voriger Woche war. Auf der Titelseite war der Gewinner eines Wettbewerbs im Pflügen abgebildet, darunter ein Artikel über den Bauboom in New Liskeard. Lokalnachrichten, Landwirtschaft, kein Wort über Nixon oder Vietnam. Es war irgendwie beruhigend, fand Liam. Als wäre man auf einer einsamen Insel oder irgendwo draußen im Weltraum.

Die Kellnerin kam mit seinem Burger und den Pommes. Liam bedankte sich so überschwänglich, wie er sich traute; er wollte in Zukunft keine toten Fliegen in seinem Essen finden. Als sie gegangen war, spähte er unter die obere Brötchenhälfte, unter die Zwiebelringe, unter den Fleischklops. Alles in Ordnung so weit. Er probierte die Pommes. Gar nicht mal so übel.

Während er aß, las er den *Speaker*. Solace wurde erst unten auf Seite fünf erwähnt, wo es ein kleines Foto von einem Mädchen gab, das sein Haar zu einer Bienenkorbfrisur aufgetürmt trug und aus schwarz umrandeten Augen trotzig in die Kamera blickte. Darunter stand: *»Mädchen aus Solace noch immer vermisst.«*

Die Tür wurde vom Vater des Mädchens geöffnet, was eine Erleichterung war. Liam fühlte sich nicht in der Lage, einer verzweifelten Mutter gegenüberzutreten.

»Entschuldigen Sie bitte die Störung«, sagte Liam. »Ich wollte mich bloß kurz vorstellen. Ich bin Liam Kane, ich… komme vom Nachbarhaus. Mrs. Orchards Haus. Bin gestern Nachmittag angekommen.«

»Oh«, sagte der Mann. »Verstehe.« Er streckte die Hand aus. »John Jordon, schön, Sie kennenzulernen. Karl – Sergeant Barnes – hat uns schon gesagt, dass Sie dort eingezogen sind…« Er stockte. »Er sagte, er hat Sie von der Lage der Dinge in Kenntnis gesetzt.« Er rang sich ein Lächeln ab.

»Ja, hat er. Tut mir leid, es muss…«

»Ich würde Sie reinbitten, aber meine Frau…«

»Ja, natürlich, ich wollte mich ja auch nur kurz vorstellen. Also, dann bis ein andermal.«

Er zog alle Vorhänge zu, als er wieder zu Hause

war. Hätte es Fensterläden gegeben, hätte er sie auch zugemacht. Die Welt aussperren. Es gab zu viel Elend dort draußen.

Er ging in die Küche. Der Hamburger hatte seinen Hunger nicht gestillt. Es fühlte sich an, als ob nichts ihn jemals mehr stillen würde. Sein Blick wanderte zu den Lebensmitteln, die noch immer auf dem Tresen lagen. Es kam ihm vor, als wären Wochen vergangen, seit er sie eingekauft hatte. Er hatte Lust auf etwas Süßes; Eis wäre gut, er hätte welches besorgen sollen. Das Einzige auf dem Tresen, was ihn anmachte, waren die Blaubeeren. Er aß sie direkt aus dem Körbchen. Sie waren klein und durchdringend süß, ganz anders als die faden Kulturblaubeeren, die man weiter im Süden bekam. Eine Handvoll nach der anderen verschlang er, spuckte winzige Stängel und gelegentlich ein Blättchen aus.

Er wollte gerade die Küche verlassen, als ihm der elektrische Dosenöffner an der Wand neben dem Kühlschrank auffiel. An seinem Magnet steckte ein Deckel. Vorsichtig löste er ihn ab, drehte ihn um und schnupperte dran. Es roch ekelhaft. An der Innenseite des Deckels haftete etwas von dem, was die Dose enthalten hatte; er fuhr mit dem Finger darüber: klebrig. Noch nicht ganz angetrocknet. Der Deckel konnte dort nur ein, zwei Tage gesteckt haben.

Er ging hinüber zur Spüle, öffnete die Tür darunter und warf einen Blick in den Mülleimer. Keine Dosen. Er warf den Deckel hinein, stand noch einen Moment grübelnd da, zuckte die Achseln und ging zu Bett.

## 7

# CLARA

Sie war auf ihr Zimmer geschickt worden, wo sie bleiben sollte, bis sie sich beruhigt hatte. Es dauerte eine Weile. Sie fühlte sich, wie Rose sich gefühlt haben musste, wenn sie Krach mit ihrer Mutter gehabt hatte, so kochend vor Wut, dass sie Dinge fast in Brand setzen konnte, wenn sie nur hinsah. Bisher hatte sie nie verstanden, wie Rose sich gefühlt hatte, aber jetzt schon. Und sie vermisste sie mehr denn je.

Als sie aufgehört hatte zu weinen, als sie wieder normal atmen konnte, schlich sie vorsichtig die Treppe hinunter. Sie konnte ihre Eltern in der Küche reden hören; die würden glauben, sie sei noch in ihrem Zimmer.

Erst ging sie zum Seitenfenster im Wohnzimmer, um sich zu vergewissern, dass drüben keiner zu sehen war; der Mann musste schon früh zum Essen gegangen sein. Umso besser. Sie musste sich aber trotzdem beeilen, weil ihr Vater nach oben kommen könnte, um mit ihr zu sprechen.

Sie nahm Mrs. Orchards Schlüssel aus der kleinen

Schale auf dem Flurtisch, schlüpfte aus dem Haus und hinüber zu Mrs. Orchard, wo sie geradewegs ins Wohnzimmer ging. Moses kam unter dem Sofa hervor und begann, ihr um die Beine zu streichen.

»Der ist ein Bösewicht und darum müssen wir das tun«, erklärte ihm Clara. »Aber du musst mich warnen, wenn er wiederkommt, also pass schön auf.«

Sie dachte an Rose, um sich Mut zu machen. Rose würde nicht zögern. Sie würde sich nicht um die Folgen scheren, wenn sie erwischt wurde. Rose sagte, niemand dürfe einem vorschreiben, was man zu tun habe, außer um zu verhindern, dass man Schaden anrichtete. Und der Dieb richtete Schaden bei Mrs. Orchard an.

»Er wird eh nicht draufkommen, dass wir es waren«, sagte sie zu Moses. Das Herz klopfte ihr bis zum Hals. Was, wenn der Mann herausfand, dass sie es war? Aber wenn sie nichts tat, würde Mrs. Orchard heimkommen und ihre ganzen Sachen nicht mehr vorfinden.

Plötzlich kam ihr ein beunruhigender Gedanke: Rose klaute auch ab und zu. Nichts Teures oder Wichtiges, und sie beklaute auch keine Personen. Es hieß Ladendiebstahl, aber es war nicht wirklich stehlen, meinte Rose. Einmal war sie von Mr. Haas erwischt worden, als sie einen Schokoriegel in der Jackentasche verschwinden ließ. Als Mr. Haas sie dafür ausschimpfte, wurde sie frech, also rief Mr. Haas ihre Eltern an, die so zornig waren (sogar ihr Vater, der sich sonst nie aufregte), dass Rose drei Monate Stubenarrest bekam. »Drei Monate für einen Schokoriegel!«, tobte sie, oben in ihrem Zimmer. »Drei Monate für einen blöden Schokoriegel! Von jetzt an werde ich keine Gelegenheit auslassen, dem Arschloch was zu klauen!«

Aber Rose würde einem nie etwas wegnehmen, was einem ans Herz gewachsen war, wie der Mann das machte.

Mit dem kleineren der beiden Kartons fing sie an. Die Schnitzfiguren von den alten Männlein lagen obenauf, also kamen sie als Erstes heraus. Sie setzte alle Stücke auf dem Kaminsims zusammen, genau so, wie sie gewesen waren, jedes an seinen Platz, den Tisch in die Mitte. Es war ganz einfach, da kleine Fleckchen im Staub anzeigten, wo die Figuren hingehörten, aber das wusste sie ohnehin. Als Nächstes nahm sie die Uhr, wickelte sie aus und stellte sie auf den Kaminsims, exakt in die Mitte. Dann die drei Fotos, die der Mann sich aus Mrs. Orchards Sammlung ausgesucht hatte. Danach den Rest.

»Das sind ihre kostbarsten Sachen«, sagte sie zu Moses, als der Karton leer war. »Und jetzt noch der große Karton.« Ihre Wut war inzwischen verflogen, stattdessen war sie von rechtschaffenem Stolz erfüllt.

Moses interessierte sich für den leeren Karton. Er stellte sich auf die Hinterbeine und spähte hinein, dann sprang er rein und fing an, sich in die Ecken zu schmiegen, eine nach der anderen.

»Aber du sollst doch auf den Mann horchen!«, schalt ihn Clara. »Du sollst aufpassen!«

Tatsächlich fürchtete sie sich weniger davor, dass der Mann wiederkam – er blieb ja immer lange weg –, vielmehr war es die Angst, dass ihr Vater nach oben kommen und sie nicht vorfinden würde. Sie arbeitete so schnell sie nur konnte. Als der zweite Karton leer war und alles wieder an seinem Platz stand, strich sie schnell das Papier glatt, das der Mann zum Einwickeln benutzt hatte, faltete es ordentlich zusammen und legte es in den großen Karton. Dann trat sie einen Schritt zurück und musterte den Raum, die Hände in die Hüften gestemmt.

»Geschafft!«, sagte sie triumphierend zu Moses, der sich in die Ecken des Kartons geschmiegt hatte, die Hinterbeine an einer Seite entlanggestreckt, die Vorderbeine an der anderen. »Du bist ein dummer Kater!«, sagte Clara, obwohl sie zu jeder anderen Zeit von diesem Anblick entzückt gewesen wäre. »Wir müssen los!«

Ihr Vater versuchte sie dazu zu überreden, gemeinsam mit ihm und ihrer Mutter zu essen.

»Nur dieses eine Mal, Kleines«, sagte er. »Es würde uns so freuen, dich dabeizuhaben.«

»Ich kann nicht«, sagte Clara. Sie stand am Vorderfenster und hielt ausnahmsweise nicht nach Rose Ausschau (sie hatte es ihr im Stillen erklärt), sondern nach dem Mann. Wenn sie ihn ankommen sah, würde sie ans Seitenfenster überwechseln, aber vorläufig wollte sie vermeiden, dass ihr Vater sie das Haus beobachten sah.

Obwohl es wahrscheinlich keine Rolle spielte – ihr Vater schien ihren Krach schon vergessen zu haben. Das war normal. Alles Unangenehme vergaß er gleich und erwartete von einem, dass man es auch so machte. Er wollte immer, dass alle glücklich waren. »Er ist so verdammt nervtötend«, hatte Rose mal gesagt. »Ich weiß nicht, wie er sich selber aushält.«

»Das Essen steht fix und fertig auf dem Tisch«, versuchte Claras Vater, sie zu locken. »Komm schon, Kleines. Nur dieses eine Mal. Dann kannst du gleich die Katze füttern gehen und hast danach immer noch jede Menge Zeit, um aus dem Fenster zu schauen, bevor es ins Bett geht. Na, wie klingt das?«

»Ich kann nicht, Daddy!«

Ihr Vater legte ihr die Hand auf den Scheitel. »Clara, wir wissen, wie schwer es für dich ist, uns geht's doch genauso. Aber es ist wichtig, dass wir normal weitermachen, weißt du. Es ist wichtig für …«

»Es ist nicht normal!« Clara fuhr herum und schüttelte seine Hand ab. »Nichts ist normal! Ich muss hierbleiben! Du hast versprochen, dass ich das darf!«

»Gut, von mir aus«, sagte ihr Vater ruhig. »Dann bleibst du eben hier.«

Nach all ihren Ängsten war es fast eine Enttäuschung, als der Mann nach Hause kam. Er war wohl ganz in

Gedanken, denn obwohl er das Licht angemacht hatte, stand er schon mitten im Raum, bevor es ihm auffiel. Da blieb er dann wie angewurzelt stehen. Clara hielt den Atem an. Lange stand er so da und rührte sich nicht. Dann drehte er sich langsam um sich selbst, nahm den ganzen Raum in Augenschein.

Sie hatte erwartet, dass er zornig dreinschauen würde, aber das tat er nicht. Er sah verdattert aus, fast ein bisschen ängstlich. Was ihr gefiel. Es geschah ihm recht.

Am nächsten Tag war alles noch da, wo es hingehörte. Sie sah nach, bevor sie zur Schule aufbrach, und noch einmal, als sie heimkam. Alles war, wie es sein sollte.

Der Mann hatte wohl seine Lektion gelernt. Endlich mal etwas Gutes in dieser schlimmen Zeit. Es half, den Knoten in ihrem Inneren ein wenig zu lockern. Sie stellte sich vor, wie sie Mrs. Orchard davon erzählte, wenn sie aus dem Krankenhaus kam, und wie Mrs. Orchard ihr dankte. Sie stellte sich vor, wie sie es Rose erzählte, wenn Rose zurückkam, und wie Rose sie umarmte, ihren Mut lobte und sagte, sie sei stolz auf sie.

Aber es war nur ein kleiner Lichtblick. Alles andere war schlimm und wurde immer schlimmer.

Mrs. Quinn kam vorbei, um mit ihren Eltern zu reden. Clara hatte eine frische Portion Klamotten für Rose auf dem Boden verstreut und wollte gerade zu Bett gehen, als sie das Klopfen an der Haustür hörte. Ein plötzlicher Anflug von Hoffnung ließ ihr Herz höher schlagen – vielleicht war es Sergeant Barnes, der gekommen war, um zu melden, dass er Rose gefunden hatte. Aber nein.

Die Erwachsenen gingen ins Wohnzimmer und machten die Tür zu. Clara wartete ein paar Minuten, um sicherzugehen, dass sie dablieben, dann schlüpfte sie aus dem Zimmer und schlich die Treppe hinab. Barfuß stand sie im Flur, die Zehen gekrümmt vor Kälte, und presste das Ohr an die Wand. Nie sagte ihr jemand die Wahrheit, also waren sie selbst schuld, wenn sie sie belauschen musste. Rose hatte ihr gezeigt, wie es ging. »Es ist ab und zu ganz nützlich«, hatte sie gesagt.

Sie sprachen so leise, dass Clara nur einzelne Worte aufschnappen konnte. »Keine Tränen«, sagte Mrs. Quinn. Dann irgendwas über mitmachen. Dann noch was über Freundinnen.

Mit den Freundinnen war es so, dass sie ständig von Rose reden wollten. »Meine Mom hat gesagt, sie hat deine Mom im Laden getroffen, und sie sah wirklich furchtbar aus, sagt sie, richtig krank vor Sorge.« Clara wünschte, sie würden einfach nur über normale Dinge mit ihr reden; es war, als ob sie vergessen hätten, dass sie ein normales Mädchen war, genau wie sie.

»Die Polizei ist hinter ihr her, nicht?«, sagte Ruth, und Clara schrie sie an: »Die Polizei ist *auf der Suche nach ihr!* Auf der Suche ist nicht dasselbe wie *hinter ihr her,* du Blödi! *Hinter ihr her* heißt was ganz anderes!«

»Kleines«, sagte ihr Vater am nächsten Morgen, »deine Mutter und ich haben uns gefragt, ob du nicht deine Freundin Jenny mal zum Spielen mitbringen willst.«

»Nein danke«, sagte Clara.

»Nicht? Und wie wär's mit… Ich weiß nicht, wie die anderen heißen. Heißt eine Sharon?«

»Ja.«

»Wie wär's denn mit ihr?«

»Nein danke.«

»Oder jemand anders?«

»Nein danke.«

»Das ist aber schade. Warum nicht?«

»Ich kann sie alle nicht mehr leiden.«

Es gab eine neue Regel. Die Regeln tauchten einfach von selbst in ihrem Kopf auf. Die erste betraf das Verstreuen der Kleider, die zweite schrieb vor, dass sie auf dem Schulweg ihre Schritte zählte, und nun gab es eine fürs Zähneputzen. Es musste auf ganz bestimmte Weise gemacht werden: fünfmal bürsten oben links, fünfmal oben rechts, fünfmal unten links, fünfmal unten rechts, dreimal spülen, die Zahnbürste unter den Hahn halten und bis zehn zählen. Wenn sie nicht alles in der richtigen Reihenfolge machte, würde Rose vielleicht nie mehr wiederkommen.

Beim Mittagessen am Freitag wurde ihr schlecht. Die Kinder mussten an ihren Pulten sitzen bleiben, während sie aßen – man konnte erst zum Spielen raus, wenn man fertig war –, also bemühte sie sich, ihr Pausenbrot zu verdrücken. Es wollte nicht runter, und als sie es runterzwang und Milch hinterhertrank, kam alles wieder hoch.

Die anderen waren alle schon draußen, was das einzig Gute war. Mrs. Quinn brachte sie ins Krankenzimmer (es war eng wie eine Besenkammer, aber immerhin mit einem Bett darin) und blieb eine Weile bei ihr. »Soll ich deine Mummy anrufen, Clara?«, fragte sie. »Möchtest du nach Hause? Oder möchtest du dich lieber hier erholen, bis es dir besser geht?«

»Kann ich hierbleiben?«, sagte Clara. Sie wollte nicht nach Hause, es war zu still dort.

Mrs. Quinn tätschelte ihr die Hand auf der rauen Decke. »Aber natürlich, du kannst so lange hier liegen, wie du magst.« Sie lächelte. »Du bist ein tapferes Mädchen, Clara. Ich weiß, es ist sehr schwer für dich zurzeit, aber es wird besser werden. Schwer zu glauben, ich weiß, aber es wird ganz bestimmt besser, das verspreche ich dir.«

Die Tür zum Elternschlafzimmer war zu, als sie heimkam, was inzwischen normal war, doch als Clara wieder hinuntergehen wollte, hörte sie die Stimme ihrer Mutter: »Rose? Bist du das?« Sie klang verwirrt, als ob sie gerade aufgewacht wäre und nicht wüsste, wo sie war.

Clara öffnete die Tür. Die Vorhänge waren zugezogen, doch sie konnte den Umriss ihrer Mutter im Bett sehen.

Ihre Mutter setzte sich auf. »Rose?« Ihre Stimme klang schrill vor Hoffnung.

»Nein, Mummy«, sagte Clara. »Ich bin's bloß.«

»Oh«, sagte ihre Mutter leise, wie ein Seufzer. Und nach einer langen Minute: »Okay, Süße, ich komm dann runter.«

Nebenan stand kein Wagen in der Einfahrt, also ging sie ins Haus hinüber. Sie setzte sich nicht in den Sessel, der früher immer ihr Platz gewesen war, sie scheute die Erinnerungen. Lieber setzte sie sich auf den Boden, den Rücken an der Wand, die Beine vor sich ausgestreckt. Sie wollte ihre Mutter zurück, mehr als alles andere auf der Welt, sogar mehr noch als Rose. Sie wollte zu ihrer Mutter ins Bett krabbeln und mit ihr kuscheln, ganz eng, so wie früher. Sie wollte von der Schule heimkommen und ihre Mutter in der Küche vorfinden, nicht im Bett. Sie wollte, dass sie sich ihr zuwandte, mit ihrem alten Lächeln, und sagte: »Hallo, Süße, wie war dein Tag?« Sie wollte, dass sie ihr zuhörte.

Sie hatte nicht erwartet, dass Moses ihr auf den Schoß sprang, aber das tat er; er rollte sich zusammen, ließ sich noch etwas tiefer sinken und fing an zu schnurren. Sie streichelte ihn und versuchte, an nichts zu denken, sich nur auf das Gefühl seines Schnurrens zu konzentrieren und auf seine Wärme und Weichheit unter ihrer Hand. Aber es half nicht, und nach einer Weile ließ sie die Arme sinken und saß einfach nur so da, an die Wand gelehnt wie eine Gliederpuppe.

Aber dann tat Moses etwas so Verblüffendes, dass es doch noch half. Er erhob sich, drückte mit den Hinterpfoten kleine Dellen in ihre Beine, legte die Vorderpfoten auf ihre Schultern, drückte seine Nase gegen ihre und sah ihr aus nächster Nähe in die Augen.

Seine Augen waren riesig, es war wie in zwei große grüne Monde zu schauen. Bei dem Versuch, beide zugleich im Blick zu behalten, fing Clara an zu schielen. Es brachte sie zum Lachen.

»Hab ich vergessen, dich zu streicheln, Mo?« Seine Schnurrhaare kitzelten. Sie legte ihm die Hände auf die Seiten und strich über den ganzen glatten Katzenkörper bis hinab zum Schwanz.

Der Mann hatte seine Lektion doch nicht gelernt. Am späten Freitagnachmittag, eine halbe Stunde bevor er sonst immer zum Essen ausging, packte er Mrs. Orchards Sachen wieder ein. Clara sah ihm von ihrem Posten aus zu. Als er fertig gepackt hatte, blickte er sich noch ein letztes Mal im Zimmer um und verließ dann wie gewohnt das Haus.

Abendbrot gab es heute erst spät, weil ihre Mutter nur schwer aus dem Bett gekommen war, also musste Clara länger warten als üblich und platzte fast vor Ungeduld. Sie aß so schnell sie konnte, dann ging sie, die Lippen zu einer dünnen weißen Linie zusammengepresst, zurück in Mrs. Orchards Haus und begann, die Kartons wieder auszupacken. Wie oft, fragte sie sich, würde sie das wohl noch machen müssen, bis der Mann es kapierte?

Moses tauchte wie aus dem Nichts auf und sah zu.

»Er ist wirklich furchtbar blöde«, sagte Clara zu ihm. »Offensichtlich.« Sie räumte den großen Karton aus und machte sich an den mit den kostbaren Stücken. Moses kam und schnupperte daran, dann stellte er sich auf die Hinterbeine und spähte hinein, wie beim letzten Mal.

»Du kannst da jetzt nicht rein, Dummchen, da sind noch Sachen drin«, sagte Clara, nicht unwirsch, aber streng. »Lass das bitte.«

Moses blickte zu ihr auf, wie um abzuwägen, ob sie es ernst meinte, und sprang dann in den Karton.

»Moses!«, schrie Clara. »Raus da! Du machst noch was kaputt!«

Wie der Blitz war er raus aus dem Karton und abgezischt. Sie wunderte sich über seine Reaktion. »Ich bin nicht böse auf dich!«, rief sie ihm nach. »Du sollst nur aus den Kartons rausbleiben!«

Sie wickelte das letzte der geschnitzten Männlein aus und setzte es auf den Kaminsims zu seinen Freunden, damit sie mit ihrem Kartenspiel fortfahren konnten. Nachher wusste sie nicht mehr, was sie dazu gebracht hatte, sich umzusehen. War es ein Geräusch? Oder ein Luftzug? Oder bloß ein Gefühl? Wie auch immer, sie drehte sich um, und da stand der Mann in der Tür.

# 8

## ELIZABETH

Wie es scheint, werde ich nicht mehr nach Hause kommen. Gleich nach dem Mittagessen bekam ich Besuch von Dr. Pauling, dem Herzspezialisten. Die Testergebnisse sind da, sagte er, und sie zeigen, dass mein Herz in keiner guten Verfassung ist, wie er es nannte. Er hat sich so sehr bemüht, es mir so schonend beizubringen, dass mir sofort klar war, was er meinte. Er tat mir sehr leid; es muss schrecklich für ihn sein, solche Nachrichten zu überbringen. Ich sagte, das sei schon in Ordnung, ich würde schon lange darauf warten, zu dir zu kommen, und er lächelte, nahm meine Hand zwischen seine beiden und sagte: »Gut. Gut.«

Ich wollte ihn fragen, wie viel Zeit mir noch blieb, doch ich brachte es nicht fertig.

Ich fühlte mich ganz eigenartig, nachdem er gegangen war. Losgelöst. Nicht nur von meiner Umgebung, auch von mir selbst. Ich hörte Leute reden, aber nur undeutlich, als ob sie in einem anderen Raum wären. Die Krankenschwestern schienen sich wie unter Wasser durch den Krankensaal zu bewegen. Alles war verschwommen. Ich war verschwommen.

Die Zeit und die Welt liefen weiter. Das Abendessen kam, und irgendwas an der Gewöhnlichkeit des Tellers, der vor mir abgesetzt wurde, brach den Bann. Es war undefinierbares, geschmackloses Fleisch in klumpiger Soße, doch ich aß es fast mit Genuss. Ich aß sogar den Nachtisch, Reispudding, den ich gar nicht mag. Zwischen den einzelnen Happen umströmte mich die Erkenntnis, dass ich im Sterben lag, wie auslaufende Wellen am Strand. Als das Tablett weggeräumt war, sah ich Mrs. Cox von gegenüber dabei zu, wie sie ihr rosa Rüschennachthemd gegen ein Exemplar in Blasslila austauschte (sie geniert sich nicht die Bohne), und plötzlich fand ich die Art, wie dieser dicke alte Leib die Arme hob, um das getragene Hemd aus- und das frische anzuziehen, beinahe anmutig. Sie musterte sich in ihrem Handspiegel, den sie immer griffbereit auf dem Nachttisch liegen hat, zupfte sich die Frisur zurecht und sank mit zufriedener Miene auf ihr Kissen zurück.

Die letzte Runde Pillen wurde zur üblichen Zeit ausgegeben. Martha benahm sich weiter marthahaft.

Zwischen der Tablettenausgabe und dem Lichtlöschen lässt sie mich meist an ihren Gedanken über das Leben teilhaben. Zu dieser Tageszeit scheint sie einigermaßen klar im Kopf zu sein.

»Ich bin die Einzige, die noch übrig ist«, verkündete sie, als der Pillenwagen durch die Schwingtür verschwand. »Alle anderen sind schon weg. Das ist das Schlimmste, die Letzte zu sein. Ich wäre lieber tot.«

Ich hatte keine Lust, mir das Gejammer anzuhören. »Na, das werden Sie ja dann bald sein, nur Geduld.«

Das stopfte ihr das Maul. Aber dann bekam ich natürlich ein schlechtes Gewissen, und nach einer Minute fragte ich vorsichtig: »Wer ist denn alles tot? Ihre Geschwister?«

»Ja«, sagte sie, schmollend, aber zu redebedürftig, um sich die Gelegenheit entgehen zu lassen. Martha redet für ihr Leben gern über sich selbst, sie ist ihr liebstes Gesprächsthema.

»Wie viele Geschwister haben – hatten – Sie denn?«

»Zehn. Vier Jungen, sechs Mädchen.«

»Das ist aber eine große Familie!«, staunte ich. »Und haben Sie sich alle gut vertragen?«

Sie schnaubte. Mit einiger Genugtuung möchte ich anmerken, dass ich in meinem ganzen Leben nie geschnaubt habe.

»Oh«, sagte ich. »Haben Sie sich alle miteinander gezankt oder nur einige von Ihnen?«

»Die Mädchen waren furchtbar«, sagte sie, schon merklich aufgeheitert. »Die Jungs versuchen, sich gegenseitig umzubringen, aber dann ist es auch wieder gut. Die Mädchen können einfach nicht aufhören. Alice und Peggy. Die waren am schlimmsten. Weltmeister im Grollen, die beiden. Als Teenager haben sie sich mal wegen irgendwas gestritten, ich weiß nicht was, und sie haben es sicher auch vergessen, aber versöhnt haben sie sich nie. Kein Wort mehr gewechselt. Ihr ganzes Leben lang. Sind nicht auf ihre Hochzeiten gegangen, nicht mal auf ihre Beerdigungen.«

»Na, das konnten sie ja auch nicht«, wandte ich ein. »Zumindest eine von ihnen nicht.«

»Oh, sie hatten sicher gute Ausreden«, sagte Martha, blicklos vor sich hin starrend. »Die Leute erfinden immer gute Ausreden, wenn sie sich vor irgendwas drücken wollen.«

»So gut ja nun auch wieder nicht«, meinte ich.

Sie wandte den Kopf und sah mich an. »Ich dachte, Sie wollten, dass ich Ihnen was über sie erzähle«, sagte sie scharf. »Oder hab ich das falsch verstanden?«

Ich werde sie vermissen, dachte ich. Und gleich darauf: wie albern, so was zu denken, ich werde ja tot sein.

Martha hat aber auch nicht mehr lange. Sie ist furchtbar dürr, geradezu ausgemergelt, mit grotesk aufgetriebenem Bauch, als ob sie im neunten Monat wäre. Die scheinen hier nicht zu wissen, woran es liegt. Sie redet nicht darüber, wofür ich ihr sehr dankbar bin.

Ich fand keinen Schlaf. Ich hatte Angst, mein Liebster. Warum nur? Warum haben wir Angst vor etwas, das uns allen bevorsteht und so normal ist wie das Untergehen der Sonne? Ich sollte froh drum sein – ich glaube nicht an irgendeine Gottheit oder an ein

Jenseits, und dennoch glaube ich felsenfest daran, dass ich wieder mit dir zusammen sein werde. Unlogisch, ich weiß – wie können wir zusammen sein, wenn es kein Jenseits gibt? Aber ich spüre dich schon so nah bei mir, in jedem Sinne außer dem physischen, dass ich es mir einfach nicht anders vorstellen kann. Du als Wissenschaftler würdest natürlich sagen, das klingt fatal nach mangelnder Fantasie gepaart mit irrationalem Wunschdenken. Trotzdem bin ich davon überzeugt. (Ich kann mir vorstellen, wie du nun leise lächelst.)

Vielleicht ist es eine Frage der Tempora, der Grammatik. Unsere Liebe war, ist, wird immer sein. In dem großen Raum-Zeit-Kontinuum werden vielleicht gar keine Tempora mehr existieren. Na, was sagt der Wissenschaftler in dir dazu?

Mein Verstand lässt mich im Stich. Ich hoffe, ich werde nicht wie Martha enden. Es war schrecklich. Nicht wie ein Traum, anders. Es war helllichter Tag, und ich war hier in diesem Bett, und plötzlich war ich wieder in Guelph, und Annette brüllte mich an, das Gesicht verzerrt vor Hass, und Liam streckte die Arme nach mir aus und schrie und schrie. Ich zitterte so sehr, dass ich mich kaum auf den Beinen halten konnte; ich versuchte, etwas zu sagen, öffnete den Mund, brachte aber kein Wort heraus, und irgendwer sagte: »Alles in Ordnung, Mrs. Orchard, Sie sind hier bei uns, und es geht Ihnen gut.« Eine Krankenschwester beugte sich über mich und tätschelte mir die Hand. »So ist's schon besser. Kommen Sie, ich helfe Ihnen, sich aufzusetzen. Sie sind ja ganz von den Kissen gerutscht.«

Mein halbes Leben lang habe ich diese Erinnerung zu verdrängen versucht. Als ich im St. Thomas war, hat der Psychiater, Dr. Leander, mir geraten, alles Verstörende, was mir durch den Kopf ging, ganz ruhig und bedacht durch etwas Positives zu ersetzen. Er sagte, wir sind alle in der Lage, unsere Gedanken bis zu einem gewissen Grad unter Kontrolle zu halten. Zuerst habe ich ihm nicht geglaubt, ich begriff nicht, wie es möglich sein sollte, solche Qual beiseitezuschieben, aber mit Übung ging es tatsächlich. Zumindest zeitweilig.

Also habe ich weiterhin versucht, genau das zu tun. Ganz methodisch rief ich mir alle Einzelheiten von dem zweiten Mal, als ich Liam sah, ins Gedächtnis. Du warst nicht da, es war der Montag oder Dienstag nach unserer Einladung, und du warst bei der Arbeit. Ich fühlte mich ein bisschen leer – was wohl unvermeidlich war, nachdem das Zusammentreffen mit Liam mich so hatte aufleben lassen. Aber gegen zehn Uhr vormittags hörte ich ein seltsames Klatschgeräusch an der Haustür, und als ich nachschauen ging, stand er da, die linke Hand erhoben, um noch einmal gegen die Tür zu patschen. In der rechten Hand hielt er einen Stock, der größer war als er selbst, das wichtigste Utensil für alle kleinen Jungen.

»Ja, guten Morgen, Liam«, sagte ich, sorgsam bemüht, mir meine Begeisterung nicht anmerken zu lassen. »Wie geht es dir denn heute?«

Er überlegte, ein paarmal mit dem Stock aufstampfend, sah dann zu mir auf und kam gleich zur Sache. »Kann ich 'n Keks haben?« Es war das erste Mal, dass ich ihn sprechen hörte; am Samstag hatte Annette ihm nicht mal ein Dankeschön abringen können. Er hatte eine etwas heisere Stimme, sehr ungewöhnlich für so ein kleines Kind.

»Ich hab mich schon gefragt, ob du deswegen hier bist«, sagte ich. »Da müssen wir aber erst deine Mummy fragen. Wo ist sie, und wo sind deine Schwestern? Kommen sie auch?«

Er schüttelte nachdrücklich den Kopf; nein, die hatte er nicht mitgebracht.

»Weiß deine Mummy denn, dass du hier bist, Liam?«

Er erspähte etwas auf dem Boden, das totgemacht werden musste, und ging gewissenhaft mit dem Stock zu Werke.

»Ich mache dir einen Vorschlag«, sagte ich. »Wir nehmen ein paar Kekse mit zu dir rüber, falls deine Mummy sich fragt, wo du abgeblieben bist. Kannst du mir den Weg zeigen?« Ich wollte sehen, ob er die Straße entlanggegangen war, aber zum Glück hatte er stattdessen den Trampelpfad durch die Birken auf dem Grundstück zwischen unseren Häusern gewählt.

Wir konnten die anderen hören, ehe wir sie erreichten, sie waren im Garten beim Seilspringen. Annette drehte das Seil am einen Ende, die Mädchen wechselten sich am anderen Ende ab. Liams Schwestern waren ziemlich hübsch, blond und blauäugig wie ihre Mutter, aber ich dachte schon damals, dass Liam sie bei Weitem überstrahlte. Er war ein wirklich zauberhaftes Kind, das ist selbst dir aufgefallen, Charles, und dabei hattest du gar kein Auge für so etwas. Mit seinem dunklen, glänzenden Haar, der blassen, klaren Haut und den wunderbar goldbraunen Augen unterschied er sich von den beiden Mädchen wie die Sonne vom Mond.

Annette schaute überrascht, als wir beide auf sie zukamen. Sie hatte gar nicht gemerkt, dass Liam nicht mehr da war, und war zu Recht entsetzt und beschämt. Ich wiegelte ab, er sei ja gar nicht in der Nähe der Straße gewesen, und ich sei froh, ihn zu sehen, sie habe ja so nette Kinder. Dankbar, dass ich sie nicht zu verurteilen schien, bot sie mir Kaffee an, und ich präsentierte die Kekse.

Wir trugen zwei Esszimmerstühle nach draußen und stellten sie in den Schatten der Hauswand – die Hitze war am Vormittag schon drückend –, und da saßen wir dann mit unserem Kaffee und sahen den Kindern dabei zu, wie sie den Garten erkundeten. Es gab dort zwei Apfelbäume, und die Äpfel, größtenteils schon pflückreif, hingen verlockend tief. Die Mädchen sprangen immer wieder hoch und kreischten vor Vergnügen, wenn sie die Äpfel verfehlten. Liam versuchte, mit seinem Stock nach den tiefsten Zweigen zu schlagen. Annette mahnte ihn mit scharfer Stimme, sich vorzusehen, um seine Schwestern nicht zu treffen, worauf er sich langsam vom Baum entfernte und begann, Löcher in die Blumenrabatte zu graben.

Eine Militärmaschine flog vorüber, und wir blickten ihr nach.

»Ralph sagt, Charles stammt aus England«, sagte Annette schließlich.

»Ja. Er ist vor zwölf Jahren rübergekommen. Sie hatten hier am Landwirtschaftscollege ein Forschungsprojekt, für das er zu Hause keine Gelder lockermachen konnte, und er wollte da gern mitarbeiten.«

»Hat er noch Familie in England?«

»Nur seine Eltern. Sein Bruder ist im Mai gefallen. In Dünkirchen.«

Sie schwieg einen Moment.

»Leben seine Eltern in London?«

»Ja.«

»Der arme Charles.«

Das Flugzeug verschwand hinter einem fernen Hügel, und der Himmel war wieder leer, ein endloses, unschuldiges Blau.

»Ralph wollte sich zur Armee melden, aber sie meinten, er wäre hier am College nützlicher.«

Ich nickte. »Charles haben sie das Gleiche gesagt.«

»Ich glaube, Ralph fühlt sich trotzdem schuldig. Er fürchtet wohl, die Leute könnten meinen, es ist nur eine Ausrede, um sich zu drücken.«

Irgendetwas an ihrem Ton ließ mich aufhorchen. Ich sah sie an und fragte mich, ob sie selbst das vielleicht auch dachte und was das über ihre Beziehung zu Ralph aussagte.

»Es ist keine Ausrede«, sagte ich mit Nachdruck, denn es war mir wichtig, ihren Irrtum zu korrigieren. »Ralph ist doch ein Getreidespezialist, nicht? Wie Charles. In England herrscht furchtbarer Mangel, und zugleich muss man Tausende – *Hunderttausende* – von Soldaten satt kriegen. Ralph und Charles sind von weit größerem Nutzen, wenn sie hier den Getreideertrag erhöhen helfen, als wenn sie ein Gewehr in die Hand gedrückt bekämen und nach Europa geschickt würden. Charles wäre vollkommen hilflos mit einem Gewehr in der Hand.«

Annette lachte nervös, wirkte aber erleichtert. Sie fragte mich nach unserem Garten – ich hatte ihn gerade in einen Gemüsegarten verwandelt, um mich am zivilen Kriegseinsatz zu beteiligen, und ich versprach, ihr zu helfen, das Gleiche mit ihrem zu machen, wenn auch in kleinerem Maßstab, um den Kindern noch Raum zum Spielen zu lassen. Wir sprachen über den Kindergarten, in den die Zwillinge nach dem Labour Day gehen würden; ich kannte die Erzieherin – sie war meine Nachfolgerin und sehr kompetent. Während wir redeten, folgte ich Liam, der ziellos durch den Garten streifte, mit den Augen.

Ich weiß noch, wie freudig erregt ich war, dass Annette und ich so gut miteinander auskamen. Ich hatte es nicht erwartet; sie war mir anfangs wie eine unsichere und oberflächliche Person vorgekommen, nicht sonderlich sympathisch, aber die Unterhaltung plätscherte ganz locker dahin, und sie schien ehrlich erfreut, dass ich rübergekommen war. Ich hatte den Eindruck, wir könnten diese spontanen Schwätzchen bei einer Tasse Kaffee von jetzt an öfter wiederholen. Auf die Weise würde ich sehr häufig die Gelegenheit haben, Liam zu sehen.

Aber dann ging es beinah doch noch schief. Während ich mich noch dafür beglückwünschte, dass wir uns so gut verstanden, hatte ich nicht gleich mitbekommen, dass sie mir gerade erzählt hatte, sie sei wieder schwanger.

Es sei nicht geplant gewesen, sagte sie mit einem verlegenen Lachen, und sie sei auch nicht sehr froh darüber, zumal sie fürchte, es würden wieder Zwillinge. Um ehrlich zu sein, sagte sie, finde sie drei Kinder schon anstrengend genug. Nicht die Mädchen, die Mädchen seien eine reine Freude, aber Liam. Er sei furchtbar schwierig. Sie wisse manchmal nicht mehr ein noch aus mit ihm, er mache sie völlig fertig.

Liam stand keine zwei Meter entfernt, als sie das sagte. Er blickte auf, als er seinen Namen hörte, aber da er sich hinter Annettes Stuhl befand, konnte sie ihn nicht sehen. Doch ich konnte ihn sehen, und ich sah ihm an, dass er sie gehört hatte. Gewiss würde er nicht alles verstanden haben, aber das Wesentliche eben doch.

Ich war so zornig. So *zornig.* Innerhalb von Sekunden kippte ich aus meiner frohgemuten Zuversicht in ein weißglühendes Amalgam aus Wut, Eifersucht und Verzweiflung. Ihre Gleichgültigkeit gegenüber den Gefühlen ihres Kindes; ihre verschwenderische Fruchtbarkeit; die Tatsache, dass sie ein Kind oder Kinder in die Welt setzen würde, die sie nicht wirklich wollte, während ich mich fruchtlos nach einem eigenen verzehrte. Ich wusste, dass ich überreagierte – ich wusste es auch damals schon –, aber dass sie sich nicht nach Liam umgesehen hatte, bevor sie so etwas über ihn sagte, und nicht gemerkt hatte, dass ihr dreijähriger Sohn bis zu uns hinübermarschiert war und dabei leicht auf die Straße hätte geraten können, das fand ich unfassbar.

Ich umklammerte meine Kaffeetasse und starrte auf den herbstlich vergilbten Rasen der Kanes, verzweifelt bemüht, meine Gefühle zu bezähmen oder wenigstens zu verbergen, nicht weil sie Annette gegenüber unfair waren, sondern weil ich wusste, wenn sie nur eine Ahnung davon hätte, dann würde ein gewisser kleiner Junge niemals wieder an unsere Tür klopfen.

Ich wurde von einem der Mädchen gerettet, das beim Versuch, immer höher zu springen, um einen besonders dicken Apfel zu erhaschen, mit dem Kopf gegen den Baumstamm geprallt war und heulend zur Mutter gelaufen kam. Bis sie getröstet war, hatte ich mich wieder beruhigt, und wir setzten unseren Kaffeeplausch fort.

Bevor ich ging, gelang es mir sogar, Annette zu fragen, ob die Kinder (ich vermied es sorgsam, Liam hervorzuheben) mich besuchen kommen dürften, wenn sie Lust dazu hätten. Annette wollte wissen, ob sie mich denn nicht stören würden, weshalb ich ihr erklärte, dass wir keine eigenen Kinder hatten bekommen können und ich sie gerne um mich hätte. Zusammen stellten wir ein paar Regeln auf, um ihre Sicherheit zu gewährleisten: Sie sollten niemals in die Nähe der Straße kommen; ich würde Annette sofort anrufen, wenn sie rüberkämen, und wieder anrufen, wenn sie gingen, damit sie nach ihnen Ausschau halten konnte. Sie sollten niemals mehr als einen Keks bekommen, und sobald sie mir auf die Nerven gingen, sollte ich sie heimschicken. Vernünftige Regeln, von vernünftigen Frauen aufgestellt, um die Kinder vor Schaden zu bewahren.

Wenn ich zufällig am Küchenfenster stand, sah ich ihn (immer Liam allein, wie ich es schon vorhergesehen hatte) durch die Birken angewandert kommen, den Stock in der Hand, wie ein Pilger aus alter Zeit, versunken in die geheimnisvolle Welt der Kindheit. Solange es noch warm genug war, saßen wir auf den Verandastufen, er mit einem Glas Milch und einem Keks, ich mit einer Tasse Kaffee. Anfangs waren seine Besuche kurz und zielorientiert; er aß seinen Keks, und dann, Mission erledigt, ging er wieder. Doch je mehr er sich an mich gewöhnte, desto länger blieb er da. Es war, als zähmte man einen Wildvogel: Streue Krümel. Sitz still. Erwarte nicht zu viel zu früh.

Manchmal unterhielten wir uns. Er stellte beispielsweise eine Frage – »Warum gibt es Käfer?« – oder machte eine Beobachtung – »Mein Po ist kleiner als deiner« –, aber meist sprachen wir nicht viel. Ich bestand darauf, dass er bitte und danke sagte, doch abgesehen davon war ich völlig zufrieden mit seinem Schweigen. (Genau wie auch mit deinem, mein Liebster. Ihr wart beide nicht gerade redselig. Ich fühle mich wohl zu stillen Männern hingezogen.)

Als es zu kalt für die Verandastufen wurde, verlagerten wir unsere Zusammenkünfte in die Küche. Ich kaufte ein bisschen Spielzeug – ein Klötzchenpuzzle, ein paar Spielzeugautos, ein Malbuch und Buntstifte, einen Zeichenblock (er konnte sehr gut zeichnen) und Kinderbücher: *Pu der Bär, Peter Hase, Ferdinand, Angus & Wagtail Bess.*

Ganz gewöhnliche, einfache, alltägliche Dinge. Dinge, die jedem, der hereinkommt, signalisieren: In diesem Haus gibt es ein Kind.

# 9

# LIAM

»Diesen Monat wird das sowieso nichts mehr«, sagte Jim Peake, während er ein sauberes kleines Loch in frisches Holz bohrte. »Wahrscheinlich auch nicht im Oktober, ich bin so verdammt ausgelastet. Und dann hat mich auch noch mein Partner im Stich gelassen. Also nicht direkt Partner, mehr unbezahlte Arbeitskraft. Mit anderen Worten, mein Sohn. Hat sich zu irgend 'ner verdammten Uni unten im Süden davongemacht, er will nämlich Tierarzt werden. Ist ja auch 'n leichter Job. Schlimmstenfalls musst du 'ner Kuh mal in den Arsch kriechen, aber mit richtiger Arbeit hat das nichts zu tun. Schön viel Geld, angenehmes Leben …«

Er richtete sich auf und kramte in einer Blechdose mit Schrauben. »Was tut man nicht alles für die Kids, drei Mahlzeiten pro Tag, schönes warmes Haus, man bringt ihnen ein ordentliches Handwerk bei, und was machen die? Hauen ab und studieren auf Tierarzt. Ich hab ihm gesagt, wenn du so tierlieb bist, dann schaff dir 'nen Hund an, Herrgott noch mal! Ein Pferd! Von mir aus 'nen Elefanten! Immer noch billiger als ein Tierarztdiplom. Der Bursche bringt mich noch an den Bettelstab.«

Er war ein kräftiger, robuster, wettergegerbter Kerl, aber er war so stolz auf seinen Sohn, dass er einem gar nicht ins Gesicht sehen konnte, aus Angst, man würde es ihm anmerken; Liam hörte es in seiner Stimme.

»Reichen Sie mir mal den Schraubenzieher rüber? Nein, den kleinen. Genau.«

»Tja, also«, sagte Liam, »ich möchte das Haus so schnell wie möglich verkaufen, und ein verfaulter Boden macht da natürlich keinen guten Eindruck.«

Seit über einer Woche hatte er es nicht geschafft, sich zu irgendeiner Entscheidung durchzuringen – was er nun mit seinem Leben anfangen sollte, wo er von hier aus hin sollte, was er zu Mittag essen sollte. Ein paar Tage hatte er damit verbracht, ziellos herumzufahren und sich die Landschaft anzuschauen, die wunderbar war, das ließ sich nicht leugnen, Meile um Meile Wildnis, Seen, Felsen, Bäume (an die Bäume gewöhnte er sich allmählich). Ab und zu schaltete er das Autoradio ein; auf den Kuppen der Granithügel fing es manchmal ein Signal auf, und er bekam einen abgerissenen Fetzen der Tagesnachrichten zu hören: »*... Anklage gegen fünf Angestellte des Weißen Hauses wegen illegaler Abhörmaßnahmen ...*« Dann brach es ab. »*Reporter der Washington Post ...*« Und wieder weg.

Abgesehen von touristischen Aktivitäten hatte er

nicht mehr gemacht, als ein paar kleinere Reparaturen im Haus durchzuführen – Türangeln geölt, eine Klinke ausgetauscht (wozu ein weiterer Besuch im Eisenwarenladen nötig gewesen war, und auch diesmal war die Tochter des Alten aufgetaucht, allerdings mit einem Baby auf der Hüfte, der ultimative Abtörner).

Doch nun war die Zeit zum Handeln gekommen. Es mochte sich noch fast wie Sommer anfühlen, aber lange konnte das nicht mehr dauern, und das Einzige, was er sich ganz fest vorgenommen hatte, war, von hier zu verschwinden, bevor die erste Schneeflocke vom Himmel fiel.

»Warum nicht einfach Linoleum drüberlegen?«, schlug Jim Peake vor. »Dann merkt das kein Mensch. Jedenfalls nicht vor dem Einzug.«

»Tja, ich weiß nicht…« Aus irgendeinem Grund hatte Liam das Bedürfnis, Mrs. Orchards altes Haus anständig herzurichten, es in den bestmöglichen Zustand zu versetzen, bevor er es verkaufte. Es hatte nichts mit dem Geld zu tun, das er dafür bekommen würde, auch wenn er es als Begründung angab. Er konnte es sich nicht erklären – vielleicht war es eine Art Dankeschön für diese Frau, an die er sich kaum erinnern konnte. Es tat ihm leid, dass er so gar keine Verbindung zu ihr oder zu ihrem Mann spürte. Er hatte sich die gerahmten Fotos im Wohnzimmer angesehen und sie beide wiedererkannt, und er wusste, dass er sehr gern bei ihnen gewesen war, doch eine wirkliche

Erinnerung verband er nicht damit. Er konnte sich an keinerlei Details aus der Zeit mit ihnen entsinnen. Es gab ihm das Gefühl, dass er im Grunde kein Recht hatte, als Alleinerbe in Mrs. Orchards Haus zu leben.

Jim Peake schüttelte den Kopf. »Sieh an, was haben wir hier, etwa einen ehrlichen Südstaatler? Verkehrte Welt! Es geht um Mrs. Orchards Haus, haben Sie gesagt?«

Liam hatte nichts dergleichen gesagt, aber Jim Peake wusste es offenbar schon. Zweifellos wusste jeder in der Stadt mittlerweile alles über ihn, was es zu wissen gab. Seit er hier eingetroffen war, hatten sich eine ganze Reihe Frauen jeglichen Alters auf der Veranda eingefunden und ihn mit einer freundlichen Essensgabe willkommen geheißen. Liam hatte keine hereingebeten, nicht mal die gut aussehenden. Er bezweifelte, dass es ihnen nur um gute Nachbarschaft ging.

»Das stimmt. Vielleicht könnten Sie ja mal einen kurzen Blick auf die Stelle werfen und mir sagen, was ich selbst tun könnte? Ich entschädige Sie natürlich gern für Ihre Zeit.«

»Ihr Problem ist nicht der Badezimmerboden«, sagte Jim Peake. »Vergessen Sie den Boden, das ist *gar nichts.* Ihr Problem ist das *Dach.* Das hätte vor zehn Jahren schon gemacht werden sollen, die ganze Zeit sickert da der Regen durch, ich mag mir nicht vorstellen, wie das untendrunter aussieht. Suchen Sie mir noch 'ne Schraube von dieser Größe raus, okay?«

Liam wühlte in der Blechdose.

»Die Sache ist die, ich muss erst Jeff Pattersons Dach machen, vorausgesetzt, das warme Wetter hält. Bei Kälte kann man kein Dach decken. Die Schindeln haften nicht, im ersten Sturm fliegen sie davon. Außerdem bin ich allein. Kein unbezahlter Arbeiter, der die Drecksarbeit macht, keinen zum Anbrüllen, das wird schwer. Ich brauch noch so eine von den Schrauben. Danke. Ist 'ne tierische Schinderei, so 'n Dach. Ständig die Leiter rauf und runter, Balken wuchten, Schindeln schleppen …« Er besann sich kurz. »Sehen dünn aus, sind aber bleischwer, die Biester. Dann stellt man fest, dass der Kamin oben am Einstürzen ist, also muss man den auch noch machen. Leiter rauf, Leiter runter, mit Ziegelsteinen und Mörteleimern, und keinen zum Anreichen. Wenn man alles alleine macht, das dauert drei-, viermal so lang, als wenn man zu zweit ist. Packen Sie mal kurz mit an, ja? Ich muss das hier rumdrehen.«

Er arbeitete an einem Fensterrahmen, der über zwei Sägeböcken lag. Die obere Hälfte hatte die Scheiben noch drin. Liam nahm das eine Ende, und sie drehten das Ding auf die andere Seite. Es wog eine Tonne. Er fragte sich, wie Jim Peake es geschafft hätte, wenn er nicht aufgekreuzt wäre.

»Hab Gord Bing versprochen, dass ich ihn die Woche noch fertig mache«, sagte Jim Peake und deutete auf den Rahmen. »Dann hab ich's einfach verschwitzt. Wär schneller gewesen, einen neuen zu machen, aber er ist ein Geizhals, also bessere ich bloß die morschen Stellen aus. Was machen Sie denn so, Mister… kann mir keine Namen merken, Moment, Kane, oder?«

»Ja. Ich bin Buchhalter. War Buchhalter.«

»Und jetzt nicht mehr?«

»Nein.«

»Wie kommt's?«

»Hab gekündigt.«

»Klingt doch nach einem bequemen Job, so 'n bisschen Zahlenjonglieren. Wieso haben Sie da gekündigt?«

»Ich hab's gehasst.« Wozu lügen? Er wusste zwar nicht, warum er so ausgefragt wurde, aber die Leute hier oben waren halt unfassbar neugierig.

Jim Peake lachte auf. »Ha! Sie haben wohl keine Kinder, was?«

»Stimmt.« Die Entscheidung gegen Kinder war zwar Fionas, doch Liam war hundertprozentig damit einverstanden gewesen. Er war nicht gerne Kind gewesen und konnte sich nicht vorstellen, gerne Vater zu sein.

»Und was wollen Sie jetzt machen?«

»Ich weiß noch nicht recht.«

Jim Peake schüttelte verwundert den Kopf angesichts der Möglichkeit, die Wahl zu haben. Mit gleichmäßigem Schwung führte er den Hobel über das Holz. Süß duftende Späne kringelten sich vor der Klinge. »Der Trick ist, die ganze Zeit den gleichen Druck aufzubringen, nicht zu locker, nicht zu fest«, sagte er. »Der zweite Trick ist, nicht zu viel wegzunehmen. Na ja, das ergibt sich aus dem ersten Trick. Immer mal wieder schauen. Man kriegt's nicht wieder drauf.«

Er ging in die Hocke und spähte an dem Rahmen entlang. »Noch 'n kleines bisschen«, sagte er. »Wollen Sie mal?«

»Ich muss los«, sagte Liam. Er konnte so deutlich sehen, was der andere dachte, als stünde es ihm auf die Stirn geschrieben. Er brauchte jemand, der ihm die Schindeln und Ziegel schleppte, immer schön die Leiter rauf und runter, und da stand Liam, arbeitslos: perfekt.

Jim Peake schwang weiter den Hobel. »Okay. Aber was ich damit sagen will: Selbst wenn das Wetter hält, kann ich Ihr Dach in den nächsten zwei Wochen nicht machen, also nicht vor dem nächsten Frühjahr, außer ich habe Hilfe. Und wie's aussieht, haben Sie drei Optionen: Erstens, Sie können Ihr Haus so, wie es ist, zu einem reduzierten Preis verkaufen; zweitens, Sie können in New Liskeard oder North Bay nach einem Handwerker suchen, der nichts zu tun hat und bereit ist, jeden Tag hier raufzukommen, was Ihnen höchstwahrscheinlich nicht gelingen wird; drittens, Sie können sich entschließen, mir bei meiner jetzigen Arbeit auszuhelfen, sodass ich rechtzeitig fertig werde, um Ihr Dach zu machen, falls es dann noch warm genug ist, oder wenigstens Ihren Badezimmerboden, falls nicht. Das liegt ganz bei Ihnen.«

Liam nickte. »Ich überleg's mir. Danke für die Beratung.«

»Jederzeit«, sagte Jim Peake fröhlich. »Beratung ist gratis.«

Zurück im Haus, tigerte er ruhelos von einem Raum zum anderen und grübelte über die Optionen nach, die Jim Peake ihm aufgezeigt hatte. Jemand aus einer anderen Stadt zu holen, konnte man wohl vergessen, da hatte Jim recht. Was ihn vor eine simple Entscheidung stellte (und genau das fiel ihm momentan am schwersten): entweder das Haus im gegenwärtigen Zustand verkaufen, was ihm gar nicht behagte, oder Dachziegel schleppen, was ihn vermutlich umbringen würde. Jetzt entscheide dich schon, dachte er ungehalten. Herrgott noch mal, was ist denn bloß los mit dir?

Das Problem war einfach, dass ihm so viel Mist im Kopf herumging. Fiona hatte neuerdings begonnen, ihn nachts heimzusuchen, gegen drei Uhr, in der Stunde der verlorenen Seelen. Sie wisperte bittere Klagen in sein Ohr: *Würde es dich umbringen, dir ein bisschen Mühe zu geben, Liam? Würde es dich umbringen, am Samstagabend mal für ein, zwei Stunden nett zu unseren Freunden zu sein? Du sitzt da wie ein Betonklotz, die fragen sich alle, was mit dir los ist.* Wenn er dann gähnend antwortete, dass es doch ihre Freunde seien, nicht seine, riss sie die Augen auf: *Oh mein Gott, du hast recht! Entschuldige bitte! Welche von deinen vielen Freunden möchtest du denn zum*

*Essen einladen? Warte eine Sekunde, ich hole Stift und Papier, wir machen eine Liste.*

Sie brauchte es ihm gar nicht erst zu sagen, er wusste es sowieso: Schon als Schulkind war es ihm schwergefallen, Freunde zu gewinnen. Kumpel ja, echte Freunde nein. Als sei da eine Kluft zwischen ihm und den anderen, nicht breit, aber tief und dunkel, und er sei nie dahintergekommen, wie er sie überwinden könnte.

Seine einzige Begabung, die sich erst offenbarte, als er älter wurde, betraf Frauen. Sie fanden ihn gut aussehend, sein einziges Glückslos in der großen Lotterie des Lebens. Es führte aber nie zu Langzeitbeziehungen. Von einem bestimmten Punkt an fühlte er sich immer gezwungen, die Sache zu beenden. Die acht Jahre mit Fiona waren die einzige Ausnahme, und er wusste sehr wohl, dass die Ehe nur so lange gehalten hatte, weil keiner von beiden sich ihr Scheitern eingestehen wollte; Fiona, weil sie grundsätzlich nirgends scheiterte, und er, weil er sich eingebildet hatte, dass es schon irgendwie gut gehen würde, dass er es endlich geschafft hatte, die Kluft zu überwinden.

Als sich das Scheitern nicht länger verleugnen ließ, zog Liam sich noch mehr in sich selbst zurück. Es machte Fiona rasend.

*Du scheinst überhaupt keinen richtigen Bezug zu irgendwem zu haben, Liam – ich meine nicht nur mich, ich meine alle, ich meine die menschliche Rasse! Ich finde, du solltest dir mal einen Therapeuten suchen, ganz im Ernst.*

Tja, so viel zum Eheglück, dachte er, während er um drei Uhr morgens an die Decke starrte. Man sollte die Leute warnen: Überlegt es euch gut, bevor ihr das Gelübde ablegt, denn es gibt nichts, absolut nichts so Einsames wie eine schlechte Ehe.

Na und wenn schon, dachte er, während er um drei Uhr nachmittags in Mrs. Orchards Küche stand. Das alles hast du doch schon *eine Million Mal* durchgekaut! Hör endlich auf damit und *krieg langsam mal dein Leben in den Griff!*

Er ging nach oben, um sich den Badezimmerboden noch einmal anzusehen. Alles beim Alten. Und so würde es auch bleiben, bis er etwas dagegen unternahm. An der Toilette entdeckte er noch eine feuchte Stelle, die er sich nicht erklären konnte, bis er zur Decke hochblickte: sicher Wasserflecken von einem undichten Dach, wie Jim Peake es vorausgesagt hatte. Dasselbe in seinem Schlafzimmer. In dem kleinen Zimmer daneben war alles in Ordnung, in Mrs. Orchards Zimmer auch, also schienen die Lecks wohl auf die eine Seite des Hauses begrenzt zu sein.

Während er sich in Mrs. Orchards Zimmer umblickte, fiel ihm ein, dass er sich früher oder später um ihre Sachen würde kümmern müssen. Warum also nicht gleich? Das Wichtigste war im Moment, zu entscheiden, was mit dem Dach passieren sollte, also würde er stattdessen Mrs. Orchards Sachen ausmisten. Schließlich war er niemandem Rechenschaft schuldig, er konnte tun und lassen oder auf die lange Bank schieben, was immer er wollte.

Die Schränke und Schubladen in Mrs. Orchards Zimmer waren voll von ihren Kleidungsstücken, und er scheute sich, sie anzufassen. Er würde sich umhören müssen, ob sie vielleicht eine Freundin in der Stadt hatte, der es nichts ausmachen würde, sich darum zu kümmern. In dem kleinen hinteren Zimmer fand er ihre Papiere und Dokumente. Gott sei Dank war sie ein methodischer Mensch gewesen und hatte alles säuberlich in Ordner abgeheftet. Er sortierte die Ordner in zwei Stapel: die zum Wegwerfen und die zur näheren Durchsicht. Es war eine Erleichterung, mit Bürokram zu tun zu haben, egal worum es dabei ging. Es war etwas, woran er gewöhnt war, etwas, womit er sich auskannte.

Am Ende sah er noch unter dem Bett nach und entdeckte dort einen kleinen abgeschabten Koffer. Er zog ihn hervor, hockte sich hin und klappte ihn auf. Der Koffer war vollgestopft mit Zeichnungen – keine technischen Zeichnungen oder Möchtegernkunst, nein, Kinderzeichnungen. Von einem Kind, alt genug, dass man das Motiv der Bilder meist erkennen konnte – das Bild zuoberst sollte wohl ein Feuerwehrauto sein, in knalligem, körnigem Buntstiftrot vor einer rot-gelb hingekritzelten Feuerwand –, andererseits doch noch so jung, dass es ihm schwerfiel, nicht über die Linien hinauszumalen. Brüchige Reste von Klebstreifen hafteten noch an den oberen Ecken; irgendwann hatte das Bild an der Wand gehangen. Liam drehte das Blatt um. Rechts unten stand in Mrs. Orchards akkurater Handschrift: *Liam, 4 Jahre, Dezember 1942.*

Es durchfuhr ihn wie ein Schlag. Eine ganze Wand voll mit seinen Zeichnungen musste es damals gegeben haben – aber wo nur? In der Küche? Ja, an der Wand gegenüber dem Kühlschrank. »Liams Galerie«, wie Mrs. Orchard es genannt hatte. Einen riesigen Vorrat an Buntstiften und Malheften gab es in einer speziellen Schublade – eigens für ihn, sicher vor dem Zugriff der Schwestern; niemand zerbrach ihm hier seine Buntstifte oder bekritzelte sein mühselig vollbrachtes Werk. Wenn er eine neue Zeichnung fertig hatte, zeigte er sie Mrs. Orchard, die sie ein, zwei Minuten ernsthaft betrachtete und dann etwas sagte wie: »Das ist richtig gut, Liam. Das Feuerwehrauto gefällt mir besonders – wie schnell das fährt! Schau mal, Charles, ist das nicht toll? Ich denke, das sollten wir in die Galerie hängen, oder?« Er erinnerte sich an ihre Stimme; wenn sie mit ihm sprach, klang es immer so, als ob sie lächelte. Sie zeigte das Bild Mr. Orchard, der über einem Buch saß – er las die ganze Zeit –, und er betrachtete es ebenfalls und bestätigte feierlich, dass es aufgehängt werden musste.

Sein Stolz. Er erinnerte sich an seinen Stolz. Wie er in ihm aufwallte, ihn ausfüllte, sodass er sich größer fühlte, selbstsicherer. Besonders.

Während er noch dort am Boden hockte, tauchte eine weitere lang vergessene Erinnerung auf. An dem

Tag, als die Familie nach Calgary aufbrach, hatte er versucht, zu Mr. und Mrs. Orchard hinüberzulaufen, und seine Mutter war ihm nachgerannt, hatte ihn hochgerissen und ins Auto gesperrt.

Am Spätnachmittag holte er ein paar leere Kartons vom Supermarkt und begann, Mrs. Orchards Sachen einzupacken. Nicht die Möbel – die konnte man verkaufen, entweder einzeln oder mit dem Haus zusammen –, nur die kleineren Dinge, Nippes, Fotos, Krimskrams.

Er fing im Wohnzimmer an, weil da am meisten herumstand, inklusive der vier Kartons, die er am Abend seiner Ankunft dort abgestellt hatte; wozu sie auspacken, wenn er sowieso nicht lange hierbleiben würde.

An einige von Mrs. Orchards Sachen konnte er sich sogar noch erinnern. Eine Quebec-Schnitzerei – eine richtig gute – von vier Karten spielenden alten Männern an einem Tisch. Die Gruppe hatte in Guelph auf dem Kaminsims gestanden, gerade so wie hier. Er hatte damals von allen Dingen in dem Haus diese Schnitzerei am liebsten gemocht und beschloss, sie zu behalten. Die Kaminuhr kam ihm ebenfalls bekannt vor; die würde er auch behalten. Beide Objekte wickelte er sorgfältig in Zeitungspapier und legte sie in einen kleineren Karton, zusammen mit drei der gerahmten Fotos – zwei von Mr. und Mrs. Orchard und eins von Mr. Orchard vor seiner Haustür in Guelph.

Mit den restlichen Sachen ging er weniger sorgfältig um, auf die kam es nicht weiter an.

Als er alles verpackt hatte, bis auf die Bücher, machte er Feierabend und ging zum Abendessen ins Hot Potato. Nachdem er nun schon eine Woche in Solace war, hatte eine gewisse Burger-Müdigkeit ihn veranlasst, die Poutine zu probieren, die genauso bleiern im Magen lag wie erwartet, aber gleichzeitig fast süchtig machte, sodass er jetzt immer abwechselte: Matschepampe mit Fleisch an einem Tag, Matschbrötchen mit Käse am nächsten. Ein paar Tage lang hatte er den Mut aufzubringen versucht, die Klapperschlange zu fragen, ob sie gelegentlich mal eine Baked Potato zubereiten könnte. Die Schale würde Ballaststoffe enthalten, die ihm inzwischen ein bisschen fehlten.

Er war früh dran, was ein Fehler war – ein halbes Dutzend Teenager saßen in eine der Sitznischen gepfercht und zögerten das Heimgehen so lange wie möglich hinaus. Sie futterten Pommes und lachten kreischend – universelles Teenagerverhalten. *Leader of the Pack* plärrte aus der Jukebox, ein uralter Song und viel zu laut. Zu Liams Verwunderung schien die Klapperschlange nichts gegen den Lärm zu haben. Wohlwollend wachte sie über die Krawalltruppe.

Er hatte vorgehabt, eins von Mrs. Orchards Büchern mitzubringen, um es beim Essen zu lesen, aber er hatte es vergessen, also las er zum dritten Mal den *Temiskaming Speaker* von letzter Woche. Die Seite, wo es um die verschwundene Tochter der Jordons ging, überblätterte er. Trotzdem ertappte er sich bei der Überlegung, ob sie noch vor ein paar Wochen nicht auch einer dieser Teenager gewesen war. Ihre kleine Schwester hatte er ein paarmal aus der Schule heimkommen sehen. Sie wirkte niedergeschlagen. Wie auch immer sie sich mit ihrer großen Schwester verstanden haben mochte, jetzt machte sie sicher eine schwere Zeit durch.

Er bestellte die Poutine, trank zwei Tassen Kaffee und wanderte dann im Dunkeln zum See hinab.

Für Mondlicht war es zu bewölkt, aber das Wasser konnte er schimmern sehen. Unheimlich still lag der See da, als warte er auf eine kosmische Katastrophe. Er wartet auf den Winter, dachte Liam und schlug den Mantelkragen hoch.

Als er nach Hause kam, ging er ins Wohnzimmer und knipste das Licht an. Er stand schon mitten im Raum, als ihm auffiel, dass alles verändert aussah. Oder vielmehr, nichts sah verändert aus; die Veränderungen, die er vorgenommen hatte, waren rückgängig gemacht worden.

Wie angewurzelt stand er da, von nackter Angst gepackt (absurderweise, wie er später dachte). Es war, als sei ihm die Zeit entglitten. Er blickte sich im Zimmer um und fragte sich, ob er halluzinierte. Oder ob er die Sachen gar nicht eingepackt, sondern sich alles nur eingebildet hatte.

Dann kam er wieder zur Vernunft. Er, Liam Kane,

hatte Mrs. Orchards Besitztümer heute Nachmittag in Kartons gepackt, und irgendwer hatte sie wieder ausgepackt, als er draußen war. Daran war nichts Metaphysisches. Die Frage war einfach, wer es getan hatte. Und warum. Wieder blickte er sich im Zimmer um, drehte sich langsam um sich selbst, suchte nach Hinweisen. Nichts fiel ihm auf. Er trat zum Kaminsims. Alle Gegenstände standen *exakt* an dem Platz, an dem sie vorher gewesen waren – die Präzision, mit der sie auf die staubfreien Stellen zurückgekehrt waren, hatte fast etwas Gruseliges. Das konnte nur jemand gewesen sein, der das Haus sehr gut kannte. Mrs. Orchards Putzfrau? Aber eine Putzfrau hätte doch sauber gemacht, also auch Staub gewischt.

Prompt kam ihm noch ein Gedanke: Wer auch immer es gewesen war, hatte gewusst, dass er ausgegangen war und eine Weile wegbleiben würde. Das zusammengeknüllte Papier, das er verwendet hatte, war glatt gestrichen, gefaltet und in einen leeren Karton gelegt worden – mit so etwas würde man sich nicht aufhalten, wenn man nicht reichlich Zeit hätte. Beobachtete jemand das Haus? Beobachtete jemand *ihn?* Der Gedanke jagte ihm einen Schauer über den Rücken. Und machte prompt einem noch schlimmeren Platz: War da womöglich noch jemand im Haus?

Schnell durchquerte er alle Räume im Erdgeschoss, schaute in die Speisekammer, die Waschküche, den Schrank unter der Treppe; ging dann nach oben, riss mit klopfendem Herzen sämtliche Schranktüren auf.

Nichts. Niemand. Alles so, wie er es hinterlassen hatte. Er ging wieder nach unten. Soweit er sah, war bis auf die Ziergegenstände nichts angerührt worden, geschweige denn gestohlen. Seine eigenen vier Kartons waren unberührt. Er überprüfte die Hintertür; sie war zugesperrt, ebenso wie die Vordertür. Keins der Fenster schien aufgebrochen worden zu sein. Wer auch immer es war, hatte einen Schlüssel – ein äußerst unbehaglicher Gedanke.

Er dachte daran, Sergeant Barnes anzurufen. Aber nichts war gestohlen oder beschädigt worden, was sollte er ihm also sagen?

Plötzlich war die Antwort da: Es *konnte* nur die Putzfrau gewesen sein. Sie hatte natürlich einen Schlüssel, und wozu sollte sie abgestaubt haben, sie wurde ja nicht mehr dafür bezahlt. Er erinnerte sich an sein Gespräch mit dem Notar; die Putzfrau war mit einem kleinen Betrag aus Mrs. Orchards Nachlass bedacht worden. Sie und die alte Dame mussten sich gemocht haben, sicher kam sie schon seit Jahren zu ihr. Vielleicht war ihr Besuch rein sentimentaler Natur, sie hatte sich von dem Haus verabschieden wollen und war entsetzt gewesen, es so kahl vorzufinden. Doch das ließ sich ändern. Sie hatte alles wieder zurückgestellt, um es noch einmal an seinem angestammten Platz zu sehen, so, wie Mrs. Orchard es hatte haben wollen. Was Liam davon hielt, war ihr egal, für sie war er nur ein Eindringling.

Entweder war es purer Zufall, dass sie sich hier

betätigt hatte, als er aus dem Haus war, oder – sehr wahrscheinlich, wenn er es recht bedachte – sie wusste wie jeder andere in der Stadt haargenau Bescheid über sein Kommen und Gehen.

Er hatte vorgehabt, am nächsten Tag alles wieder einzupacken, aber wie schon in Toronto hielt ihn erneut die Lethargie gefangen, nachdem er um drei Uhr nachts plötzlich zu der Überzeugung gekommen war, dass er und Fiona einen Fehler gemacht hatten. Sie hätten sich mehr bemühen sollen, vor allem er hätte sich bemühen sollen, geselliger zu sein, engagierter. Um vier Uhr beschloss er, sie am Morgen anzurufen. Als er aufwachte, erinnerte er sich daran, wie die letzten zwei Drittel ihrer Ehe ausgesehen hatten, und er ließ es bleiben. Während der nächsten drei Tage war er unfähig, einen klaren Gedanken zu fassen, fast unfähig, sich zu bewegen, und es hätte wochenlang so weitergehen können, wenn nicht jemand um sieben Uhr morgens gegen die Tür gehämmert hätte. Liam stieg fluchend in seine Jeans und lief nach unten.

»Planänderung«, sagte Jim Peake, ohne sich lange mit Förmlichkeiten aufzuhalten. Sein Kleinlaster stand hinter Liams Wagen in der Einfahrt, mit zwei Leitern, ein paar Lagen Sperrholz und unterschiedlich langen Holzlatten auf der Ladefläche. »Sie haben Glück. Eigentlich war nächste Woche Jeff Pattersons Dach dran, aber wie's aussieht, steckt er in finanziellen Schwierigkeiten. Steuerschulden in fünfstelliger Höhe. Also kann er sich keine Dachreparatur mehr leisten, jedenfalls nicht dieses Jahr. Das Wetter scheint zu halten, da können wir dann morgen direkt mit Ihrem loslegen, in aller Früh. Erst das Dach, dann der durchgeweichte Boden. Na, was sagen Sie?«

»Äh … großartig«, stammelte Liam.

»Gut, dann schauen wir am besten gleich mal, wo der Schaden sitzt.«

Dieses »wir« gefiel Liam gar nicht, doch allen Protesten zum Trotz saß er zehn Minuten später rittlings auf dem Dachfirst und versuchte, nicht in die Tiefe zu blicken. Von hier oben aus konnte man den See sehen, größer, als er vom Ufer aus wirkte. Was wie das jenseitige Ufer ausgesehen hatte, waren nur Inseln, hinter denen sich felsige Buchten bis in dunstige Fernen erstreckten. Jim Peake gönnte der Aussicht keinen Blick; er kraxelte herum, nahm Dachziegel hoch und fluchte über das, was er darunter vorfand. »An dieser Seite muss das ganze verdammte Ding ausgetauscht werden«, sagte er schließlich. »Herrschaftszeiten, sehen Sie sich das nur an.«

»Was genau ist denn das ganze verdammte Ding?«

»Die Schindeln plus das Sperrholz darunter, auf das man die Schindeln nagelt. Das ist verfault; kommt davon, wenn man das Dach nicht regelmäßig in Ordnung hält. Sehen Sie sich das mal an.«

Er hob eine Schindel neben Liams luftigem Sitz hoch und stocherte mit dem Schraubenzieher in dem Holz darunter. »Sehen Sie es?«

Liam sah es. Der Schraubenzieher sank in das Holz ein wie in einen Schwamm.

»Und sehen Sie auch, wie die Schindel hier an den Rändern aufgebogen ist? Das ist die Sonnenhitze. Passiert mit alten Dachziegeln.«

»Wie viel wird das alles kosten?«

»Na ja, Material und Arbeitszeit. Der größte Kostenpunkt ist die Arbeitszeit, aber da Sie umsonst arbeiten, kann ich Ihnen ein Drittel erlassen.«

»Ich dachte, Sie haben gesagt, es würde drei- bis viermal so lange dauern, wenn Sie allein wären.«

»Hab ich das gesagt? Kann mich gar nicht erinnern.« Er grinste. »Dabei ging's aber um Fachkräfte. Sie sind hier der Hilfsarbeiter, nichts für ungut.«

»Umso besser«, sagte Liam. »Wenn ich hier eh keine große Hilfe bin, dann kann ich's ja auch lassen. Welch eine Erleichterung.«

Jim lachte. »Okay, einigen wir uns auf die Hälfte. Sie helfen mir und zahlen mir die halbe Arbeitszeit – also meine Hälfte, den Fachtarif, was rein rechnerisch natürlich etwas mehr ist. Aber es ist immer noch ein Schnäppchen. Ernsthaft. Sie sollten es sich nicht entgehen lassen. Wir starten gleich morgen früh.«

Es sah aus, als würde jetzt doch noch alles auf die Reihe kommen. Sobald Mrs. Orchards Testament rechtskräftig war, würde Liam ein nettes Sümmchen erben, aber das konnte noch Monate dauern, und seine Ersparnisse würden nicht so lange reichen. Er würde das Haus verkaufen müssen, um sich über Wasser zu halten, während er überlegte, was er auf lange Sicht anfangen wollte.

Die Episode auf dem Dach hatte ihn aus seiner Lähmung gerissen, und er verbrachte den Rest des Tages mit kleinen Hausarbeiten, wechselte die Bettwäsche, putzte die Küche, ließ eine Maschine laufen. Bevor er essen ging, packte er Mrs. Orchards Sachen zum zweiten Mal ein. Gegen sechs war er damit fertig und machte sich auf den Weg zum Hot Potato.

Auf dem Heimweg noch einen Abstecher an den See zu machen, war ihm inzwischen zur Routine geworden, doch heute ließ er diesen Programmpunkt aus, sodass er ein paar Minuten früher als sonst heimkam. Er dachte an den nächsten Tag, während er ins Haus trat, fragte sich, wie es wohl sein würde, für Jim zu arbeiten, und er brauchte ein paar Sekunden, bis er merkte, dass entweder der Fernseher eingeschaltet oder jemand im Haus war. Bei dem Gedanken überlief es ihn kalt. Vorsichtig schob er die Wohnzimmertür auf.

Das Kind aus dem Nachbarhaus war gerade dabei, die Gegenstände aus dem Karton wieder auszuwickeln und an ihren ursprünglichen Platz zurückzustellen, scheinbar in ein Selbstgespräch vertieft. »Ich bin nicht böse auf dich«, sagte sie. »Du sollst nur aus den Kartons rausbleiben.«

Zunächst nahm sie ihn gar nicht wahr. Dann blickte sie sich auf einmal um, und er sah das Erschrecken in ihrer Miene. Er wusste, er hätte etwas Beruhigendes sagen sollen, aber es wollte ihm nichts einfallen. Was sagt man zu einem fremden kleinen Mädchen, das man vor sich hin brabbelnd im Wohnzimmer vorfindet, friedlich damit beschäftigt, einem alles durcheinanderzubringen?

»Hi«, sagte er.

# 10

## CLARA

Sie konnte sich nicht rühren. Sie war gerade dabei, einen der kleinen Kartenspieler an seinen Platz auf dem Kaminsims zu setzen, als ihre Hand in der Luft erstarrte. Der Mann machte aber kein böses Gesicht, sodass ihre Angst bald verflog und nichts als Ärger zurückließ.

»Das sind nicht Ihre Sachen!«, fauchte sie, bevor er dazu kam, noch irgendetwas zu sagen.

Der Mann schaute verdutzt. »Ähm … doch«, sagte er.

»Nein! Die gehören Mrs. Orchard!«

»*Früher* gehörten sie Mrs. Orchard«, entgegnete der Mann vorsichtig. »Aber sie hat sie mir vermacht.«

Clara wusste nicht, was er meinte. »Was heißt vermacht?«

Der Mann überlegte einen Moment. »Das ist, wenn Leute vor ihrem Tod beschließen, wem sie ihre Sachen hinterlassen wollen, wenn sie gestorben sind. Mrs. Orchard hatte beschlossen, ihre Sachen mir zu hinterlassen.«

Das ergab nun gar keinen Sinn. »Aber ich sollte doch…« Fast hätte sie Moses erwähnt; sie konnte sich gerade noch bremsen. »Ich sollte mich um ihre Sachen kümmern, bis sie wieder heimkommt. Sie ist im Krankenhaus, aber sie kommt bald wieder, es dauert nicht lange, hat sie gesagt.«

Der Mann öffnete den Mund, um etwas zu sagen, machte ihn dann aber wieder zu. Er vergrub die Hände in den Hosentaschen und sah stirnrunzelnd aus dem Fenster. Sein Schweigen, aber auch das, was er vorher gesagt hatte, dazu die Tatsache, dass es schon so lange her war, seit Mrs. Orchard ins Krankenhaus gegangen war, und dass ihre Eltern es so gleichmütig hingenommen hatten, als sie ihnen von dem fremden Mann erzählte, der Mrs. Orchards Sachen einpackte – all das gerann schlagartig zu einer schrecklichen Erkenntnis.

»Ist sie tot?«, fragte sie, die Kehle so zugeschnürt, dass sie kaum sprechen konnte.

Der Mann wandte sich vom Fenster weg. Er sah besorgt aus. »Ja«, sagte er. »Es tut mir leid. Ich dachte, du wüsstest das.«

Ein langes Schweigen trat ein, während Clara versuchte, diese unfassbare Tatsache zu schlucken. Es schien dafür einfach keinen Platz in ihrem Kopf zu geben. Sie wusste, was tot bedeutete, sie konnte sich vage erinnern, wie es war, als Mrs. Orchards Schwester gestorben war. Sie hatten sie in eine Kiste gelegt und ein großes Loch im Boden gegraben und die Kiste dort hinein versenkt, und irgendwie war sie dann im

Himmel gelandet. Es bedeutete, dass Clara Mrs. Orchard nie wiedersehen würde. Sie würden nie mehr zusammen Tee trinken und Kekse essen und Moses beim Belauern der Maus zuschauen. Sie würde nie mehr mit den kleinen geschnitzten Männchen spielen können. Oder mit Mo. Was würde jetzt mit Mo geschehen?

»Hat sie auch gewollt, dass Sie Moses kriegen sollen?«, fragte sie bedrückt.

»Moses?«

»Ja, ihr Kater. Ich hab mich um ihn gekümmert.« Dicke Tränen liefen ihr über die Wangen, sie hatte sie nicht mal kommen fühlen.

Der Mann blickte erschrocken. »Nein, nein«, sagte er hastig. »Einen Kater hat sie nicht erwähnt – du kannst ihn gern haben, wenn du möchtest. Ich hab hier aber nirgends einen Kater gesehen.«

»Er versteckt sich.« Clara schluchzte auf. »Er mag keine Fremden. Aber ich kann ihn nicht mit heimnehmen, weil meine Mum allergisch gegen ihn ist.«

»Oh«, sagte der Mann. »Na gut, das werden wir schon irgendwie hinkriegen. Aber nicht jetzt. Du gehst jetzt besser erst mal nach Hause.«

»Kann er hierbleiben und dabei mir gehören?«

»Sicher. Aber …«

»Kann ich herkommen und mit ihm spielen?«

Der Mann zögerte. »Ich weiß nicht recht. Das überlegen wir uns später, jetzt musst du erst mal nach Hause. Weißt du was, ich komme gleich mit, dann kann ich deinen Eltern das von Mrs. Orchard sagen.«

»Das wissen sie schon.« Abrupt war es Clara klar geworden. Sie setzte den kleinen Kartenspieler bei seinen Freunden ab, wo er hingehörte. »Sie wissen, dass sie tot ist. Sie haben's mir bloß nicht gesagt. Sie haben so getan, als ob sie wiederkommen würde. Sie haben gelogen.«

Ihr Vater schickte sie nach oben, darum hörte sie nicht, was der Mann sagte, doch als er gegangen war, kam ihr Vater in ihr Zimmer. Clara saß auf Roses Bett.

»Tut mir leid, Kleines.« Ihr Vater stand mitten in dem Durcheinander von Roses Klamotten am Boden. »Wir hätten es dir wohl eher sagen sollen. Aber nachdem Rose … weg war, dachten wir, es würde dich noch trauriger machen, darum haben wir gewartet …«

Clara wusste, sie hätte nun aufstehen, zu ihm gehen, ihm die Arme um die Taille schlingen und sagen sollen, dass es okay sei, aber es war nicht okay. Nichts war okay.

Er setzte sich neben sie auf die Bettkante und nahm sie in den Arm. Sie versuchte immer noch zu begreifen, wie Mrs. Orchard nicht mehr da sein konnte. Es hatte eine alte Dame namens Mrs. Orchard gegeben, und jetzt gab es sie nicht mehr. Wie konnte das sein? Nach einer Weile stand ihr Vater auf, küsste sie auf den Scheitel und ging. Sie hörte ihn ins Schlafzimmer gehen, dann das Stimmengemurmel ihrer Eltern.

Da war noch etwas, noch undeutlich, aber verbunden mit dem, was sie gerade herausgefunden hatte.

Es hatte mit Lügen zu tun, den Lügen ihrer Eltern. Plötzlich trat es gleißend aus dem Halbdunkel hervor: Rose. Rose könnte auch tot sein. Vielleicht hatten ihre Eltern ihr das ebenfalls verschwiegen. Wenn sie jetzt hingehen und sie fragen würde, wusste sie schon, was sie zu hören bekommen würde: Rose gehe es gut, sie seien nur etwas besorgt, weil sie nicht wüssten, wo sie sich aufhalte – genau das, was sie immer sagten, seit Rose fort war. Clara hatte es ihnen geglaubt. All die Wochen voller Sorgen hatte sie an dem Glauben festgehalten. Rose war am Leben, weil ihre Eltern das sagten.

Damit konnte sie sich jetzt nicht mehr trösten. Nie mehr würde sie wissen, ob irgendetwas von dem, was sie sagten, wirklich die Wahrheit war. Bei dem Gedanken spürte sie einen Knoten in der Brust, so fest und eng, dass sie fast nicht mehr atmen konnte. Sie beugte sich auf Roses Bettkante vor, versuchte, Luft zu holen, aber die Luft kam einfach nicht durch, und in ihren Ohren gellte ein Pfeifen wie ein Hurrikan, dann wurde ihr schwarz vor Augen, und sie fiel und fiel und fiel und alles verschwand.

Dr. Christopherson war da. Er lächelte und legte ihr die Hand auf die Stirn, strich ihr übers Haar. »Ich weiß, Clara, das ist eine schwere Zeit für dich. Du bist nicht krank, du bist nur sehr durcheinander, das kann ich gut verstehen. Ich gebe dir jetzt ein bisschen Medizin, damit du dich ruhiger fühlst, ja?«

Ihre Eltern standen hinter ihm. Sie lächelten sie besorgt an, als sie zu ihnen hochsah. Der Doktor gab ihr Tropfen in einem Wasserglas. Es schmeckte süßlich, und sie schaffte es, das Glas leer zu trinken.

»Gut gemacht«, sagte der Doktor. »Wir gehen jetzt nach unten und unterhalten uns ein bisschen, aber ich komme nachher noch mal rauf, um nach dir zu sehen. Versuch zu schlafen, okay?«

Ihr Vater und der Doktor gingen hinaus, doch bevor sie ihnen folgte, setzte ihre Mutter sich zu ihr aufs Bett und packte sie schön in die Decke ein, wie sie es früher immer getan hatte, als Clara noch klein war. Sie zog ihr die Decke über die Schultern und küsste sie auf die Wange. »Schlaf schön, meine Süße«, flüsterte sie. Unter ihren Augen lagen tiefe Schatten, und man konnte ihr anhören, wie sehr sie sich bemühte, zuversichtlich zu klingen. »Es wird alles wieder gut.«

Nachdem ihre Mutter gegangen war, begann die Medizin zu wirken, und alles wurde ein wenig wattig, doch ehe Clara in den Schlaf hinabglitt, sah sie den Mann von nebenan, wie er in Mrs. Orchards Wohnzimmer stand.

»Ist sie tot?«, fragte Clara ihn. Er schob die Hände in die Taschen, sah zu Boden, dann aus dem Fenster, und dann drehte er den Kopf und blickte sie direkt an, wie vorhin. Er öffnete den Mund, um ihr zu antworten, doch ehe er etwas sagen konnte, war sie schon eingeschlafen.

Den Großteil des Wochenendes verbrachte sie am Fenster. Immer wieder kamen ihre Eltern ins Wohnzimmer, und anfangs stellte sich einer von ihnen neben sie, was Clara gar nicht behagte, weil es ihr dann schwerer fiel, sich darauf zu konzentrieren, dass Rose nicht tot sein und wieder heimkommen sollte. Aber nach einer Weile hörten sie damit auf und setzten sich einfach nur aufs Sofa oder auf einen Sessel, lasen ein Buch oder sahen fern. So etwas taten sie normalerweise nicht tagsüber, nicht mal am Wochenende, dazu waren die Abende da. Clara wusste, dass sie ins Wohnzimmer kamen, um bei ihr zu sein. Sie wünschte, sie würden es lassen.

Ihre Mutter blieb jetzt den ganzen Tag auf. Clara sah sie Pillen nehmen, also hatte Dr. Christopherson sie ihr wahrscheinlich gegeben, damit sie sich besser fühlte.

Eine Woche oder mehr ließ Mrs. Quinn sie während der Mittagspause im Klassenzimmer bleiben, denn Clara war es lieber so, aber eines Tages war es sonnig und ungewöhnlich warm. »Weißt du was, Clara«, sagte Mrs. Quinn, »ich glaube, es würde dir guttun, wenn du heute mal rausgehst. Es ist Oktober, viele so schöne Tage wie diesen wird es nicht mehr geben.«

Donnerstag war auch wieder so ein schöner Tag. Clara saß auf den Stufen und malte Moses mit einem Zweig in den Staub, wie immer. Es hatte in der Nacht geregnet, und der Sand hatte eine Kruste voller kleiner runder Dellen, als ob statt Regentropfen Kiesel vom Himmel gefallen wären. Die Kruste bröckelte, während sie darauf zeichnete, weshalb Moses an den Kanten ausgefranst war.

Sie hatte nicht nach draußen gehen wollen, aber es war gut so, denn nach ein paar Minuten kam Molly Steel von der kleinen Baumgruppe herüber, wo die älteren Mädchen in der Pause immer rumstanden und über Jungs kicherten.

»Hi.« Molly lächelte Clara an. »Ist es okay, wenn ich mich hier mal kurz hinsetze?«

Clara nickte. Sie hörte auf zu zeichnen und legte den Zweig zur Seite.

»Du brauchst nicht aufzuhören«, sagte Molly. »Das ist eine gute Zeichnung. Ist das deine Katze?«

Clara zögerte, nickte dann.

»Wie heißt sie?«

»Moses.«

»Toller Name. Ich heiße Molly, und ich weiß, wie du heißt. Clara, stimmt's?«

Clara klopfte das Herz. Molly war Ricks Schwester. Rick war ein Freund von Dan, dem Jungen, der dachte, dass Rose in ihn verliebt sei und ihm eine Nachricht schicken würde. Molly sollte Clara Bescheid sagen, wenn Dan mit ihr sprechen wollte.

»Mein Bruder ist ein Freund von Dan Karakas«, sagte Molly. »Kennst du Dan?«

»Hat er eine Nachricht?« Clara konnte nicht warten.

»Ich weiß nicht, aber Rick sagt, Dan will dich sprechen. Er wartet heute Nachmittag nach der Schule auf dich. Am selben Ort wie letztes Mal, hat er gesagt. Du sollst genau denselben Weg langgehen, damit du ihn nicht verpasst. Du weißt doch noch, wo?«

»Ja.« Es war an der Straße, nicht weit von ihrem Haus. Sicher war es was Wichtiges. Er würde nicht noch mal zu Fuß heimgehen wollen, wenn es nichts Wichtiges wäre.

Der Nachmittag zog sich endlos hin. Obendrein behielt Mrs. Quinn die Klasse noch länger da, weil irgendwer ein Lineal geklaut hatte und sie dem Missetäter Zeit geben wollte, es zu beichten. Es beichtete aber keiner, und schließlich schickte Mrs. Quinn sie alle verdrossen auf den Heimweg. Clara rannte fast die ganze Zeit.

»Hi«, sagte Dan, als sie außer Atem auf ihn zukam. Wieder hatte er eine Zigarette in der Hand, als hätte er seit dem letzten Mal einfach durchgeraucht. Ein Dutzend Kippen lagen um seine Füße verstreut.

»Hast du eine Nachricht?«, keuchte Clara.

Er schüttelte den Kopf. »Nein, aber ich wollte dir was sagen. Was Wichtiges. Du darfst es aber nicht weitersagen, verstehst du?«

»Ja«, antwortete sie, obwohl sie so enttäuscht war, dass sie kaum zuhören konnte. Warum gab es nach all den Wochen noch immer keine Nachricht?

»Wenn du es irgendwem sagst, krieg ich einen Mordsärger«, sagte Dan. »Wahrscheinlich würde ich in den Knast kommen. Also versprich mir, dass du es keinem sagst.«

»Ich versprech's.«

»Hand aufs Herz.«

Sie legte die Hand auf ihr Herz.

»Okay.« Aber dann wusste er immer noch nicht, wie er anfangen sollte. Er schaute eine Weile in die Bäume und dann endlich wieder zu Clara hin.

»Du weißt doch, an dem Abend, als Rose weggegangen ist, da hat sie mich gefragt, ob ich mitkomme? Und ich hab Nein gesagt, wegen der Ernte?«

»Das hast du mir letztes Mal schon erzählt.«

»Ja, ich hab dich bloß dran erinnert, Clara! Falls du es vergessen haben solltest, okay? Was ich dir nämlich sagen muss: Rose hat mir gesagt, wo sie hinwill, verstehst du? Damit ich später nachkommen kann. Sie wollte nach Toronto, in die Jugendherberge, da gibt's bestimmt eine, hat sie gesagt, die gibt's in allen Großstädten, und die sind echt billig. Die ersten paar Tage wollte sie da übernachten. Und wenn sie was anderes gefunden hätte, irgend 'ne WG oder so, wollte sie einmal pro Woche in der Jugendherberge nachfragen gehen, ob ein Brief von mir da ist. Aber sie wollte auch an Rick schreiben, wenn sie eine neue Adresse hat, damit ich ihr dahin schreiben kann. Und nachkommen.«

Er schnippte die runtergebrannte Kippe weg, schüttelte eine frische Zigarette aus der Schachtel – die letzte –, steckte sie an, die Augen zusammengekniffen gegen den Rauch, und zog so heftig daran, dass er husten musste.

Clara schwirrte der Kopf. Rose in Toronto. Eine riesige Stadt. Hunderte von Autos, die an einem vorbeiflitzten, sogar mehr als in Sudbury, wo ihre Eltern mal zu Ostern mit ihnen hingefahren waren, um ihnen eine Freude zu machen. Überall Hochhäuser. Überall fremde Leute. Rose kannte da doch keinen.

»Eins hat sie noch gesagt«, fuhr Dan fort, »nämlich, dass sie sich einen falschen Namen zulegen wollte, falls jemand nach ihr suchen käme, Polizei oder so. Sie wollte sich Rowena Jones nennen. Keine Ahnung, warum, vielleicht gefiel der Name ihr einfach, und er hat dieselben Anfangsbuchstaben. Außerdem wollte sie sich die Haare abschneiden, damit niemand sie auf irgendwelchen Fotos wiedererkennt, ganz kurz, wie meine Haare, und auch kein Make-up mehr.«

Er nahm einen weiteren Zug, blies den Rauch durch die Nase, sah zu Boden. Clara versuchte, sich Rose mit kurzen Haaren und ungeschminkt vorzustellen. Es gelang ihr nicht.

»Na, jedenfalls« – Dan blickte auf – »hat sie mir nicht geschrieben. Ich bin auch kein so großer Briefschreiber, ich bin da echt nicht gut drin, aber ich hab ihr zweimal pro Woche geschrieben. Sonntags und mittwochs. Hab die Briefe immer montags und donnerstags abgeschickt. Und mir mehr und mehr Sorgen gemacht, weil sie nie geantwortet hat.

Letzte Woche bin ich dann nach Toronto getrampt. Hab das ganze Wochenende gebraucht, um hin- und zurückzukommen. Ich bin zur Jugendherberge und hab gefragt, ob sie Post für Rowena Jones haben, und die Frau am Empfang hat gemeint, ja, haben sie. Sie wollte mir die Briefe nicht geben, aber sie hat mir die Umschläge gezeigt, und sie waren alle von mir. Alle meine Briefe waren da. Also hat Rose keinen einzigen abgeholt. Ich hab gefragt, ob sie da gewohnt hat, hab ihr die Daten genannt, und die Frau hat im Register nachgeschaut und gesagt, ja, eine Nacht. Vierundzwanzig Stunden, nachdem sie hier los ist. In der ersten Nacht hat sie es also nicht bis Toronto geschafft, kein Wunder, ist ja auch zu weit, aber in der nächsten war sie da.«

Er sah Clara forschend an. »Tut mir leid, dass ich dir das alles erzähle, Clara. Du bist noch ein kleines Mädchen, und ich möchte dir echt keine Angst machen. Aber ich weiß nicht, was ich machen soll. Wenn die Polizei nach ihr sucht, müssen sie doch wissen, wo sie hin ist und wie sie sich nennt und dass sie jetzt ganz anders aussieht. Aber sie hat mir das Versprechen abgenommen, Hand aufs Herz, es keinem zu sagen. Ich sollte es auch dir nicht sagen, aber es macht mich verrückt, dass ich gar nichts tun kann, und wahrscheinlich würde sie es okay finden, dass ich dich einweihe.«

Clara nickte. Dan wirkte erleichtert.

»Die Sache ist die, dass man sich strafbar macht, wenn man wichtige Informationen vor der Polizei zurückhält. Dafür kann ich ins Gefängnis kommen. Oder sie denken sogar, ich hab was mit ihrem Verschwinden zu tun, weil ich der Letzte bin, der sie noch gesehen hat. Der Letzte von hier, meine ich. Ich hatte ihr doch versprochen, dass ich sie nicht verpetze. Das ist jetzt aber fünf Wochen her. Ich frage mich, ob ich nicht lieber doch zur Polizei gehen soll, auch wenn Rose es mir nie verzeiht. Selbst wenn ich dafür in den Knast gehe. Aber verdammte Scheiße, *Knast!* Meine Eltern …«

Er rauchte seine Kippe zu Ende und trat sie aus. Dann spähte er in die leere Schachtel, als würde sich vielleicht doch noch eine Zigarette darin verstecken, knüllte die Schachtel zusammen und warf sie in die Büsche am Straßenrand, was man nicht machen sollte.

»Was denkst du?«, fragte er. »Soll ich mein Versprechen brechen?«

Versprochen ist versprochen, sagte Rose immer. Und Hand aufs Herz, das bedeutete, dass man es unmöglich brechen konnte, egal aus welchem Grund. Doch wenn Rose in Gefahr war, würde sie vielleicht wollen, dass Dan sein Versprechen brach, damit Sergeant Barnes sie retten konnte. Und wenn Sergeant Barnes dann aber Dan ins Gefängnis steckte?

Das alles war viel zu schwierig, es machte sie ganz panisch. »Ich weiß nicht«, sagte Clara und kaute auf ihrem Fingernagel.

»Ich auch nicht«, sagte Dan.

Danach gab es nichts mehr zu sagen, also machten sie sich auf den Heimweg.

Clara ging hinüber zu Mrs. Orchards Haus (das jetzt Mr. Kane gehörte) und fütterte Moses, wie üblich. Als er gefressen hatte, hockte sie sich im Schneidersitz auf den Boden und sah zu, wie er sich in die Ecken der Kartons schmiegte – neuerdings war er mehr an Kartons interessiert als an der Maus. Bisher hatte sie immer darauf geachtet, dass sie aus dem Haus war, wenn der Mann wiederkam, aber diesmal wartete sie auf ihn.

Er blieb in der Tür stehen, als er sie entdeckte. Er wirkte nicht direkt verärgert, aber auch nicht erfreut, sie zu sehen. Moses war natürlich abgezischt, sobald er die Schritte auf der Veranda hörte.

Der Mann seufzte. »Clara – du heißt doch Clara, oder, nicht Clare?«

Clara nickte.

»Also, Clara. Ich nehme an, du hast mit der Katze gespielt?«

Sie hörte die Frage gar nicht richtig, weil ihr Kopf voll war von dem, was sie ihn fragen wollte, doch sie nickte wieder.

Der Mann nickte ebenfalls. »Gut, deine Eltern haben es ja auch erlaubt, und ich hab nichts dagegen, dass du herkommst, wenn ich nicht da bin. Aber wenn ich zu Hause bin, möchte ich keine Gesellschaft haben. Nicht, dass du irgendwas falsch machst, ich bin einfach lieber allein. Darum gehst du jetzt besser, okay?«

Clara ließ die Worte an ihren Ohren vorbeidriften.

Als sie nichts mehr hörte, wartete sie noch ein paar Sekunden, um sicher zu sein, dass er fertig war, dann sagte sie: »Wenn man etwas wüsste und es nicht der Polizei sagen würde, weil man versprochen hat, das nicht zu tun, und es der Polizei dann aber doch sagt, weil es wirklich ganz, ganz wichtig ist, kommt man dann ins Gefängnis?«

# 11

# ELIZABETH

Martha ist völlig fertig, die Arme. Heute Morgen war bei ihr Visite. Der Vorhang um ihr Bett wurde zugezogen und dahinter dann mit leiser Stimme gesprochen. Leise Stimmen verheißen hier nichts Gutes. Schließlich kamen die Herren Doktoren wieder heraus, die Schwestern rafften den Vorhang, und der ganze Pulk zog weiter. Ich wartete darauf, dass Martha uns in die Einzelheiten einweihte, aber sie tat es nicht, was im Nachhinein betrachtet auch kein gutes Zeichen war.

Schließlich sagte sie, viel leiser als sonst, sodass nur ich es hören konnte: »Muss ich mich operieren lassen, wenn ich es nicht will, Elizabeth?«

Ich bekam plötzlich Angst um sie. Mit Mühe habe ich mich in den Kissen aufgesetzt, damit ich den Kopf drehen und sie besser anschauen konnte. Selbst diese kleine Anstrengung nahm mir den Atem, und ich brauchte eine Weile, bis ich antworten konnte. Es fühlt sich an, als ob sich das Leben langsam, Minute um Minute, aus meinem Körper zurückzieht, mein Liebster.

»Nein«, sagte ich zu Martha, als ich mich einigermaßen berappelt hatte, »nein, es ist Ihr Körper, und somit ist es auch Ihre Entscheidung.«

»Gut.« Sie nickte.

Für eine Weile war Ruhe. Dann setzte sie sich ebenfalls ein Stückchen auf, um sich mir zuzuwenden. »Ich habe Angst, dass sie mich überreden. Wenn sie es versuchen, werden Sie dann für mich eintreten, Elizabeth? Werden Sie ihnen sagen, was Sie mir gerade gesagt haben? Dass es mein Körper ist?«

»Meine Güte, Martha, das können Sie ihnen doch wohl selbst sagen.«

»Ich fürchte mich vor denen. Die sind so clever. Sie können sich wenigstens gut ausdrücken. Sie wissen, was man sagen muss.«

»Vielleicht ist es ja bloß ein kleiner Eingriff«, sagte ich. »Haben die Ihnen eigentlich gesagt, was Ihnen fehlt?«

»Sie wissen es nicht. Sie müssen reinschauen, sagen sie, um Klarheit zu gewinnen. Aber ich will das nicht. Ich bin fünfundsiebzig, Elizabeth, ich will nicht in mir rumfuhrwerken lassen!«

Ich verstand ihre Befürchtungen, und ich verstand auch, dass sie sich von den Ärzten eingeschüchtert fühlte. Mir geht es doch genauso. Man befindet sich nicht gerade in einer starken Position, wenn man so im Nachthemd daliegt. Da fühlt man sich leicht mal bevormundet. Aber man muss sich trotzdem auf ihr Urteil verlassen, sie sind schließlich die Experten.

»Ich finde, Sie sollten Schwester Roberts fragen«, sagte ich. »Fragen Sie sie, ob es eine große Operation ist – vielleicht ist es ja was ganz Simples, und Sie überlegen es sich noch mal.«

Ich hatte erwartet, dass sie mir hitzig widersprechen würde, aber sie schwieg, und als ich hinüberblickte, liefen ihr Tränen über die verknitterten Wangen. Ich fühlte mich schrecklich; als ob auch ich sie irgendwie bevormundet hätte. »Ach Martha, es tut mir leid«, sagte ich. »Natürlich werde ich Ihnen helfen. Das nächste Mal, wenn die Ärzte kommen, werde ich ihnen sagen, dass wir beide mit ihnen sprechen möchten. Wir finden raus, um was es da genau geht, und wenn Sie dann Nein sagen wollen, sage ich es für Sie, wenn es Ihnen lieber ist.«

Sie wirkte erleichtert, aber nachts tobte sie wieder, schrie und weinte. Das Weinen ist neu.

Ich konnte nicht schlafen. Ich lag da und versuchte, der Angst mit Vernunft beizukommen. Mich irgendwie darüber zu erheben. Ich versuchte, mehr im universellen als im persönlichen Sinne zu denken, mein Ich nicht so wichtig zu nehmen und mein Leben stattdessen mehr im großen Fluss der Zeit zu betrachten. Ich stellte mir vor, wie ich zu Hause an der Tür zum Garten stand, zu den funkelnden Sternen aufblickte und versuchte, meine armseligen zweiundsiebzig Jahre mit der ungeheuren Lebensspanne der Sterne zu messen.

Du weißt ja, wie die Funken stieben, wenn man ein

Holzscheit ins Feuer wirft? Nicht nur die, die fröhlich zum Himmel aufsteigen, auch die kleinen, die kurz auffliegen und fast augenblicklich wieder erlöschen? Das war mein Leben, gemessen an der Sternenzeit, mein Liebster. Ein Wimpernschlag – vorbei.

Ich mache mir Sorgen um Liam. Ich habe seine Briefe noch einmal gelesen, und die letzten klingen sehr bedrückt. Ich habe alle seine Briefe ins Krankenhaus mitgenommen – es sind nicht viele, er schreibt mir nur ein-, zweimal im Jahr, plus eine Karte zu Weihnachten, und wir haben ja erst vor acht Jahren mit unserer Korrespondenz begonnen, nach deinem Tod. Ich habe ihm damals geschrieben und damit mein Versprechen an dich gebrochen, dass ich nicht versuchen würde, Kontakt zu ihm aufzunehmen – er war inzwischen achtundzwanzig, und ich fand, das Versprechen galt nicht mehr, weil ich ihn doch von deinem Tod in Kenntnis setzen musste. Er liebte dich, Charles. Ich war mir ganz sicher, dass er dich nicht vergessen hatte.

Ich kannte seine Adresse nicht, doch beim Aussortieren deiner Papiere, bevor ich zu Marjorie nach Solace zog, war ich auf eine Liste mit den Adressen deiner Kollegen gestoßen, nicht nur in Guelph und Toronto, sondern auch an anderen Universitäten im ganzen Land, und Ralph Kanes Adresse an der UBC war dabei. Also habe ich den Brief an ihn adressiert. Da ich befürchtete, er würde selbst nach all der Zeit noch immer nicht wollen, dass ich mich mit Liam in Verbindung setze, ließ ich den Absender weg und schrieb nur »bitte weiterleiten« auf den Umschlag.

Zu meiner unbeschreiblichen Freude erhielt Liam meine Post nicht nur, er antwortete sogar, und sein Brief war wunderbar. Obwohl er nicht mehr viele Erinnerungen an seine frühe Kindheit habe, schrieb er, seien die besten Zeiten die gewesen, die er bei uns verbrachte. Bei uns sei es immer warm gewesen, in jeder Beziehung. Dich erinnerte er als sehr ruhig und sehr freundlich, ständig am Lesen, doch immer bereit, das Buch beiseitezulegen und seinem kindlichen Geplapper zuzuhören. Du habest ihm beigebracht, schrieb er, an deinen Fingern und Zehen bis zwanzig zu zählen. (Er ist Buchhalter geworden, also hat das wohl Früchte getragen.)

Am Ende schrieb er, dass er bald heiraten werde, und dass er und seine künftige Ehefrau, Fiona, sich freuen würden, wenn ich zur Hochzeit käme. (Ich lehnte natürlich ab, weil Annette und Ralph da sein würden.) Er erzählte mir ein bisschen von Fiona – dass sie Anwältin sei, dass sie sich in Toronto niederlassen würden, wo sie ein Haus gekauft hätten, all so was, damit ich mir ein Bild von seinem Leben machen konnte.

Ich weinte, während ich den Brief las. Ich konnte Liam in den Worten erkennen, und es war eine unbeschreibliche Freude, nach so vielen Jahren wieder mit ihm in Verbindung zu sein, den Beweis in Händen zu halten, dass Annette es nicht vermocht hatte, ihn gegen mich einzunehmen; zu wissen, dass er glücklich war und keinen bleibenden Schaden davongetragen hatte.

Ich bat um ein paar Fotos von der Hochzeit, und als sie eintrafen, weinte ich wieder, weil der Junge, den ich liebte, immer noch da war, Charles, das Gesicht etwas länger und kantiger (und womöglich noch schöner), ein bisschen betreten dreinschauend, wie es bei Männern an ihrem Hochzeitstag oft der Fall zu sein scheint, als ob sie sich bei einer Peinlichkeit ertappt fühlten.

Diesen ersten Brief von ihm und alle folgenden habe ich immer wieder gelesen, aber erst vor zwei Tagen, als ich sie alle hintereinander am Stück las, ist mir aufgefallen, wie sehr ihr Tonfall sich mit der Zeit verändert hat. Die ersten paar Jahre klingen sie noch positiv und sind voll von Dingen, die er und Fiona zusammen unternommen oder geplant haben, aber nach und nach werden sie irgendwie flacher, anders kann ich es nicht nennen. Flacher und kürzer – mit weniger Details aus ihrem Leben. Und die letzten Briefe wirken gezwungen, beinahe als hätte er Mühe, überhaupt etwas zu finden, was sich zu berichten lohnt. Als gäbe es nichts in seinem Leben, was der Erwähnung wert sei.

Natürlich kann es sein, dass er einfach nur müde ist und eine Menge um die Ohren hat. Aber das glaube ich nicht. Ich befürchte eher, dass er nicht glücklich ist. Das macht mir wirklich Sorgen. Ich frage mich, ob ich mir nicht etwas vorgemacht habe; ob ich nach seinen ersten Briefen nicht etwas vorschnell davon ausging, dass alles in Ordnung war.

Ich würde ihm so gern helfen, aber ich weiß nicht, was ich für ihn tun könnte, außer ihm etwas mehr finanzielle Sicherheit zu geben. Geld ist bestimmt keine Lösung, aber es kann einem vieles leichter machen. Und es ihm leichter machen, das möchte ich schrecklich gern.

Die Zeit verhält sich eigenartig. Ein Nachmittag kann Tage dauern, aber dann verschwindet mit einem Mal eine ganze Woche in der Versenkung, und es ist schon wieder Freitag, und es gibt Fisch. Ich hasse Fisch.

Dauernd vergesse ich etwas. Noch eine Erinnerung daran, dass man abbaut – als ob es da noch einer Erinnerung bedürfe. Heute Nachmittag war mein Notar hier, Mr. Grant. Klein, rundlich, heftig transpirierend. Der arme Mann trug einen dunklen Dreiteiler, und hier drin sind es mindestens dreißig Grad. Sein Gesicht sah aus wie eine überreife Pflaume.

Ich hatte ganz vergessen, dass ich ihn herbestellt hatte. Anscheinend habe ich Schwester Roberts vor ein paar Tagen gebeten, bei ihm im Büro anzurufen und zu sagen, es sei dringend, ich hätte nicht mehr viel Zeit.

Na, jedenfalls kam er, und ich riss mich zusammen

und sagte, ich wollte mein Testament ändern und Liam alles hinterlassen. Da du keine Verwandten hast und Marjorie vor mir gestorben ist, sollte mein Besitz zwischen zwei entfernten Cousinen aufgeteilt werden, aber sie leben irgendwo im Westen des Landes, und ich habe keinen Kontakt zu ihnen. Weit besser also, Liam als Alleinerben einzusetzen.

Zu meiner größten Verlegenheit stellte sich heraus, dass ich die Änderung schon vor einem Jahr hatte vornehmen lassen. Ich hatte keinerlei Erinnerung daran. Offenbar parkt mein Gehirn Informationen jetzt in einem spinnwebenverhangenen Verlies, zu dem ich keinen Schlüssel mehr besitze.

Gerade wollte ich mich bei Mr. Grant entschuldigen, dass ich seine Zeit verschwendete, als mir noch etwas einfiel, das er in die Wege leiten konnte. Ich habe beschlossen, Liam das Haus zu überlassen. Nicht in meinem Testament, sondern auf der Stelle, als Schenkung. Es ist ein gutes Haus, ich kann ihn mir darin vorstellen. Er wird dort glücklich sein, und das Problem mit Moses ist dann auch gelöst. Eine Testamentsprüfung kann sich hinziehen, und was, wenn ich hier noch monatelang herumliege, dann dauert es vielleicht ein Jahr oder mehr, bis Liam irgendwas bekommt. Ich werde das Gefühl nicht los, dass er gerade jetzt Hilfe braucht.

Mr. Grant, der mir nie sonderlich sympathisch war – er war Marjories Anwalt und Notar, nur deswegen bin ich dann auch zu ihm gegangen –, war gegen diese Idee. Was, wenn ich mich wieder erholte und nach Hause wollte, wandte er ein, was mich ärgerte; ich kämpfe um jeden Atemzug, es ist doch sonnenklar, dass ich nicht mehr nach Hause kann. Sollte ein Wunder geschehen, sagte ich schroff, würde ich mir für den Rest meines Erdendaseins eine Wohnung hier in Sudbury mieten. Worauf er die Taktik wechselte und geduldig erklärte (Geduld kann ganz schön herablassend klingen, Charles, von dieser Art Herablassung warst auch du manchmal nicht frei), dass jemand, der in Toronto lebte, wohl kaum etwas mit einem Haus so weit im Norden anfangen könnte, es wäre nichts als eine Belastung. Na gut, gab ich zurück, wenn das der Fall sei, könne Liam es ja immer noch verkaufen.

Mr. Grant sagte sanft (und doch immer noch genauso herablassend): »Mrs. Orchard, ich möchte Ihnen dringend raten, die Dinge nicht zu komplizieren«, um dann langatmig darzulegen, inwiefern meine Idee die Dinge komplizieren würde. »Weshalb ich«, schloss er, »wesentlich glücklicher wäre, wenn Sie ihm das Haus ganz einfach in Ihrem Testament hinterlassen würden, wie alles andere auch.«

Mittlerweile war ich sehr müde. »Mr. Grant«, sagte ich, »Ihr Glück steht gerade nicht so weit oben auf meiner Prioritätenliste. Ich will, dass Liam das Haus jetzt gleich bekommt. Bitte sorgen Sie dafür. Am besten noch diese Woche.«

Da gab er auf und versprach, die entsprechenden

Schriftstücke aufzusetzen und sie mir bis Ende der Woche zur Unterschrift vorbeizubringen. Sicher wird er mir eine Unsumme dafür abknöpfen, aber egal.

Ich dachte, ich würde mich besser fühlen, nachdem das alles erledigt war, aber nein. Ängste und Sorgen lassen mir keine Ruhe. Es fühlt sich an, als würde eine wilde Büffelherde durch mein Inneres donnern.

Eben fiel mir noch ein, ich hätte ihm sagen sollen, dass ich neben dir auf dem Mount Pleasant Cemetery in Toronto begraben werden will, und dass ich keine Trauerfeier wünsche. Gar nichts. Ich habe Angst, dass die Vergangenheit ans Licht kommt und meine Freunde und Nachbarn in Solace alles erfahren. So sollen sie mich nicht in Erinnerung behalten. Ich werde ihm morgen schreiben.

Ich denke oft an die früheren Zeiten in Guelph zurück. Die Zeit »davor«.

Eines Morgens brachte ich den Kanes einen Auflauf – das war noch ziemlich am Anfang, im Oktober oder November nach ihrem Einzug. Annette war schon ganz schön dick (sie hatte recht mit der Annahme, dass sie Zwillinge erwartete), und ich wusste, dass es unbequem für sie war, am Herd zu stehen, also hatte ich mir angewöhnt, ihr alle paar Tage eine Mahlzeit vorbeizubringen. Andere Frauen aus der Gemeinde, zu der Annette und Ralph gehörten, machten es genauso, sie brauchte also gar nicht viel zu kochen.

Die Mädchen gingen mittlerweile in den Kindergarten, sodass Annette den ganzen Tag mit Liam allein war. Es hätte eine goldene Zeit für sie beide sein sollen, aber sie schien es kein bisschen zu genießen, im Gegenteil, jedes Mal, wenn ich sie sah, kam sie mir noch gereizter vor.

An jenem Morgen konnte ich sie schimpfen und Liam weinen hören, als ich vor der Haustür stand, und als sie mir öffnete, sah ich Liam heulend am Boden sitzen, inmitten der zerfetzten Überreste eines Buchs.

Annette brach auf der Stelle in Tränen aus. »Es ist eins von Ralphs Nachschlagewerken«, sagte sie und klang dabei geradezu verzweifelt. »Er wird so wütend sein, ich weiß gar nicht, wie ich's ihm sagen soll. Liam weiß, dass er das nicht tun darf, Elizabeth, er *weiß,* dass er *nicht* in Ralphs Arbeitszimmer darf, es ist der *einzige* Raum im Haus, in dem die Kinder nichts zu suchen haben. Er macht es mit Absicht, ich sehe es ihm an; er provoziert mich, er macht es extra, weil er *weiß, dass es verboten ist!*«

In dem Moment habe ich sie fast verachtet, Charles. Ich musste mich zusammenreißen, um nicht zu sagen, das ist ganz normal bei einem Dreijährigen, er will deine Zuwendung, warum gibst du sie ihm denn nicht? Und warum schließt du das Arbeitszimmer nicht tagsüber ab? Versteck den Schlüssel. Problem gelöst.

Stattdessen bot ich ihr an, Liam den Nachmittag über zu mir zu nehmen, damit sie sich ein bisschen ausruhen könne, bevor sie die Mädchen abholte.

Sie sah mich an, als hätte ich ihr gegenüber das Geheimnis des ewigen Lebens gelüftet. »Oh, Elizabeth«, sagte sie, »würden Sie das wirklich tun? Das wäre so… so wunderbar…«

Da ich selbst keine Kinder habe, kann ich es vielleicht nicht beurteilen. Doch aus dem langjährigen Umgang mit Hunderten von Müttern weiß ich, dass alle Mütter ab und zu die Geduld mit ihren Kindern verlieren. Tatsache ist aber, dass Annette immer ungeduldig mit Liam war. Ich habe sie nie mit ihm lachen, ihn nie liebevoll anblicken sehen. Nicht ein einziges Mal.

Liam und ich verbrachten einen wundervollen Nachmittag miteinander. Wir bastelten einen Güterzug aus Pappschachteln, die wir mit roten Wollfäden aneinanderbanden. In eine Schachtel legten wir Makkaroni, in die nächste Rosinen, in die dritte ein halbes Dutzend pralle Erbsenschoten und in die vierte Cornflakes (was keine so gute Idee war, denn am Ende des Tages bekam mein Staubsauger viel zu tun). Dass unser Zug keine Räder hatte, hinderte uns nicht daran, ihn an seiner Schnur durchs ganze Haus zu ziehen.

Als wir genug davon hatten, buken wir Plätzchen mit den Rosinen. Danach kuschelten wir uns aufs Sofa und lasen *Wagtail Bess*, wobei Liam auf meinem

Schoß einschlief. Ich hatte gedacht, ich würde nie das Gewicht eines schlafenden Kindes spüren. Es erschien mir fast wie ein Wunder.

Am Ende des Nachmittags kam Annette ihn abholen. Liam zog sie ins Wohnzimmer, um ihr unseren Zug zu zeigen, dieses großartige Werk, das wir zusammen geschaffen hatten. Hüpfend vor Stolz blickte er zu ihr auf. Und sie? Sie sagte: »Oh – ist das nicht geschickt von Mrs. Orchard? Hast du dich schon bei ihr für den schönen Nachmittag bedankt?«

Sie sah nicht, wie sehr er sich wünschte, dass sie diese tolle Sache bewunderte, an der er maßgeblich beteiligt gewesen war, wie sehr er sich nach ihrem Lob sehnte. Sie konnte es nicht erkennen, dabei war es so offensichtlich.

Ich erinnere mich, wie ich im Lauf der Monate dachte, dass die Götter, die mich fast vernichtet hatten, sich eines anderen besonnen und mir Liam förmlich in die Arme geschubst hatten. Annettes Zwillinge sollten im Januar zur Welt kommen. Damals behielt man die Mütter mit den Neugeborenen mindestens zehn Tage in der Klinik, und Annettes Mutter hatte sich bereit erklärt, die Kinder so lange zu hüten. Aber kurz vor Weihnachten rutschte sie auf dem Eis vor ihrer Haustür aus und brach sich die Hüfte.

Annette war verzweifelt. Ralphs Mutter war nicht gewillt einzuspringen. Das Geld war knapp – Lehrkräfte wurden damals wie heute nicht sehr gut bezahlt –, und mit zwei Mäulern mehr würde es bald noch knapper werden. Also kam es nicht infrage, eine Hilfe anzuheuern.

Ich weiß noch, wie ich versuchte, all meinen Mut zusammenzunehmen, um dich zu fragen, ob wir nicht anbieten sollten, Liam für die Zeit zu uns zu nehmen; so würde Ralph sich nur um die Mädchen kümmern müssen, die ohnehin den ganzen Tag im Kindergarten waren. Verständlicherweise hast du erst gezögert – du kanntest Liam ja kaum –, und ich schlug vor, ihn probeweise mal übers Wochenende einzuladen. Ich war überglücklich, als du eingewilligt hast.

Erinnerst du dich an die erste Nacht, die er bei uns verbrachte? Ich fürchtete, er könnte nachts aufwachen und Angst bekommen, also stellten wir die alte Campingliege am Fuß unseres Bettes auf und machten sie für ihn zurecht. Er wirkte sehr zufrieden, als er zwischen die Laken kletterte. Wir hatten uns auf Tränen eingestellt, aber es gab keine.

Ich saß die ganze Nacht im Bett und beobachtete ihn, mein Liebster – beobachtete das leichte Heben und Senken seiner kleinen Brust. Ich hätte nicht sagen können, ob das, was ich empfand, Qual oder Freude war.

# 12

## LIAM

»Wochenlang war sie wie in tiefer Trauer«, sagte Jim. »*Wochenlang!* Ich brauche mehr Mörtel. Moment, ich gebe Ihnen mal den Eimer rüber.«

Sie erneuerten gerade den Schornstein. Nicht Liams Schornstein, der war in Ordnung, sondern den von Mrs. Vuillard, dessen Fugen so bröckelten, dass man den Mörtel mit einem Löffel zwischen den Backsteinen hätte rauskratzen können.

Eine lange Woche hatten sie gebraucht, um Liams Dach zu reparieren, gefolgt von zweieinhalb Tagen für den Boden im Bad, und irgendwie hatte er ein beinahe masochistisches Vergnügen dabei empfunden. Es tat gut, beschäftigt zu sein, und auch wenn die Arbeit körperlich hart war, wirkte sie geistig entspannend – keine Verantwortung, keine Entscheidungen, einfach nur machen, was einem aufgetragen wurde. Als alles fertig war, bedankte er sich bei Jim, zahlte ihn aus und verabschiedete sich, in der Annahme, seine Schnuppertour in die Baubranche sei damit beendet und er wieder ein freier Mann. Doch als es so weit war, stellte er fest, dass das tagelange Herumsitzen allein zu Hause ihn gleich wieder runterzog; als rutschte er unaufhaltsam in einen Sumpf aus Bitterkeit, Reue und Selbsthass. Er hätte augenblicklich packen und gen Süden verschwinden können, das Haus aus der Ferne verkaufen, aber dazu hätte er einen Entschluss fassen müssen, also kehrte er zurück zu Jim und fragte, ob man nicht auch noch die Verandastufen ausbessern könnte, zu den gleichen Konditionen wie zuvor?

Jetzt stand er oben auf der Leiter und fror sich einen ab, der Wind hatte über Nacht auf Nord gedreht, und als er am Morgen die Vorhänge aufgezogen hatte, war er sich fast sicher gewesen, eine kleine Schneeflocke unschuldig herabschweben zu sehen: sein Signal, sich davonzumachen.

»*Wochenlang!* Wanderte durchs Haus, schlief nicht, aß nicht. Wenn ich mitten in der Nacht aufs Klo ging, war das Bett neben mir leer, und sie stand im Wohnzimmer, im Dunkeln, und sah aus dem Fenster. Natürlich alles pechschwarz da draußen. Ach, sorry, ich wollte ja den Eimer herbringen.«

Jim fing an, mit dem Eimer in der Hand das abschüssige Dach hinabzubalancieren, stieß aber mit dem Fuß an die Mörtelspritze, die dadurch ins Rutschen geriet. Liam reckte sich seitwärts, um sie aufzufangen, was prompt die Leiter ins Wanken brachte – er klammerte sich an der Dachrinne fest, aber die saß lose, und er merkte, wie sie abknickte.

»Jesus, Liam!« Jim ließ den Eimer fallen und kam

hastig das Dach hinabgekrabbelt wie ein panischer Taschenkrebs. An der Dachkante warf er sich auf den Bauch und streckte die Hand aus – Liam ergriff sie, und unter Aufbietung aller Kräfte gelang es den beiden, die Leiter wieder in die Senkrechte zu bringen.

»Das war verdammt knapp!«, japste Jim. »Da unten ist alles blanker Stein, was, wenn ich Sie umgebracht hätte? Was würde die Damenwelt von Solace sagen, der erste gut aussehende Mann seit Jahren, und dann so was? Sie würden mich lynchen!«

»Danke«, sagte Liam. Sein Herz raste.

»Hab mich fast zu Tode erschreckt!« Jim rappelte sich auf und kraxelte zurück auf den Dachfirst.

Der Eimer lag längst am Boden. Liam wartete, bis sein Herz wieder ruhiger schlug, dann folgte er ihm hinunter, füllte ihn mit Mörtel und brachte ihn wieder hoch.

»Alles okay?«, fragte Jim.

»Klar. Danke noch mal.«

»Schon gut. Alles, was sonst noch vom Dach fallen will, lassen Sie einfach fallen, verstanden? Wo war ich stehen geblieben? Hab Ihnen doch gerade was erzählt.«

»Ihre Frau vermisste Ihren Sohn.« Vorsichtig stieg er über die Abdeckplane, die Jim auf dem Dach ausgebreitet hatte. Er hockte sich hin, nahm Hammer und Meißel und machte sich daran, den Mörtel von den alten Backsteinen zu klopfen, damit sie wiederverwendet werden konnten, wobei er achtgab, dass die

Mörtelbrocken auf der Plane blieben. Laut Jim wurden sie zu einer tödlichen Rutschgefahr, wenn sie aufs Dach fielen, und einmal haarscharf davongekommen zu sein reichte für den Tag.

Er hatte Jims Frau noch nicht getroffen – Susan hieß sie. Vor einer Woche hatte sie Jim beauftragt, ihn zum Essen einzuladen. Einerseits war es verlockend: Die Essensgaben aus der Nachbarschaft blieben inzwischen aus, es hatte sich herumgesprochen, dass er ungesellig sei, was ihm auch ganz recht war, aber leider dazu führte, dass ihm das Hot Potato langsam zum Hals raushing.

Trotzdem hatte er Susans Einladung ausgeschlagen. Selbst in guten Zeiten war er kein Small Talk-Fan, und der Gedanke, einen ganzen Abend lang wohlmeinenden Fragen zu seinem Privatleben auszuweichen, erschien ihm unerträglich. Also sagte er Jim, was er auch allen anderen sagte, nämlich dass er zu beschäftigt sei mit der Durchsicht von Mrs. Orchards Papierkram. Es war eine lahme Ausrede, und Jim hatte ihn zweifelnd angesehen, aber nicht weiter nachgehakt.

»Ja, Susan«, sagte Jim. »Sie war richtig deprimiert. Mir ging's auch nicht gut, aber Männer können besser mit so was umgehen. Man verbringt sein Leben – also, das Leben seines Kindes – damit, es darauf vorzubereiten, auf eigenen Füßen zu stehen, man versucht, ihm eine Ausbildung zu verschaffen, damit es die Wahl hat, all dieses Zeug; man legt jeden Monat 'n bisschen Geld zur Seite, selbst wenn's schwerfällt, damit das Kind aufs College gehen kann, wenn es das möchte – und siehe da, es klappt, das Kind geht, und du fühlst dich, als wär dir der Boden unter den Füßen weggezogen. Ich wusste nicht, wie ich ihr helfen sollte, es war, als wär sie krank, sie hat sogar ein paar Kilo abgenommen. Vorletztes Wochenende hab ich mit ihr einen Ausflug gemacht, nach North Bay, ich dachte, wenn sie mal ’n bisschen Geld ausgeben kann, geht's ihr vielleicht besser, sie gibt so gern Geld aus. Aber sie hat gar nichts gekauft. Da hab ich angefangen, mir ernsthaft Sorgen zu machen, das kann ich Ihnen sagen. Wo ist denn der gottverdammte – oh, danke. Er ist halt unser Einziger, wissen Sie? Als er auf die Welt kam, schien es uns genau richtig so, gerade genug. Sie würden sich wundern, wie ein einzelnes Kind ein Haus ausfüllen kann. Und er war immer so ein guter Junge, von Anfang an, hat nie Ärger gemacht, also kein Grund, froh zu sein, dass er weg ist. Tja, und da waren wir nun, sie und ich, ziemlich verloren in all den leeren Zimmern. Fühlt sich an, als ob für uns alles vorbei wär. Stimmt ja auch, aus Sicht von Mutter Natur. Wir haben unseren Job gemacht, ihr ist es scheißegal, was aus uns wird.«

Er hielt inne und sah Liam an. »Und nun raten Sie mal, was passiert ist.«

»Was?«

»Raten Sie!«

»Ich passe.«

»Er kommt nach Hause. Am Sonntagnachmittag.

Die Tür geht auf, und da steht er, mit der Tasche über der Schulter… wie sieht's aus mit den Backsteinen, ich brauch Nachschub.«

Liam richtete sich ächzend auf, trug einen Armvoll gesäuberter Backsteine zu Jim hinüber. Noch immer jaulte jeder Muskel in seinem Körper, wenn er sich bewegte, aber wenigstens hatte er langsam ein paar Muskeln, die jaulen konnten. Nichts im Vergleich zu Jim natürlich, Jim konnte eine Achtzig-Pfund-Kiste Ziegel die Leiter rauftragen, als wär es Sägemehl, während Liam anfangs kaum eine halbe schaffte (und Jim verstohlen im Hintergrund kicherte). Aber er kriegte es hin. Er fühlte sich auch schon wohler auf dem Dach. Im Hudson's Bay Shop hatte er sich ein Paar Arbeitsstiefel besorgt, Geldverschwendung zwar, wenn er doch nur noch ein, zwei Wochen hierbleiben würde, aber das Profil war besser, er lief nicht mehr so sehr Gefahr, dauernd auszurutschen.

»Wo war ich jetzt schon wieder?«

»Ihr Sohn mit der Tasche über der Schulter.« Er wartete nicht gerade atemlos vor Spannung auf den Rest der Geschichte, aber es war immer noch besser als seine eigenen Gedanken.

»Ja, die Tasche. Er sagt, er ist wieder da. In Kingston hat's ihm nicht gefallen. Zu groß. Zu voll. Zu laut. Susan und ich standen mit offenem Mund da. Wussten nicht, was wir sagen sollten – wussten nicht mal, was wir davon halten sollten. Großartig, ihn wiederzusehen, aber… all die Träume und Pläne, all die

Schularbeiten … und nun das! Wieder zu Hause. Er war nicht mal einen Monat weg gewesen!«

Er sah zu Liam hin. Liam nickte, bewegte seine Zehen in den Stiefeln, um das Blut am Fließen zu halten.

»Der Grund, warum ich Ihnen das alles erzähle«, sagte Jim, als ob er je einen Grund zum Erzählen brauchte, »ist, dass ich irgendwie Ihren Rat wollte.«

»Meinen *Rat?*«, wunderte sich Liam.

»Na ja, oder einfach nur Ihre Meinung, wie auch immer. Die Sache ist die, ich bin nie aus Solace rausgekommen. Ich bin hier geboren, und ich werde hier sterben, war nie woanders und will auch nirgendwo anders hin. Das mag ein Fehler sein, aber so ist es nun mal. Ich gehöre hier in den Norden. Und Susan genauso. Aber für die Kinder erhofft man sich mehr, wissen Sie. Sie sollen in die große weite Welt hinaus und alles Mögliche sehen und spannende Sachen machen und ein interessanteres Leben haben als man selber. Und die Kids wollen das ja auch, zumindest die mit ein bisschen Unternehmungsgeist. Die wollen einfach nur raus hier. Doch das Komische ist, Cal ist nicht der Einzige, der sich abgeseilt hat und dann doch wieder zurückgekommen ist. Scheint öfter zu passieren. Die Kids packen's einfach nicht da draußen. Und ich frage mich, ist das allgemein so, oder hat das speziell was mit uns hier zu tun. Als ob der Norden von Geburt an seine Klauen in sie schlägt und sie nicht mehr loslässt. Darum wollte ich Sie fragen: Sie sind doch auch zur Uni gegangen, oder?«

»Ja.«

»In Ihrem Heimatort?«

»Nein. Ich bin in Calgary aufgewachsen und hab in Toronto studiert.«

»Und ist es Ihnen schwergefallen, von zu Hause wegzugehen? Hatten Sie Heimweh?«

Nein. Er hatte kein Heimweh.

Gegen Ende seines letzten Jahrs auf der Highschool sagte seine Mutter einmal in ihrer üblichen kühlen Art zu ihm, als sie sich auf der Treppe begegneten: »Ach übrigens, Liam, bevor ich's vergesse, dein Vater hat vor ein paar Tagen angerufen und gesagt, dass er dir das Studium finanziert. Anscheinend weißt du das ja bereits.« Vorwurfsvoll.

Liam nickte vorsichtig. »Ja.«

»Seit wann habt ihr denn wieder Kontakt, nur so aus Neugier?«

»Seit etwa zwei Jahren.« Er war sechs gewesen, als seine Eltern sich scheiden ließen und sein Vater nach Vancouver zog. Als Liam sechzehn war, hatte sein Vater ihm nach zehn Jahren kompletter Abwesenheit aus seinem Leben geschrieben, er käme zu einer Konferenz nach Calgary und würde ihn gern zum Lunch treffen. Es war dann eine eher peinliche Veranstaltung, keiner von ihnen wusste, was er sagen sollte. Sein Vater wirkte vor allem schuldbewusst – nicht, dass er es ausgesprochen hätte, aber es war ihm anzusehen. Im Rückblick sagte sich Liam, dass sein Vater wohl gewusst hatte, wie unglücklich seine Kindheit in diesem Weiberhaushalt gewesen war, aber nichts dagegen hatte unternehmen können, als Liam kleiner war. Seitdem trafen sie sich jedes Mal, wenn sein Vater in der Stadt war. Liam genoss diese Treffen nicht wirklich, trotzdem freute er sich und war dankbar für den Kontakt, vor allem, weil sein Vater ebenfalls dankbar zu sein schien.

Da sie keine anderen Gesprächsthemen hatten, redeten sie unweigerlich über die Schule. Liam hatte gute Noten, besonders in Mathe, und im Lauf der Zeit ermunterte sein Vater ihn, auf die Universität zu gehen. »Am besten studierst du Mathe«, sagte sein Vater. »Die meisten Leute können das nicht, also wirst du nie Probleme haben, einen Job zu finden.« Es klang wie eine gute Idee. Zumindest wäre es sein Ticket in die Freiheit.

»Verstehe«, sagte seine Mutter, mit ihrer üblichen verkniffenen Miene. »Hast du dich schon entschieden, wo du hingehen willst?«

»Toronto.«

»Haben sie dich da angenommen?«

»Ja, wenn meine Noten auf dem Level bleiben.«

»Also wirst du hier ausziehen.«

»Ja.«

»Es wäre nett gewesen, wenn du mich ein bisschen früher darüber informiert hättest.«

Sie wandte sich ab und ging weiter die Treppe hinunter. Sie fragte nicht, was er studieren würde, wo er wohnen würde, was seine Pläne für die Zukunft waren. Sie sprachen nicht mehr darüber. Im Oktober packte er seine Sachen und ging fort.

Also hatte er kein Heimweh gehabt.

»Nein.« Er schüttelte den Kopf. »Aber die Umstände waren auch anders.«

»Wie das?«

»Einfach … anders.«

An jenem Abend holte er die Kinderzeichnungen hervor, die Mrs. Orchard so sorgfältig aufbewahrt hatte, breitete sie auf dem Boden aus und suchte nach Hinweisen. Fand nichts außer kindlichem Gekritzel. Er konnte sich nicht erinnern, jemals wieder gezeichnet oder gemalt zu haben, nachdem sie nach Calgary gezogen waren. Vage entsann er sich, wie jemand, vermutlich eine Lehrerin, sicher nicht seine Mutter, ihn zum Zeichnen hatte ermuntern wollen und er sich gesträubt hatte. Diese Seite von ihm schien für immer verschüttet zu sein. Im Rückblick kam es ihm sogar vor, als wäre er selbst eine ganze Weile verschüttet gewesen. Wenn er versuchte, sich vorzustellen, wie er als Kind gewesen war, sah er sich immer nur irgendwo am Rande sitzen.

Es wurde besser, als er älter wurde, und in der Highschool kam er ganz gut zurecht. Er hatte gelernt, sich zu behaupten, und war der Außenseiterrolle weitgehend entwachsen. Manche seiner Klassenkameraden trafen sich nach der Schule, unterhielten sich und blödelten herum, tranken Hochprozentiges aus Colaflaschen. Er wusste, dass er sich ihnen hätte anschließen können, doch er tat es nicht. So weit wagte er sich nicht vor – obwohl er nicht recht wusste, was genau es war, das er nicht riskieren wollte. Vielleicht, dass sie ihn durchschauen würden – merken würden, dass etwas Wichtiges fehlte. Also blieb er lieber für sich. Es trug ihm den Ruf der Unnahbarkeit ein, aber damit konnte er leben.

Um nach der Schule nicht gleich heimgehen zu müssen, erledigte er seine Hausaufgaben in der Bibliothek. Gegen die Schularbeiten hatte er nichts, eigentlich fand er die meisten Fächer ganz interessant, besonders Mathe. Zahlen faszinierten ihn, ihre tiefe Schlichtheit, die Art, wie sie unwandelbaren und immens befriedigenden Regeln unterlagen. Sie ergaben Sinn, was man vom Rest des Lebens nicht gerade behaupten konnte.

Als er ungefähr fünfzehn war, tauchten immer mehr Mädchen in der Bibliothek auf und wollten Nachhilfe in Mathe haben.

»Was verstehst du denn nicht?«, fragte er.

»Na, alles.« Was in manchen Fällen tatsächlich die Wahrheit war, doch er tat sein Bestes, ihnen irgendwie zu helfen. Er brauchte eine Weile, bis er begriff, dass es nicht sein Grips war, für den sich die Mädchen interessierten, und erst recht nicht die Mathematik. Schließlich kam er aber auch darauf, dass Sex manchmal aus Dankbarkeit angeboten wurde, und von da an wurde das Leben schon wesentlich interessanter.

Zu Hause verbrachte er so wenig Zeit wie möglich, kam immer erst zum Essen heim. Seine Schwestern plapperten ohne Unterbrechung die ganze Mahlzeit hindurch. Ihre Mutter hörte lächelnd zu, unterbrach sie manchmal mit einer Frage oder einem milden Tadel. Liam hätte genauso gut unsichtbar sein können. Er fühlte sich auch unsichtbar. Er blendete sie vollkommen aus, aß schweigend und ging danach auf sein Zimmer.

Einmal überraschte ihn seine Mutter, als sie sich unerwartet an ihn wandte: »Hast du denn gar nichts zu der Unterhaltung beizutragen, Liam?« Unwillen schwang in ihrer Stimme mit.

Er sah sie verdattert an: »Nein.«

Seine Mutter presste die Lippen zusammen. »Manchmal frage ich mich, wieso du dir überhaupt die Mühe machst, dich mit uns an den Tisch zu setzen.«

»Zum Essen«, sagte er, stand auf und ging.

Nachdem er zu Hause ausgezogen war, kehrte er nie wieder dorthin zurück.

Jim und er sollten am nächsten Tag einen größeren Job in Angriff nehmen, den Einbau einer neuen Küche für ein altes Ehepaar, und als sie mit dem Schornstein fertig waren, fuhren sie zum Ausmessen hinüber. Das Haus war warm, und die Alten boten großzügig Kaffee und Kekse an; der Gedanke, ein bis zwei Wochen dort zu verbringen, versetzte sie beide in gute Laune. Jim plauderte mit den Hausbesitzern, wie er mit jedermann plauderte, sodass es ziemlich spät wurde. Liam fuhr direkt zum Hot Potato, statt erst nach Hause zu fahren, und machte sich vor dem Essen schnell auf dem Herrenklo frisch.

Mittlerweile fühlte er sich schon wohler in dem Café. Die Kellnerin behandelte ihn zwar immer noch von oben herab, aber die Stammgäste nickten ihm zu, und unter der Woche waren abends nur selten Teenager im Lokal. Er nahm in seiner angestammten Nische Platz, schlug den *Temiskaming Speaker* auf (er hatte jetzt immer seine eigene Zeitung dabei) und ließ sich gemütlich Zeit bei seinem Burger mit Pommes. Auch wenn er Jim gegenüber behauptet hatte, Mrs. Orchards Papiere durchsehen zu wollen, hatte er es in Wirklichkeit gar nicht eilig, in das leere Haus zurückzukehren, mit all den vagen, verwirrenden Verbindungen zu seiner Kindheit und den Entscheidungen, die getroffen werden mussten.

Doch als er heimkam, war das Haus nicht leer; das kleine Mädchen von nebenan war wieder da, hockte im Schneidersitz auf dem Wohnzimmerboden. Seit ihrem ersten Zusammentreffen und dem Gespräch mit ihrem Vater vor zwei Wochen hatte er sie nicht mehr gesehen, und er war davon ausgegangen, dass es so bleiben würde.

»Hör zu, Clara«, begann er behutsam, da sie ihm

leidtat und er nichts gegen sie hatte, bis auf die Tatsache, dass sie sich in seinem Wohnzimmer aufhielt. Es sei in Ordnung, dass sie mit der Katze spielen kam, wenn er außer Haus war, das sei ihm sogar sehr recht, aber er habe gern seine Ruhe und wolle niemand im Haus haben, wenn er da sei. Aber noch während er das sagte, konnte er sehen, dass sie nicht zuhörte. Sie starrte ihn mit einer Intensität an, die fast schon beängstigend war.

»Und darum gehst du jetzt mal besser wieder nach Hause, okay?«, beendete er seine kleine Ansprache.

Das Mädchen wartete einen Moment, wie um sicherzugehen, dass er ausgeredet hatte. »Wenn man etwas wüsste und es nicht der Polizei sagen würde, weil man versprochen hat, das nicht zu tun, und es der Polizei dann aber doch sagt, weil es wirklich ganz, ganz wichtig ist, kommt man dann ins Gefängnis?«

Er war so verblüfft, dass er spontan mit einem »Nein!« herausplatzte. »Kinder kommen nicht ins Gefängnis.«

Sie überlegte einen Moment; zum ersten Mal wandte sie die großen, klaren Augen von ihm ab und fixierte etwas hinter seiner linken Schulter. Für ein kleines Mädchen war es eine sehr seltsame hypothetische Frage; was sich wohl dahinter verbergen mochte? Aber dann kehrte ihr Blick zu ihm zurück, und sie stellte noch eine Frage; schlagartig wurde ihm alles klar.

»Was, wenn es kein kleines Kind ist?«

Aha. Also doch keine hypothetische Frage.

»Wie alt?«, fragte Liam vorsichtig.

»Sechzehn. Oder siebzehn.«

Sie kannte einen Jungen, der irgendwas von ihrer verschwundenen Schwester wusste, anders konnte es gar nicht sein. Seinen Namen würde sie ihm wohl kaum verraten, vermutete Liam, aber wenn er sie weiterreden ließ, würde ihr vielleicht noch das eine oder andere Detail entschlüpfen. Nur wollte er nicht derjenige sein, der sie zum Reden ermutigte. Das war ein Job für ihre Eltern oder Sergeant Barnes oder für sonst wen, nur nicht für ihn. Im Übrigen wäre er sowieso nutzlos, er wusste ja noch nicht mal die Antwort auf ihre Frage: Steckte man Sechzehnjährige in Kanada schon ins Gefängnis?

»Ich bezweifle es, aber ich weiß es nicht genau«, sagte er. »Es hängt wohl von den Umständen ab. Aber das musst du gleich deinen Eltern erzählen, Clara. Auf der Stelle. Es ist wirklich wichtig.«

»Welche Umstände, zum Beispiel?«

Ihr kleines Kinn war energisch vorgeschoben. Obwohl er genervt war, musste er sich doch eingestehen, dass sie ihm auch irgendwie imponierte. Sicherlich war ihr Leben im Moment ein einziger Albtraum, und dennoch hatte sie Fragen, erwartete Antworten. Die sie von ihm aber nicht bekommen würde.

»Clara, hör mir zu, das ist wirklich wichtig. Du musst mit deinen Eltern reden.«

»Ich rede nicht mehr mit ihnen.«

Er stutzte. »Warum nicht?«

»Sie lügen mich nur an.«

»Aber das ist doch nicht wahr. Oder wenn …«

»Es *ist* wahr!« Wütend sprang sie auf. »Sie lügen mich an! Wenn ich sie was frage, hör ich immer nur *Lügen!*«

»Also gut«, sagte er hastig. »Ich verstehe.« Sie war drauf und dran hinauszustürmen, und so gern er sie auch losgeworden wäre, wollte er sie doch nicht verprellen. Er wusste nicht, was er sagen sollte. Er hatte keine Erfahrung mit Kindern, wusste nicht, was sie in einem bestimmten Alter schon begreifen konnten. Das Einzige, was ihm einfiel, war Zeit zu gewinnen, bis er das Problem an jemand anders weiterreichen konnte.

»Hör mal«, sagte er. »Soll ich mal versuchen, herauszufinden, ob Sechzehnjährige ins Gefängnis kommen, wenn sie etwas Wichtiges verschweigen? Das könnte ich vielleicht rauskriegen.«

Sie sah ihn misstrauisch an; ihr forschender Blick wechselte zwischen seinem linken und seinem rechten Auge hin und her. Er ertappte sich dabei, dass er den Atem anhielt.

»Ja«, sagte sie schließlich.

»Gut, ich versuch's. Ich lass es dich morgen wissen, wenn du aus der Schule kommst. Oder wenn nicht morgen, dann übermorgen. Aber jetzt musst du nach Hause.«

Er hätte es natürlich ihren Eltern sagen sollen. Es konnte nicht angehen, dass er etwas über ihre Kinder wusste, wovon sie noch nichts ahnten. Aber Clara schien gerade so gegen sie aufgebracht. Was, wenn sie dann völlig verstummte?

Er ging in den Flur und griff nach dem Telefon.

»Polizei«, meldete sich eine Frauenstimme.

»Ich möchte Sergeant Barnes sprechen«, sagte Liam.

»Hat gerade keinen Dienst«, wurde ihm knapp beschieden. »Ist es ein Notfall?«

»Nicht direkt. Aber es ist wichtig.«

»Kann es nicht bis morgen warten?«

Er zögerte. »Ich glaub schon.«

»Wie ist denn Ihr Name, Sir?«

»Kane. Liam Kane.«

»Ach ja, Mr. Kane. Sie sind Mrs. Orchards … Sie sind in Mrs. Orchards Haus gezogen?«

»Stimmt«, sagte er resigniert.

»Also gut, Sir. Ich werde Ihre Nachricht morgen früh gleich weitergeben.«

Liam ging in die Küche und stopfte sich eine Handvoll schrumpeliger, halb vertrockneter Blaubeeren in den Mund. Das Telefon klingelte.

»Mr. Kane«, sagte Sergeant Barnes munter. »Sie haben angerufen.«

Liam verschluckte sich an den kaum gekauten Beeren plus einem halben Dutzend Zweiglein und keuchte ins Telefon.

»Alles in Ordnung?«, fragte der Polizist.

Liam hustete explosiv, wischte den angespuckten Hörer mit dem Handballen ab. »Sorry. Blaubeeren.« Er hustete wieder.

»Lassen Sie sich Zeit«, sagte Sergeant Barnes. »Sie müssen auf die Zweige aufpassen, die tun sie da extra rein, damit man glaubt, sie kommen aus dem Wald. Alles okay jetzt?«

»Jaja. Sorry.«

»Kein Problem. Womit kann ich Ihnen helfen? Linda fand, Sie klangen besorgt, also hat sie mich angerufen.«

»Ach so. Gut. Es hat mit dem vermissten Mädchen vom Nachbarhaus zu tun.«

»Bin schon unterwegs.« Der Sergeant hatte es plötzlich eilig. »Ich brauch zehn, fünfzehn Minuten. Meine Frau hat heute Ausgang, ich bin am Babysitten, muss sie nur schnell anrufen. Bis gleich.«

»Es wär besser, wenn man hier kein Polizeiauto sieht«, sagte Liam hastig. »Können wir uns irgendwo treffen?« Er wollte nicht, dass Clara dachte, er hätte sie verraten.

»Sicher. Kommen Sie her, das wär das Beste. Wir wohnen in der Nähe. Fahren Sie Richtung Stadt, dann die erste Straße links, Nummer acht. Streifenwagen in der Einfahrt.«

Verglichen mit Mrs. Orchards Haus fehlte es diesem hier an Charme; es war modern, zweistöckig, glatte

Fassade, nichtssagend. Drinnen war es schon besser; die Haustür öffnete sich auf eine große Küche, mit einem noch größeren Wohnzimmer dahinter, dessen Kastenform durch einen großen Holzofen am einen Ende und jede Menge Unordnung aufgelockert wurde. Um den Ofen waren ein paar Sessel und ein Couchtisch aus roh gezimmertem Holz gruppiert. Sergeant Barnes deutete darauf, als er Liam einließ.

»Setzen Sie sich. Ich mach gerade Kaffee.«

Liam nahm eine Socke, eine Zeitung, ein Mickymaus-Heft, eine zerknüllte Chipstüte und eine Schere von einem der Sessel und deponierte sie nach kurzem Zögern auf dem Boden. Er setzte sich, stand dann wieder auf, hob die Schere auf und legte sie auf den Couchtisch.

Der Holzofen strahlte wohlige Wärme ab. Er hatte eine Glastür, so konnte man die Flammen um die Holzscheite züngeln sehen. Ein so großer Raum würde einiges an Holz zum Einheizen brauchen. Bisschen chaotisch, aber gemütlich, fand Liam. Das genaue Gegenteil von seinem und Fionas Wohnzimmer in Toronto, wo es so gnadenlos ordentlich war, dass man sich kaum hinzusetzen wagte. Es war kein Zuhause gewesen. Bloß ein Haus. Ob man wohl ein spezielles Talent brauchte, um Letzteres in Ersteres zu verwandeln? Ein Talent, das ihm und Fiona gefehlt hatte? Oder hätten sie es lernen können, wenn sie genug für das Haus und füreinander empfunden hätten, um es zu versuchen?

Aus einem Zimmer zur Linken konnte er den Fernseher hören. Schüsse und dramatische Filmmusik – ein Western. *High Noon*, um genau zu sein – er erkannte die einmalig scheußliche Titelmelodie. Grobkörnige graue Schatten galoppierten jetzt wohl über den Bildschirm. Wenn man mit schlechtem Empfang aufwuchs, lernte das Auge vielleicht, die Lücken aufzufüllen. Oder man akzeptierte das Gekrissel als normal, wenn man nie ein anständiges Bild gehabt hatte.

Sergeant Barnes setzte zwei Becher Kaffee auf dem kleinen Tisch ab, brachte Milch, Zucker und zwei Löffel, nahm ein Paar Ohrenschützer, ein Handtuch und eine Wasserpistole vom zweiten Sessel, warf sie auf den Haufen am Boden und ließ sich dann aufatmend nieder.

»Übrigens – das wollte ich schon länger gesagt haben –, wir können die Förmlichkeit bleiben lassen, ich heiße Karl.«

»Okay. Liam.« Geradezu albern, wie ihn das freute. Wie ein Neuling in der Klasse, der unerwartet vom Rudelführer zum Freund erkoren wurde. Er wagte sich mit einer persönlichen Frage vor: »Ist es nicht irgendwie schwierig? Leute zu überwachen, die man kennt?«

»Nicht wirklich«, meinte Karl. »Wenn einer aktenkundig ist, oder es eigentlich sein sollte, dann behalte ich den ›Sergeant‹ bei. Sonst nicht. Wenn ich hier bei allen den Cop rauskehren würde, hätte ich keine Freunde, und der Rest der Familie auch nicht, das wäre etwas einsam. In den anderen Städten achte ich aber mehr auf Distanz. Da kenne ich die Leute auch nicht so gut.«

»Du bist auch noch für andere Städte zuständig? Du ganz allein?«

»Ja, ich und Linda, die sich um die Verwaltung kümmert. Zwei Städte, plus die Holzfällercamps und noch ein paar kleinere Gemeinden. Alles was anfällt, überall. Darum hab ich auch das hier.« Er klopfte sich auf den Bauch, der aus Liams Blickwinkel aber gar nicht so schlimm wirkte.

»Zu viel Rumsitzen im Streifenwagen«, sagte Karl. »All die Coffeeshops, wo ich mir den Tratsch anhöre. All die Blaubeerkuchen – ein wichtiger Teil meines Jobs, wissen Sie, das Verdrücken von Blaubeerkuchen. Wie soll ich sonst rausfinden, was so vor sich geht?« Er grinste. »Na, wie auch immer, jetzt zu dir. Fang am besten ganz am Anfang an. Und lass nichts aus.«

Das Telefon klingelte. Karl stand leise fluchend auf. »Okay«, knurrte er in den Hörer. »Sag ihnen, sie sollen den Fensterladen vormachen. Ich seh's mir morgen an.«

»Sorry.« Er wandte sich zu Liam um. »Beim Eisenwarenladen hat jemand einen Ziegelstein ins Schaufenster geschmissen. Kein Wunder, der Alte ist ein richtiger Fiesling, am liebsten würde ich selber mal was schmeißen.«

Er ließ sich wieder in den Sessel fallen. »Also, du wolltest mir gerade was erzählen.«

Liam beschloss, mit der Katze zu beginnen. »Wie sich herausgestellt hat, besaß Mrs. Orchard eine Katze«, sagte er und schilderte dann die Begegnung mit Clara. Als er Karl alles erzählt hatte, was ihm einfiel, saß der Polizist eine Weile schweigend da und blickte in die Flammen.

»Tja, du hast mir gerade den Tag gerettet«, sagte er schließlich. »Vielleicht das Jahr. Mag sein, dass es sich als Sackgasse rausstellt, aber wenigstens ist es mal etwas. Bisher hatten wir absolut *nichts*. Nicht den kleinsten verdammten Hinweis. Was bedeutet, dass die Cops in Toronto auch nichts haben – ich steh mit denen in Verbindung. Nicht, dass wir wüssten, ob das Mädchen tatsächlich in Toronto ist – aber da wollen die Ausreißer normalerweise hin, es ist der einzige Ort, von dem sie gehört haben. Sie glauben, sie könnten da leicht einen Job finden und jede Menge Spaß haben. Merken dann aber, dass es keine Jobs gibt, Unterkunft finden sie auch keine, landen auf der Straße. Die Straße ist kein Spaß. Das ist ein gefährliches Pflaster, speziell für junge Mädchen. Und jetzt kommt auch noch der Winter.«

Aus dem Nebenzimmer tönte ohrenbetäubendes Geballer und begeistertes Kreischen.

»Hast du Kinder?«, wollte Karl wissen.

»Nein.«

»Ich kann dir sagen, so verschieden sie sein mögen, eins haben sie alle gemeinsam: Sie glauben, sie wissen alles, und sie sind furchtbar verletzlich.« Er schüttelte den Kopf. »Was für ein Glück, dass die kleine Schwester zu dir gekommen ist.«

»Ich versteh's nicht. Warum vertraut sie sich einem Fremden an?«

»Wer weiß schon, warum Kinder was tun? Du warst eben gerade in Reichweite. Aber du sagst, sie glaubt, dass ihre Eltern sie belügen?«

»Ja. Sie haben ihr Mrs. Orchards Tod verschwiegen. Ich bin zu ihrem Vater hin und hab ihm gesagt, dass es mir so rausgerutscht ist. Er hat ganz nett reagiert, er meinte, sie hätten es sowieso nicht viel länger geheim halten können. Sie dachten, die Wahrheit wäre ihr im Moment nicht zuzumuten.«

Karl nickte bedächtig. »Das kann man verstehen, aber es wird auch der Grund sein, weshalb sie zu dir gekommen ist: Alle versuchen immer nur, sie zu beruhigen, aber sie weiß ganz genau, dass da was nicht stimmt. Dann kommst du daher und sagst ihr aus Versehen die Wahrheit. Also vertraut sie dir. Ich bin seit bald zwanzig Jahren Kleinstadtpolizist, und ich kann dir sagen, Vertrauen ist alles. Wenn Leute dir nicht vertrauen, reden sie nicht mit dir, und dann bist du aufgeschmissen. Wir müssen auf alle Fälle dafür sorgen, dass du ihr Vertrauen nicht verlierst.«

Liam rutschte unbehaglich hin und her. »Ähm ... ich würde mich da lieber raushalten. Es wäre mir nicht so recht ...« Er wusste nicht genau, wie er es formulieren sollte.

»Was wäre dir nicht so recht?«

»Na ja, du weißt schon – ein kleines Mädchen, das allein zu Besuch kommt. Nur wir zwei im Haus ... das ist mir unangenehm. Was, wenn die Leute das mitkriegen?«

Karl blickte ins Feuer. Liam wartete.

»Ich gebe zu, die Situation ist nicht ideal«, sagte Karl schließlich. »Normalerweise wäre ich auch nicht dafür. Aber leider fällt mir keine Alternative ein, also musst du dich wohl damit arrangieren.« Er lächelte beschwichtigend. »Ich sag dir was. Die beiden Häuser stehen doch Seite an Seite, nicht? Das Beste wäre, du achtest darauf, dass ihre Eltern sie immer vom Wohnzimmerfenster aus sehen können.«

Die Art, wie der Cop über seine Vorbehalte hinwegging, ärgerte Liam. »Ich sehe nicht ein, weshalb ich mich damit arrangieren sollte. Wieso redest du nicht mal mit ihr? Das würde sowieso mehr Sinn ergeben.«

»Ich bin Polizist«, sagte Karl ruhig, ohne sich von Liams Tonfall irritieren zu lassen. »Sie will diesen Jungen vor meinesgleichen beschützen. Ich bin mit Sicherheit der Letzte, mit dem sie reden würde.«

»Na, dann eben ihre Eltern«, sagte Liam. »Die werden es schon aus ihr rauskriegen.«

»Du hast mir gerade selbst gesagt, dass sie nicht mit ihren Eltern redet. Wir können nicht entscheiden, wem sie sich anvertraut.« Karl stand auf und legte noch ein Holzscheit nach – ein Schwall glühender Hitze kam aus dem Ofen, als er die Tür öffnete –, dann setzte er sich wieder. Sie sahen zu, wie die Flammen um das neue Scheit leckten, es kosteten, um es dann in Ruhe zu vertilgen. Liam kaute an seinem Ärger.

Der Cop warf ihm einen forschenden Blick zu. »Gut, ich hab natürlich kein Recht, dir das zuzumuten, und es ist dein gutes Recht, es abzulehnen, du bist ein unbescholtener Zivilist und hast nichts mit dem Fall zu tun. Aber wie gesagt, es ist der erste Hinweis, den wir bekommen haben, und ich bin langsam am Verzweifeln. Je länger das Mädchen vermisst bleibt, desto wahrscheinlicher ist es, dass es ein böses Ende nimmt. Wir dürfen uns diese Chance nicht entgehen lassen, wir *müssen* herausfinden, wer dieser Junge ist und was er weiß.«

Er nickte Liam aufmunternd zu. »Sobald das geschafft ist, hast du nichts mehr damit zu tun. Dann kannst du die Tür verriegeln, die Schlösser austauschen, die Katze abmurksen. Na ja, das vielleicht doch lieber nicht. Jedenfalls kann es sich nur um ein paar Tage handeln. Und du willst ja sowieso das Haus verkaufen und uns bald wieder verlassen, oder? So werden die Leute gar keine Zeit haben, sich irgendwelchen Schwachsinn auszudenken.«

Stimmt, er würde ja bald wieder abreisen; das hatte er ganz vergessen. Aber nun schien es ihm, dass Karls Freundlichkeit, und auch diese Duzerei, nichts weiter als eine Strategie waren, um ihn zu entwaffnen und zu umgarnen, damit er genau das tat, was der Cop von ihm wollte. Ach, hör schon auf, dachte er, von seiner eigenen Paranoia angewidert. Es war völlig unsinnig,

Karl hatte doch noch gar nicht gewusst, dass er seiner Hilfe bedürfen würde.

Karl musterte ihn abwartend. »Es geht hier um das Leben eines Kindes, Liam. Jede Stunde, die vergeht, verringert ihre Überlebenschancen. Und du bist zufällig in der Lage, uns zu helfen.«

Dagegen gab es nun kein Argument, wie zweifelhaft Karls Motive und Methoden auch sein mochten. Obwohl es nicht so sehr der Gedanke an Rose war, deren körniges Konterfei ihn aus der Zeitung so kampflustig angeblickt hatte, sondern eher der an Clara, weshalb er schließlich einwilligte. Es war die Art, wie sie mit großen Augen zu ihm aufsah, sie wollte ihm so gerne vertrauen, aber sie war nicht sicher, ob es überhaupt jemanden gab, dem sie vertrauen konnte. Es weckte ferne, aber nachhallende Erinnerungen.

Er nickte. »In Ordnung.«

»Gut. Danke.«

Aus dem Fernsehzimmer – perfektes Timing – drangen schaurige Klänge, die den Ritt in den Sonnenuntergang begleiteten. Karl stemmte sich aus dem Sessel hoch und steckte den Kopf durch die Tür. »Ab ins Bett«, sagte er. »James – Zähne putzen. Catherine – Pyjama. Dann Plätze tauschen. Kein Rumalbern.«

Er kam zurück und setzte sich wieder. Hinter ihm huschten zwei kleine Gestalten die Treppe hoch. Karl stand noch einmal auf. »Bisschen Eis gefällig?«

»Gerne«, sagte Liam.

Karl verschwand in einem Raum neben der Küche

und kam mit einem mittelgroßen Pappeimer in jeder Hand zurück.

»Schoko? Vanille?«

»Vanille, danke.«

Karl setzte die Eimer ab und verschwand erneut, diesmal durch eine Seitentür, die in die Garage führte – ein Schwall Kaltluft folgte ihm, als er mit Hammer und Meißel zurückkam. »Das Zeug ist hausgemacht«, sagte er. »Jo aus der Bücherei stellt es her. Halb Hobby, halb Nebenerwerb. Musst du mal bei ihr bestellen. Aus Sahne von hiesigen Kühen; du hast nicht gelebt, bis du es probiert hast. Aber bei der Konsistenz muss sie noch ein bisschen üben, es wird fest wie Beton. Alle unsere Löffel sind verbogen.«

Er nahm die Deckel von den Eimern ab und fing an, auf den Inhalt einzuhämmern. Liam fragte sich, was der Meißel wohl zuletzt bearbeitet hatte. Wie hätte Fiona mit ihrer obsessiven Bazillenphobie wohl reagiert, wenn jemand ihr eine Schale Eis gereicht hätte, das mit einem aus der Garage geholten Meißel aus dem Behälter gehackt worden war? Es ärgerte ihn, dass er überhaupt an sie dachte.

Karls Kids tauchten am Treppengeländer auf. Eine Zehntelsekunde ruhten ihre Augen auf Liam, schätzten ihn offensichtlich als vollkommen bedeutungslos ein und wandten sich dann dem Eis zu.

»Hey, super!«, krähte der Junge. »Kriegen wir auch was?«

»Morgen«, sagte ihr Vater, mächtig am Meißeln. »Das ist Mr. Kane. Sagt Hi, und dann ab ins Bett.«

»Hi«, sagten die Kinder wie aus einem Mund.

»Hi«, antwortete Liam.

»Können wir jetzt was haben?«, bettelte der Junge.

»Nein, ihr geht jetzt schlafen.«

»Das ist nicht fair!«, maulte das Mädchen. »Ihr dürft was haben und wir nicht.«

»Morgen kriegt ihr was und wir nicht. Abmarsch.«

»Aber Dad …!«

»Ich sag's nicht noch einmal. Ab jetzt. Gute Nacht.«

Die Kinder drehten sich um und schlurften die Treppe hinauf.

»Also, wir machen Folgendes«, sagte der Cop. »Morgen … meinst du, sie kommt morgen nach der Schule zu dir rüber?«

Liam nickte. Wie einfach dieser Typ das Leben aussehen ließ, selbst wenn er schwer an Sorgen und Verantwortung trug. Wie er seinen Platz in der Welt zu kennen und in jedem Sinne darin zu Hause zu sein schien.

»Also, morgen sagst du ihr, dass der Junge nicht ins Gefängnis gesteckt wird, weil er wichtige Hinweise verschwiegen hat, wenn er jetzt zu uns kommt und redet.«

»Ich gehe davon aus, dass das stimmt?«, sagte Liam in dem Bemühen, sich wieder auf das eigentliche Thema zu konzentrieren.

»Ja.«

»Er wird auch nicht in irgendeinen Jugendknast geschickt, oder so? Ich will sie nämlich nicht austricksen. Irgendwie benutzen tun wir sie ja ohnehin schon.«

»Klar benutzen wir sie. Ich benutze dich. Ich würde meine Großmutter benutzen, wenn es helfen könnte. Aber ich verspreche dir, dass ihm wegen des Vorenthaltens von Information nichts passiert. Sollte er allerdings in ein Verbrechen verwickelt sein, sieht es anders aus.«

Liam nickte. Was war von Karls offenem Eingeständnis zu halten, dass er ihn benutzte? Mit großer Erleichterung – fast peinlich, wie erleichtert er sich fühlte – beschloss er, dass Karls Freundschaftsangebot wohl ebenso aufrichtig war wie seine kühle Berechnung. Karl sagte, was er dachte, so einfach war das.

»Okay. Und wenn ich ihr das gesagt habe, was dann?«

»Dann werden wir sehen, ob der Junge uns kontaktiert.«

»Wie lange wollen wir warten?«

»Wir brauchen ein bisschen Zeit, bis du es Clara gesagt hast und sie es dem Jungen weitersagt, also mindestens vierundzwanzig Stunden, länger, als mir lieb ist. Bist du sicher, dass sie sich nicht überreden lässt, uns seinen Namen zu nennen?«

»Ich glaube, eher macht sie komplett dicht. Was passiert, falls es nicht klappt? Falls er dich nicht kontaktiert?«

»Ich geh auf die Jagd. Ich meine, das tu ich sowieso, ich häng's bloß nicht an die große Glocke.«

Er reichte Liam eine Schale mit dicken Brocken Eis und einem Löffel. »Hau rein«, sagte er. »Beiß dir aber keinen Zahn aus.«

# 13

# CLARA

»Aber wissen Sie das auch ganz sicher?«, fragte Clara. Was, wenn Dan verhaftet wurde und für den Rest seines Lebens hinter Gittern landete?

Als sie aus der Schule gekommen war, hatte Mr. Kane draußen auf seiner Veranda gestanden und gefragt, ob sie kurz reinkommen wolle.

»Ja, das weiß ich ganz sicher.«

»Und woher?«

Er zögerte. »Ich hab einen Polizisten gefragt.«

Clara bekam Herzklopfen.

»Keine Angst«, sagte Mr. Kane schnell. »Den Namen des Jungen hab ich nicht erwähnt. Das konnte ich auch gar nicht, ich weiß ja überhaupt nicht, wer er ist. Du hast es mir nicht gesagt.«

»War es Sergeant Barnes?«

»Ja. Er hat mir versichert, dass dem Jungen nichts passiert, wenn er ihm jetzt wirklich alles sagt, was er weiß. Aber es muss schnell passieren, Clara. Es ist sehr, sehr wichtig.«

Das bedeutete, dass Rose in furchtbarer Gefahr war,

*jetzt, in diesem Moment.* Vielleicht lauerte ihr gerade jemand mit einem Messer auf. Die Vorstellung war so beängstigend, dass sie erst kein Wort herausbrachte. Als sie schließlich sprach, klangen ihre Worte verzweifelt: »Ich kann's ihm jetzt nicht sagen! Er geht auf die Oberschule, ich muss erst einer aus meiner Schule Bescheid sagen, sie soll ihrem Bruder sagen – der geht nämlich in seine Klasse –, dass er ihm sagen soll, er soll aus dem Bus aussteigen und sich mit mir treffen, und bis dahin dauert es zwei Tage.«

Beide schwiegen einen Moment.

»Tut mir leid«, sagte Mr. Kane dann. »Kannst du das bitte noch mal sagen?«

Sie sagte es noch einmal.

Er blickte aus dem Fenster, überlegte. Sie beobachtete ihn, und als sie sah, wie sorgenvoll er dreinschaute, wurde diese neue Angst zusätzlich zu der wochenlangen alten Angst plötzlich zu viel für sie, alles wallte in ihr hoch und lief über, und sie brach in Tränen aus. Wenn Rose jetzt starb, wäre sie, Clara, schuld daran, weil sie nicht rechtzeitig mit Dan geredet hatte.

Mr. Kane schob die Hände in die Hosentaschen und wandte sich ab. Sie konnte ihm ansehen, dass er ihr Weinen nicht ertrug, er hasste es ebenso wie Rose. Mit aller Macht versuchte sie, sich zusammenzureißen, damit er nicht sagte: *»Du musst jetzt nach Hause gehen.«*

Mr. Kane verließ das Zimmer; sie dachte, er ginge

weg, weil sie weinte, aber dann kam er mit einer Schachtel Kleenex zurück und reichte sie ihr. Sie putzte sich die Nase und schaffte es, mit dem Schluchzen aufzuhören.

»Und wenn du ihn anrufst?«, sagte Mr. Kane auf einmal. »Diesen Jungen. Du könntest ihn jetzt sofort anrufen, von hier aus, und ihm sagen, er soll sich bei Sergeant Barnes melden.«

Sie überlegte, nur noch ab und zu leise schniefend.

»Ich weiß seine Nummer nicht.«

»Wenn du seinen Nachnamen weißt, können wir ja im Telefonbuch nachschauen – das heißt, *du* kannst nachschauen, ich zeig dir, wie's geht. Weißt du seinen Nachnamen?«

Sie hatte ihn gewusst, aber jetzt wollte er ihr nicht mehr einfallen.

»Und das Mädchen aus deiner Schule? Weißt du ihren Nachnamen?«

Sie *wusste*, dass sie ihn wusste, aber der Kopf tat ihr weh vom heftigen Weinen, und sie hatte solche Angst um Rose, dass sie einfach nicht denken konnte.

Mr. Kane setzte sich in den großen Sessel, in dem Mrs. Orchard immer gesessen hatte, und beugte sich vor, die Ellbogen auf den Knien. Er blickte zu Boden und rieb sich den Nacken. »Na ja«, sagte er schließlich, »du tust, was du kannst, Clara. Und wenn du nichts mehr tun kannst, hat es keinen Zweck, noch weiter drüber nachzudenken. Sag es dem Mädchen dann eben morgen.«

Sie blieben eine Weile so sitzen, und allmählich flaute die Panik ab. Der Boden war kalt. Ganz leise, wie um Mr. Kane nicht daran zu erinnern, dass sie noch da war, stand sie auf und schlüpfte auf den anderen Sessel, der immer ihrer gewesen war. Aus irgendeinem Grund hatte Mr. Kane die Sessel so gerückt, dass sie zu dem Seitenfenster von Claras Haus hinblickten, und ihren Sessel an einen der großen Kartons geschoben, die so lange mitten im Zimmer gestanden hatten.

»Was ist in den Kartons?«, fragte sie und vergaß, dass sie ihn eigentlich nicht an ihre Anwesenheit erinnern wollte.

Mr. Kane blickte überrascht auf. »Was? In den Kartons? Mein Zeug. Die Sachen von da, wo ich vorher gewohnt habe.«

»Warum sind Sie da weg, wo Sie vorher gewohnt haben?«

Er blickte wieder zu Boden. »Meine Frau und ich haben beschlossen, dass wir nicht mehr zusammen sein wollen.«

»Mochten Sie sich nicht?«

»Früher schon, aber dann war das irgendwie … vorbei.«

»Oh«, sagte Clara. Sie hatte nicht gewusst, dass das passieren konnte. Sie nahm sich vor, später darüber nachzudenken. »Und warum packen Sie sie nicht aus?«

»Weil ich bald wieder weggehe.«

Als er hier aufgetaucht war, hatte sie gewollt, dass er schleunigst wieder verschwindet, aber jetzt wollte sie das plötzlich nicht mehr.

»Warum?«

Er zuckte die Schultern. »Muss mit meinem Leben weitermachen.« Er grinste schief.

»Warum können Sie nicht hier mit Ihrem Leben weitermachen?«

»Genug Fragen für einen Abend, Clara, okay?«

»Aber wie bald werden Sie denn weggehen?«

»Ich weiß es nicht genau.« Er beugte sich noch weiter vor, band sich einen Schnürsenkel auf und dann wieder zu.

Clara beschloss, dass »weiß es nicht genau« alles Mögliche heißen konnte – Monate, Jahre –, was gut war. »Können wir die Kartons solange an die Wand schieben?«

Fragen schienen ganz schön lange zu brauchen, bis sie sich durch Mr. Kanes Ohren in seinen Kopf vorgearbeitet hatten. Vielleicht hörte er nicht gut. Sollte sie es vielleicht noch mal lauter sagen? Aber da antwortete er: »Ja, warum nicht. Wenn du willst.«

»Es wird viel ordentlicher aussehen«, erklärte sie, »und Sie brauchen dann nicht mehr die ganze Zeit drumherum zu laufen. Aber wir müssen die leeren Kartons davorstellen, damit Moses da reinklettern kann.«

Der Mann machte ein Geräusch zwischen Lachen und Schnauben, blickte von seiner langen Bodenbetrachtung auf und lächelte sie an. Sie hatte ihn noch nie lächeln sehen. Er sah nett aus.

»In Ordnung«, sagte er.

Sie standen auf und schoben die großen Kartons gegen die Wand und die kleineren vornedran, für Moses. Das Zimmer sah nicht so schön aus, wie es ohne Kartons ausgesehen hätte, aber immer noch besser als vorher. So war an dem Tag wenigstens eine gute Sache passiert.

Auf ein Zusammentreffen mit Dan zu warten war, wie auf einer langen Autofahrt dringend mal zu müssen, und es gibt weit und breit kein Klo. Im Unterricht saß sie zusammengekauert an ihrem Pult, schaute Mrs. Quinn an und verstand kein Wort. In der Pause lief sie gleich hinaus, und ihr Herz hämmerte vor Angst, dass Molly nicht da sein könnte, vielleicht Halsweh oder Bauchschmerzen hatte und zu Hause geblieben war. Aber sie war da, und als sie Clara herankommen sah, ging sie ihr entgegen.

»Warum willst du ihn denn treffen?«, fragte Molly neugierig, nachdem Clara ihr die Botschaft übermittelt hatte. Bisher war sie immer so nett gewesen, keine Fragen zu stellen.

»Ich hab versprochen, es keinem zu sagen.« Clara kaute an ihren Fingern. Die Nägel hatte sie abgekaut, es war schwer, noch etwas zu knabbern zu finden.

»Geht's um deine Schwester?«

Clara sah sie erschrocken an. Was, wenn Molly es

erriet und der Polizei sagte, dass Dan etwas von Rose wusste?

Molly klopfte Clara auf die Schulter. »Keine Angst, ich sag's nicht weiter.«

Am Abend brachte sie das Essen nicht herunter, und als sie sich trotzdem zwingen wollte, wurde ihr schlecht. Sie nahm ihre Mahlzeiten immer noch am Fenster ein, obwohl es sinnlos geworden war, weil Rose sich in Toronto herumtrieb und nicht mehr zurückkommen würde, wenn Clara sie nicht rettete. Das Erbrochene klatschte aufs Fensterbrett und tropfte auf den Boden. Ihre Mutter kam herein. »Ach du je. Macht nichts, Süße, ich wisch es gleich auf. Möchtest du dich ein bisschen auf die Couch legen? Und nachher vielleicht einen trockenen Keks versuchen?«

Nein, sie wolle Moses füttern gehen, sagte Clara. Ihre Mutter strich ihr übers Haar. »Na gut. Moses ist ein guter Freund, nicht?«

Sie fütterte Moses, setzte sich dann auf den Boden und sah ihm dabei zu, wie sein Körper sich in den Kartons zu Dreiecken und Quadern und Kreisen verformte, bis Mr. Kane den Schlüssel ins Türschloss steckte, worauf er sich in einen Kater zurückverwandelte und abzischte.

»Alles in Ordnung?«, fragte Mr. Kane.

Sie zuckte die Schultern.

»Hast du es dem Mädchen gesagt?«

»Ja.«

»Gut. Das ist super. Jetzt hast du alles getan, was du konntest.«

Sie nickte betrübt.

Er wartete, sah sie unsicher an. »Wolltest du mir sonst noch was sagen? Oder mich etwas fragen?«

»Können wir einen Karton auspacken?«

Er runzelte die Stirn. »Erwarten deine Eltern dich nicht zurück?«

»Ich hab Mom gesagt, es dauert eine Weile.«

Er zögerte so lange, dass sie schon dachte, er würde sie nach Hause schicken, aber schließlich nickte er. »Also gut, warum nicht.«

Er wählte den Karton, auf dem »Wohnzimmer« stand, und schob ihn über den Boden, bis er gegenüber dem Fenster stand, wie die Sessel, nur dichter dran. Dann holte er ein Messer aus der Küche, schlitzte den Klebstreifen mit einer schnellen Bewegung auf und öffnete den Karton.

Er enthielt größere Sachen – zwei Lampen mit eckigen Füßen, einen lederbezogenen Kasten voller Besteck mit seltsamen Griffen, aus Horn, wie Mr. Kane sagte, aber von welchem Tier, wusste er nicht. Dann noch ein Holzkästchen mit Klappdeckel, angefüllt mit geschnitzten Figuren, Schachfiguren. Schach, erklärte Mr. Kane, sei ein Spiel, das Erwachsene spielten. Ein Brett mit schwarz-weißem Muster gehörte dazu, und er stellte es auf das Tischchen neben Mrs. Orchards Sessel und zeigte Clara, wie man die Figuren bewegte.

Das Letzte im Karton war eine Vase, cremefarben mit rostroten Mustern und schwarzen Figuren, die ringsherum tanzten. Die gefiel Clara am besten.

»Kann ich die haben, wenn Sie sterben?«, fragte sie, und der Mann lachte auf und sagte, klar.

»Kann ich auch die kleinen Kartenspieler haben? Die mag ich am allerliebsten.«

»Tatsächlich? Ich auch«, sagte Mr. Kane. »Ja, die kannst du auch haben, wenn ich sterbe. Sonst noch was?«

»Nein danke«, sagte Clara. »Das reicht.«

Sie fanden Plätze für alle Sachen, die im großen Karton gewesen waren, nur das Besteck trug Mr. Kane in die Küche. Mit den zusätzlichen Sachen sah das Wohnzimmer jetzt ziemlich voll aus, aber das schien Mr. Kane nicht zu stören. Er faltete den Karton zusammen, und Clara faltete das Einwickelpapier, dann trug Mr. Kane alles in die Waschküche.

Als sie fertig waren, war es fast Schlafenszeit, also ging Clara nach Hause, ohne dass er sie wegschickte.

Sie ging nach oben, stieg in ihren Pyjama und putzte sich die Zähne, ging dann noch einmal hinunter, um ihrer Mutter Gute Nacht zu sagen, aber ihre Mutter war nicht in der Küche. »Mummy?«, rief Clara. Keine Antwort. Clara schaute ins Wohnzimmer und sah ihre Mutter draußen mit Mr. Kane sprechen. Was hatten die denn zu bereden? Es machte Clara nervös. Es war eine lange Unterhaltung, mal nickte Mr. Kane, mal ihre Mutter. Clara kaute an ihren Fingern. Dann lächelten sie und nickten wieder, und ihre Mutter wandte sich um und kam ins Haus.

»Was hast du Mr. Kane gesagt?«, fragte Clara ängstlich.

»Ach, wir haben nur ein bisschen geschwatzt«, sagte ihre Mutter. »Er sah mich den Müll rausbringen und kam rüber, um ein paar Worte zu wechseln.«

»Über mich?«

Claras Mutter strich ihr sanft das Haar aus dem Gesicht. »Nur ganz kurz. Keine Sorge, Süße. Er meinte, du störst ihn nicht, und er hat nichts dagegen, dass du rüberkommst, um Moses zu füttern.« Clara atmete auf, doch dann setzte ihre Mutter hinzu: »Aber weißt du, Clara, er könnte Moses ja wirklich selber füttern. Es ist gar nicht mehr nötig, dass du das machst.«

Clara starrte sie entsetzt an. Wenn sie Moses nicht fütterte, würde sie weder ihn noch Mr. Kane je wieder zu Gesicht bekommen. »Ich *muss* es machen! Ich hab's Mrs. Orchard versprochen, also muss ich weitermachen! Und Moses hat Angst vor ihm, richtig Angst. Und er braucht es auch, dass ich mit ihm spiele, Mr. Kane würde nie mit ihm spielen! Ich muss einfach zu ihm!« Ihre Stimme überschlug sich fast.

»Du meine Güte, Clara!«, wunderte sich ihre Mutter. »Ist ja gut, aber bleib nicht zu lange, wenn Mr. Kane da ist, und geh ihm nicht auf die Nerven, hörst du, er wird am Ende des Tages doch ein bisschen Ruhe haben wollen.«

# 14

## ELIZABETH

Martha bekam Besuch vom Oberarzt. Wir beendeten gerade unser Frühstück, und Martha hatte ein Stück von den Cornflakes an der Unterlippe kleben. Ich versuchte ihr zu signalisieren, dass sie es abwischen sollte, aber sie sah mich nicht, und so blieb es die ganze Zeit da.

Schwester Roberts sagte den Ärzten, dass Martha mich bei der Unterredung dabeihaben wollte, und es schien ihnen ganz recht zu sein. Sie zogen die Vorhänge um uns beide herum zu. Der Oberarzt war ein korpulenter, jovialer Mann, dessen Anblick Martha so einschüchterte, dass sie kein Wort hervorbrachte, also übernahm ich von Anfang an das Reden.

Ich fragte ihn, ob er uns erklären könne, was bei der OP genau passieren würde. Er entgegnete fröhlich, es werde einen senkrechten Schnitt über den Bauch geben, und eventuell auch einen kleineren waagerechten. »Es wird eine Narbe bleiben«, sagte er. »Aber sie wird verblassen, und einen Bikini werden Sie ja sowieso nicht mehr tragen, oder, Mrs. Willis?«

Martha starrte ihn ungläubig an.

Ich fragte, wonach sie denn suchten, und er meinte, es bestünde der Verdacht auf »eine Geschwulst«. Ich fragte, ob mit dem Entfernen der Geschwulst denn alles wieder gut würde, und er antwortete, behutsamer jetzt – Marthas wortlose Panik schien sogar ihm aufgefallen zu sein –, dass der Eingriff allein wohl nicht ausreichen würde; vermutlich würden noch weitere Behandlungsschritte notwendig werden. Und selbst dann, sagte er, könne kaum die Rede von »Heilung« sein, nur davon, Zeit zu gewinnen. Ich fuhr mir mit der Zunge über die Lippen – mein Mund war ganz trocken – und fragte: »Wenn sie nicht operiert würde, was würde … wie lange …«

Er nickte. »Die Lage ist kritisch, also wohl nicht mehr lange.«

»Mrs. Willis ist fünfundsiebzig«, sagte ich. Er nickte wieder und meinte, das müsse man natürlich auch in Betracht ziehen.

Wir blickten uns wortlos an, er in seinem blütenweißen Kittel, ich in meinem Pyjama, während auf dem Bett zwischen uns, in einem Baumwollnachthemd mit Gänseblümchenbordüre und mit einem Stück Cornflake an der Unterlippe, eine Seele in Todesangst lag.

Wir haben es nicht besprechen können. Martha war nach dem Besuch des Oberarztes so verstört, dass der Stationsarzt ihr ein Beruhigungsmittel gab, und sie hat den ganzen Tag durchgeschlafen. Ehrlich gesagt könnte ich auch ein Beruhigungsmittel gebrauchen. Ich fühle mich miserabel. Mein Herz pocht und stolpert auf furchterregende Weise.

Ich hoffe, ich muss nicht gerade heute Nacht sterben. So möchte ich einfach nicht sterben, mein Liebster; ich möchte friedlich aus dem Leben scheiden. Ich möchte dich am Ende neben mir fühlen können.

In den frühen Morgenstunden war ich wieder zurück in Guelph. Ich war draußen, und es war Nacht. Stockfinster. Ich tastete mich an der Hauswand entlang. Dann war ich in der Küche, ging barfuß über den Boden. In der Tür zum Flur blieb ich stehen. Das Dunkel war undurchdringlich, aber da war ein Klopfen, ein Wummern, furchtbar laut. Ich hielt die Luft an, aber das Klopfen wurde nur noch lauter, es würde alle aufwecken, es würde Annette wecken. Doch es war nicht Annette, die aufwachte, sondern ich.

Ich dachte, ich läge im Sterben, mein Liebster. Was da klopfte, das war mein Herz, und ich bekam keine Luft. Es gab ein schrecklich röchelndes Geräusch, wenn ich Atem zu holen versuchte, so laut, dass es die Nachtschwester alarmierte, und sie kam und hievte mich etwas höher auf die Kissen, brachte ein Glas Wasser und half mir zu trinken, und fast wehmütig wurde mir bewusst, dass ich noch eine Weile weiterleben würde.

Unzählige Male habe ich mich gefragt, wie es so weit hatte kommen können. Jetzt, nach dreißig Jahren, sehe ich die Antwort klar vor mir: Stück für Stück, in kleinen Schritten.

Annettes Wehen setzten mitten in der Nacht ein, zwei Wochen zu früh. Ich hatte versprochen, die Kinder zu hüten, wenn es so weit wäre und Ralph seine Frau in die Klinik fahren würde, egal um welche Uhrzeit; als wir also um drei Uhr morgens in einer eisigen Januarnacht hörten, wie jemand gegen die Tür hämmerte, wussten wir schon, was los war.

Es wurde eine schwierige Geburt. Annette verlor viel Blut, es dauerte eine ganze Zeit, bis man es unter Kontrolle brachte. Beide Babys (Mädchen, zur offensichtlichen Freude ihrer Mutter) waren untergewichtig, und die Ärzte sagten, sie und ihre Mutter würden in der Klinik bleiben müssen, bis sie zu Kräften kämen, vielleicht mehrere Wochen lang. Ralph kam mit schuldbewusster Miene zu uns herüber: Wir hatten angeboten, uns zehn Tage lang um seinen Sohn zu kümmern, doch nun kam er, um zu fragen, ob wir ihn wohl noch eine Weile länger bei uns behalten könnten.

Mit dem größten Vergnügen, sagte ich. (Du warst noch nicht zurück von der Arbeit.) In meinem Fall stimmte es ja, aber ablehnen wäre sowieso nicht infrage gekommen, nicht wahr? Ich rechnete es dir hoch an, dass du meine Entscheidung mit nichts als einem leicht überraschten Blick akzeptiertest.

Annette und die Babys blieben vier Wochen in der Klinik. Vier Wochen, in denen Liam praktisch unser Kind war.

Ich kann diese Wochen einfach nicht bereuen, mein Liebster. Es wäre, als würde man einen Regenbogen bereuen, weil er nur bei Regen entsteht. Und das Beste daran war, dich mit Liam zu beobachten. Ich hatte nicht erwartet, dass ihr so eine enge Beziehung aufbauen würdet; du warst so ein zurückhaltender Mensch und hattest kaum je Kontakt zu Kindern gehabt. Aber Liam rührte eine Saite in dir an, von der ich nichts gewusst hatte, und du vermutlich auch nicht. Aus irgendeinem Grund – vielleicht genau deswegen, weil du nicht wusstest, wie man mit Kindern spricht, und schauspielern das Problem löste – spieltest du vom ersten Tag an den Butler für ihn, als ob er der noble Lord sei. Weißt du noch?

»Guten Morgen, Eure Lordschaft«, sagtest du jeden Morgen, wenn Liam aus dem Bett kletterte. (Deine einzige Bedingung, als sein Aufenthalt bei uns verlängert wurde: dass er ins »Kinderzimmer« umziehen sollte. Du wolltest unsere Privatsphäre zurückhaben, sagtest du, und da konnte ich ja schlecht widersprechen. Liam und ich dekorierten den Raum gemeinsam, druckten eine Borte aus blauen Elefanten auf Kinderaugenhöhe rings um die Wand – wir brauchten drei Tage dafür, und es sah großartig aus.) »Ich hoffe, Ihr habt wohl geruht? Darf ich Euch jetzt Euer Bad einlassen?« (Und Liam strahlte schon übers ganze Gesicht, bevor er überhaupt richtig wach war.)

»Das heben wir uns lieber für später auf«, soufflierte ich aus dem Hintergrund.

»Mylady meint, lieber später, also schlüpfen wir doch einfach in die Sachen von gestern und frühstücken gleich? Was brauchen wir da… Unterbekleidung, Oberbekleidung… und dürfte ich Socken empfehlen? Die Böden in diesen alten Schlössern sind so kalt.«

Es war mir immer ein Vergnügen, dir dabei zuzusehen, wie du versuchtest, ihm beim Sockenanziehen zu helfen. So vielseitig begabt, wie du sonst warst, in praktischen Dingen hast du dich häufig sehr ungeschickt angestellt, und ein Vierjähriger (Liam war gerade vier geworden, als bei seiner Mutter die Wehen einsetzten) ist auch kein Muster an Geschicklichkeit, schon gar nicht mit den Füßen.

»Wenn Ihr nur mal kurz die Zehen strecken könntet, Eure Lordschaft? Ähm, nein… könntet Ihr sie nach unten strecken? Zu der Socke hin? Guter Versuch, aber…«

Morgens musste es schnell gehen, und natürlich warst du den ganzen Tag bei der Arbeit, aber manchmal kamst du früh genug nach Hause, um ihm eine Gutenachtgeschichte vorzulesen, und es ist etwas Wunderbares, mitzuerleben, wie die Fantasie eines Kindes die Segel setzt.

Nicht lange danach begannst du, viel zu reisen, ich glaube, du musstest Farmen in Ontario und Manitoba besuchen, und so verbrachtest du weniger Zeit mit ihm, aber in jenen vier Wochen hat eure Beziehung sich gefestigt. Ich behaupte nicht, dass du ihn so sehr liebtest wie ich, Charles, aber du hattest ihn sehr, sehr gern. Und er hat dich ganz sicher lieb gehabt.

An einem Donnerstagmorgen Anfang März, auf den Tag genau vier Wochen nach ihrer Geburt, kamen die Zwillinge und ihre Mutter nach Hause. Die Nachbarn schauten vorbei und brachten winzige rosa Häkeljäckchen, rosa Mützchen, rosa Söckchen, Kartoffelsalate, herzhafte Eintöpfe, Apfelkuchen. Annettes Mutter hatte sich am Vortag mit ihrer gebrochenen Hüfte hergeschleppt. Sie bezog ihren Platz auf dem Sofa und thronte dort drei Wochen wie die personifizierte Missbilligung.

Ich brachte Liam zum Lunch hinüber, wie Annette es gewünscht hatte. Mit erschöpfter Miene öffnete sie uns.

»Liam!«, sagte sie und umarmte ihn flüchtig. »Komm rein und guck dir deine neuen Schwestern an!«

(Nicht etwa: »Ich hab dich so vermisst! Wie schön, dich wieder daheim zu haben!« Nicht einmal: »War's schön bei Tante Elizabeth und Onkel Charles?« Bloß: »Komm und guck dir deine neuen Schwestern an.« Ich weiß, ich weiß. Sie war müde und geflutet von Hormonen und voller Sorge um die Neuankömmlinge.)

Die älteren Mädchen saßen wie Zwillingsmadonnen mit je einem Baby in einem großen Sessel. Die Babys verzogen die winzigen Gesichter, schwenkten die Fäustchen und setzten zu einer doppelten Heularie an. Annette führte Liam zu dem Schwesternquartett.

»Sind sie nicht süß?«, flötete sie und strich den Babys über die Bäckchen. »Guck mal, wie winzig sie sind! Du bist jetzt ihr großer Bruder, du musst gut auf sie aufpassen. Dazu sind große Brüder da!«

Liam drehte sich um und trottete davon.

»Ich hab gewusst, dass er das machen würde«, sagte Annette müde und sah zu, wie er den Flur hinab verschwand.

»Jungs sind halt so«, sagte ihre Mutter. Und zu mir gewandt: »Sie als Lehrerin wissen das ja.«

»Oh – 'tschuldigung, ich hätte euch bekannt machen sollen«, sagte Annette. »Das ist Elizabeth, Mum.« Ihre Mutter und ich versicherten uns gegenseitig, wie nett es sei, einander kennenzulernen. »Ich hab Mum schon viel von Ihnen erzählt, Elizabeth. Wir können Ihnen und Charles gar nicht genug danken. Ich weiß wirklich nicht, was ich ohne Sie hätte tun sollen. Ich hoffe, Liam war nicht zu anstrengend.«

Er sei außerordentlich brav gewesen, entgegnete ich, wir hätten es genossen und würden uns freuen, ihn bei Gelegenheit wieder bei uns zu haben. »Haben Sie keine Hemmungen, uns zu fragen, Annette. Im Ernst, bitte zögern Sie nicht.«

Ich war ganz verzweifelt gewesen bei dem Gedanken, in ein leeres Haus zurückzukommen, aber nun fühlte ich beschämt ein wenig Hoffnung aufkeimen. Annette musste sich jetzt um fünf Kinder, einen Ehemann und eine gehbehinderte Mutter kümmern. Manche Frauen hätten das ohne große Mühe gewuppt, aber Annette war keine von ihnen; im besten Fall war sie desorganisiert, ineffizient und schnell überfordert. Dass sie und Liam Probleme bekommen würden, war sonnenklar.

Sie hielt genau eine Woche durch. Am nächsten Donnerstagmorgen klopfte es an der Tür. Als ich öffnete, standen sie und Liam vor mir. Beide hatten offensichtlich geweint, und Annette weinte immer noch. Es schneite heftig, und obwohl Liam seinen Mantel anhatte, trug er keine Fäustlinge oder Stiefel, und seine Schuhe waren voller Schnee. Annette hatte noch nicht einmal einen Mantel an. Ich bat sie schnell herein und schloss die Tür hinter ihnen.

»Kommen Sie, setzen Sie sich.« Ich war schockiert von Annettes Aussehen. Ihr Haar war ungekämmt, ihr Gesicht sah ungewaschen aus, sie hatte einen Pullover über die Pyjamajacke gezogen, und ihr Hosenbund war über dem immer noch runden Bauch notdürftig mit einer Sicherheitsnadel geschlossen. Sie sah aus, als hätte sie praktisch nicht geschlafen, seit sie nach Hause gekommen war, was wahrscheinlich auch der Fall war. Die Tränen liefen ihr ohne Unterlass über die Wangen, als ob irgendwo in ihrem Kopf ein Hahn tropfte. Sie schien es kaum zu bemerken und machte sich nicht die Mühe, sie wegzuwischen.

»Es ist bloß die Müdigkeit«, sagte sie. »Die Babys müssen immer noch alle zwei Stunden gestillt werden, und Liam wacht auch nachts auf, sodass ich gar keinen Schlaf mehr kriege. Könnten Sie ihn vielleicht heute Vormittag mal nehmen, Elizabeth? Meine Mutter… meine Mutter findet ihn… wenn Sie ihn nur für zwei Stunden mal nehmen könnten? Ich würde ja nicht fragen, Sie haben doch schon so viel für uns getan, aber da Sie es angeboten haben…«

Ich entgegnete mit Bestimmtheit, dass ich ihn für den Rest des Tages nehmen würde, und auch über Nacht, genau genommen zwei Nächte, damit sie die Chance bekäme, ein bisschen zu schlafen. Darauf weinte sie noch heftiger, diesmal aber vor Erleichterung.

Als sie weg war, ging ich in die Küche, zu Liam, der am Boden kniete und sein Malbuch traktierte, indem er wie wild mit seinem Stift über die ganze Seite kritzelte. Er blickte nicht auf, als ich hereinkam.

»Deine Mummy ist sehr müde«, sagte ich, hockte mich neben ihn und strich ihm übers Haar. Er hatte blaue Schatten unter den Augen, und sein Gesicht war heiß und gerötet. »Das ist, weil die Babys noch so viel schreien. Es wird ihr bald besser gehen. Aber es ist sehr, sehr schön, dich zu sehen. Wir werden es uns gut gehen lassen, wir beide, nicht wahr?«

Er sah zu mir hoch, dann ließ er den Buntstift fallen und stand auf, streckte die Arme aus, was ungewöhnlich war, er war kein Schmusekind. Ich richtete mich auf und nahm ihn auf den Arm. Er umschlang mich, bog den Kopf zurück, um mir ins Gesicht zu sehen: »Ich hab dich viel mehr lieb als sie.«

Ich sagte ihm, dass er das nicht sagen dürfe, dass

seine Mummy ihn sehr lieb habe. Aber es zerriss mir das Herz, Charles. Es zerriss mir das Herz vor Mitleid und – ich wage kaum, es auszusprechen – vor wilder Freude. Als ob ich gewonnen hätte.

Wie konnte ich so ein Gefühl nur zulassen, wo ich ihn doch so liebte und das Beste für ihn wollte? Wie *konnte* ich nur?

Du und ich hatten Streit an jenem Abend. Nun ja, Streit ist vielleicht nicht das richtige Wort – wir hatten eine Auseinandersetzung. Aber es war eine Auseinandersetzung, die mich tief erschütterte. Es fing damit an, dass du weniger erfreut warst, Liam wieder bei uns zu haben, als ich erwartet hatte.

»Es ist bloß für eine Nacht, höchstens zwei«, sagte ich. »Um Annette eine Atempause zu gönnen. Ich dachte, es macht dir nichts aus.«

»Es macht mir auch nichts aus«, sagtest du. »Nicht meinetwegen. Aber es ist doch so schade für ihn, nicht? Er sollte bei seiner Familie sein. Die neuen Geschwisterchen kennenlernen. Wieder Teil der Familie werden.«

»Na ja, zwei Nächte werden ihm schon nicht schaden. Er wird die Zeit genießen – du siehst ja selbst, wie gern er herkommt.«

Du hast bedächtig genickt. »Er kommt gern her, weil du ihm so viel Zeit und Zuwendung widmest, wozu seine Mutter gerade nicht in der Lage ist.«

»Zeit und Zuwendung ist das, was er braucht,

Charles. Und ich kann dir eines sagen: Von beidem hat seine Mutter ihm nicht viel geschenkt, das war auch schon so, bevor die Babys da waren. Sie zieht die Mädchen vor. Man kann es manchmal kaum mit ansehen.«

Ich konnte den Ausdruck in deinem Gesicht nicht deuten.

»Was ist?«

»Er ist nicht unser Kind, Elizabeth. Wie viel Zeit Annette für ihn hat, geht uns nichts an.«

»Aber das weiß ich doch!«, sagte ich hastig. »Ich hab es nur erwähnt, weil es mir aufgefallen ist, das ist alles. Tatsache ist, dass Annette in Tränen aufgelöst war, als sie ihn herbrachte. Sie bekommt keinen Schlaf. Sie fragte, ob ich ihn über den Vormittag nehmen kann, aber ich konnte sehen, dass sie hoffte, wir würden ihn ihr für ein oder zwei Nächte abnehmen, darum hab ich's ihr angeboten. Das ist doch okay, oder nicht? Ich meine, ich kann auch sagen, wir möchten es lieber doch nicht…«

Du standest auf, gingst in die Küche und schenktest dir Kaffee nach, ohne mir welchen anzubieten – eine nie da gewesene Unaufmerksamkeit –, und setztest dich wieder. Ich wünschte, du würdest das Thema wechseln, aber nein.

»Es ist nicht nur Liam, um den ich mir Sorgen mache«, sagtest du. »Ich sorge mich auch um dich.«

»Charles, ich war in meinem ganzen Leben noch nie so glücklich!«

»Ich weiß, das ist es ja gerade. Weil es nicht so weitergehen kann – und was passiert dann? Wenn die Lage sich entspannt und Liam wieder heimgeht? Wie willst du damit fertigwerden? Wenn du nicht zu einem vernünftigen Abstand findest…« Du hieltest inne, blicktest von deinem Kaffeebecher auf. »Ich fürchte, du fängst an, ihn so zu lieben, als ob er unser Kind wäre, Elizabeth. Und so behandelst du ihn ja auch – neulich hab ich dich zu ihm sagen hören, dass etwas, das er suchte, in seinem Zimmer sei. Es ist nicht sein Zimmer, er schläft da nur manchmal. Es ist nicht angemessen, es so zu nennen. Es könnte ihn durcheinanderbringen.«

Du zögertest kurz. »Um ehrlich zu sein, ich fürchte, du liebst ihn schon mehr, als dir guttut – oder ihm.«

Mit wachsendem Entsetzen hörte ich dir zu. Ich sah, dass du »zu meinem Besten« versuchen könntest, diesem Wunder, das mir Liam beschert hatte, ein Ende zu setzen. Ich begriff, dass ich ihn verlieren könnte. Noch ein Kind verlieren. Impulsiv, wütend, wohl wissend, dass ich dich absichtlich missverstand, führte ich mein Fachwissen über Kinder ins Feld, mit allen Waffen kämpfend, die ich besaß.

»Charles, ich habe *zehn Jahre lang* kleine Kinder unterrichtet, und ich kann dir sagen, ein Kind zu sehr lieben, das gibt es gar nicht. Ein Kind *braucht* Liebe, wenn es sich zu einem Erwachsenen mit stabilem Selbstvertrauen entwickeln soll. Liam bekommt gerade keine Liebe von seinen Eltern, er braucht sie aber – von irgendwem! Wenn er Hunger hätte, würdest du dann auch sagen, ich soll ihm nichts zu essen geben? Aber Liebe ist für ein kleines Kind mindestens genauso wichtig wie Essen und Trinken! Er *kann* nicht ohne Liebe auskommen!«

Meine Stimme bebte vor Verlangen, dich zu überzeugen, mein Herz hämmerte, ich spürte, wie mir das Blut ins Gesicht stieg.

Du lehntest dich in deinem Sessel zurück und starrtest mich an. Ich starrte anklagend zurück, als ob du ein hungerndes Kind von unserer Türschwelle gestoßen hättest.

»Na gut«, sagtest du schließlich, ohne die Augen von mir zu wenden. »Na gut. In Ordnung.«

Ich verstehe jetzt, dass du mich nur schonen wolltest. Meine Depression war dir noch frisch in Erinnerung, und du wolltest mich nicht wieder so verzweifelt sehen, wolltest nicht die fragile Balance aufs Spiel setzen, die dieses Kind mir gebracht hatte. Und du wusstest ja, dass die Situation in seiner Familie gerade sehr schwierig war, und wolltest nur das Beste für ihn, genau wie für mich.

Du musst wohl beschlossen haben, dass dir im Moment nichts anderes übrig blieb, als den Dingen ihren Lauf zu lassen und das Beste zu hoffen.

# 15

# LIAM

An dem Morgen, nachdem Liam sich bereit erklärt hatte, den inoffiziellen Hilfssheriff für Karl zu spielen, nahm Jim Peakes Sohn die Arbeit bei seinem Vater wieder auf. Nachdem er Jim wochenlang nur von seinem Sohn hatte reden hören, war Liam schon gespannt darauf, den Jungen leibhaftig zu sehen, doch er war nichts als eine perfekte Kopie seines alten Herrn, hochgewachsen und grobknochig (dabei allerdings spindeldürr – die Muskelmasse würde sich wohl erst später entwickeln), mit der gleichen offenen, freundlichen Miene, den gleichen hellblauen Augen. Abgesehen vom Alter war der einzige Unterschied zwischen Vater und Sohn, dass Cal kaum die Zähne auseinanderbrachte. Kein Wunder, dachte Liam, der Junge war sein ganzes Leben lang nicht zu Wort gekommen.

»Hi«, sagte Cal mit einem verlegenen Grinsen und streckte eine große, schaufelförmige Hand aus. Liam schüttelte sie und sagte, es sei nett, ihn kennenzulernen, während er sich im Stillen fragte, ob Jim ihn jetzt wohl wieder wegschicken würde, nachdem die Stelle ja nun besetzt war. Aber es sah nicht danach aus. Sie sollten heute mit der neuen Küche anfangen, also erst einmal die alte herausreißen, und es gab für alle genug zu tun. Sie hatten vorgehabt, eine Küchenzeile in der Waschküche zu installieren, damit Mr. und Mrs. Parker ihr gewohntes Leben während der Bauarbeiten weiterführen konnten, aber wie sich herausstellte, hatten sie sich für die Dauer der Renovierungsarbeiten bei der Familie ihrer Tochter einquartiert. Auf die Weise hatten die drei Männer ein geheiztes Haus, elektrisches Licht, den Wasserkocher und die gut gefüllte Keksdose ganz für sich, was das Ganze praktisch zu einem Traumjob machte.

Jim quasselte den ganzen Vormittag, und Cal verbesserte ihn ab und zu. »Es war eine Kuh, kein Pferd, Dad, und es war Mr. Leaver, nicht Mr. Schnauert, und Mrs. Leavers Fuß war gar nicht gebrochen, nur geprellt.«

»Ist doch egal.«

Mittags gab es von Susan zubereitete Schinkensandwichs, genug für zehn Männer, aber sie verputzten sie auch zu dritt, nebeneinander auf Esszimmerstühlen sitzend, die im Flur aufgereiht standen. Dann brachte Jim den alten Herd zum Sperrmüll und überließ es Cal und Liam, das brüchige Linoleum rauszureißen und jahrzehntealten Dreck aus den Küchenecken zu kratzen.

Die beiden werkelten eine Weile schweigend vor sich hin. Liam wettete mit sich selbst um zehn Dollar, dass Jim seinem Sohn aufgetragen hatte, ihn wegen des Studiums um Rat zu fragen, und legte dann gedanklich noch einen Zehner drauf, dass es das Erste sein würde, was Cal von sich gab.

»Dad meint, ich soll Sie wegen der Uni fragen«, sagte Cal und zog einen Nagel mit der Zange heraus.

Liam steckte im Geiste zwanzig Dollar ein. Er beschloss, sich im Hudson's Bay ein neues Paar Jeans zu gönnen und den Rest für Obstkuchen im Hot Potato auszugeben. Mittlerweile hatte sich herausgestellt, dass Burger und Poutine nicht alles war, was das Lokal zu bieten hatte, es gab auch noch eine verführerische Auswahl an Kuchen – Apfel, Kürbis, Blaubeer, Zitronenbaiser, einer besser als der andere. Wer auch immer da in der Küche stand, war ein Backgenie.

»Ja?«

»Ja, sorry. Wir müssen nicht unbedingt darüber reden, ich sollte Sie bloß fragen. Das wär's dann schon.«

»Ich hab nichts dagegen, mit dir darüber zu reden. Was solltest du mich denn fragen?«

»Was ich machen soll, nehm ich mal an. Ob ich zurück zur Uni soll oder nicht.«

»Ich glaube kaum, dass dir das jemand sagen kann.«

»Ich weiß.« Cal zerrte an einem weiteren Nagel. »Haben Sie eine Ahnung, wieso die so lange Nägel genommen haben? Hatten die etwa Angst, dass das Linoleum sich selbstständig macht? Sind Sie froh, dass Sie auf der Uni waren?«

»Ja, es hat mir eigentlich ganz gut gefallen.«

Cal nickte und plumpste auf den Hintern, als der Nagel sich plötzlich löste. »Hurra!«, rief er, rappelte sich auf und machte sich an den nächsten. Liam hatte den Eindruck, dass er einen weiteren Blickwinkel als sein Vater besaß, obwohl er sein ganzes Leben im selben Haus in derselben Stadt verbracht hatte. Wahrscheinlich lag es am Fernsehen, sagte er sich. Jims Generation war noch ohne aufgewachsen. Es musste in etwa so gewesen sein wie auf dem Mond zu leben.

»Ich weiß, ich muss mich selbst entscheiden und so«, sagte Cal schließlich. »Aber nehmen wir mal an, jemand hält Ihnen eine Knarre an den Kopf und droht: Sagen Sie ihm, was er machen soll, oder ich puste Ihnen das Hirn raus. Was würden Sie dann sagen?«

»Unter Gewaltandrohung?«

Cal nickte grinsend.

»Ich glaube, dann würde ich sagen: geh.«

»Tatsächlich?« Der Junge wirkte geknickt. »Wieso?« Liam warf ihm einen Blick zu und begriff, dass Cal Angst hatte vor der großen weiten Welt dort draußen. Angst vor dem Rest seines Lebens. Verständlich. Es war ja auch angsteinflößend.

»Es ist eine neue Erfahrung, und es verleiht dir mehr Optionen für später. Außerdem kannst du das Studium immer noch abbrechen, wenn es dir nach ein paar Monaten wirklich nicht gefällt, aber du kannst vielleicht nicht wieder dahin zurück, falls du in zwei Jahren denkst, dass du die falsche Entscheidung getroffen hast.«

Cal nickte unglücklich. »Schätze, das ergibt Sinn«, sagte er. »Danke.«

Liam hätte auch gern jemandem eine Pistole an den Kopf gehalten und dieselbe Frage für sich selbst gestellt. Er hatte noch immer nicht mehr Ahnung, was er machen sollte, als am Tag seiner Ankunft.

Um drei machten sie Feierabend. Er beschloss, dass er noch genug Zeit hatte, in die Bücherei zu gehen und einen Eimer Vanilleeis zu bestellen, bevor Clara aus der Schule kam.

Die Bücherei war ein hässlicher moderner Flachbau, an dem man überall gespart hatte, und drinnen war es nicht besser; das einzige Zugeständnis war ein Oberlicht über dem Empfangstresen, welches den Blick von den tristen Betonwänden weg und hin zu der Bibliothekarin hinter ihrem großen, überladenen Schreibtisch lenkte. Sie war blond und von ansprechendem Äußeren, wenn auch nicht das, was man hübsch nennen würde; zu dünn, mit einem langen, kantigen Gesicht. Und bei näherer Betrachtung auch nicht mehr so jung. Ein paar Jahre älter als er.

Sie hatte eine angenehme Stimme, ruhig und tief. Stimmen waren wichtig. Man konnte die Augen schließen, aber nicht die Ohren. Sie sprach gerade mit einer alten Dame, die in ihrem Bücherregal einen 1942 entliehenen Band entdeckt hatte, der somit dreißig Jahre überfällig war. Die Kundin und die Bibliothekarin besprachen gerade die Höhe der Strafgebühr. Sie einigten sich schließlich auf null. »Find ich fair«, sagte die Alte und humpelte an ihrem Stock davon.

Die Bibliothekarin lächelte Liam an. »Hallo«, sagte sie. »Sind Sie vielleicht Mr. Kane?«

Liam nickte.

»Schön, Sie kennenzulernen, Mr. Kane. Ich hab schon so viel von Ihnen gehört. Ich bin Jo Kaslik. Wollten Sie einen Mitgliedsausweis beantragen? Wir haben eine ausgezeichnete Bibliothek hier.«

»Ich … ich wollte eigentlich etwas Eis kaufen.«

Die Bibliothekarin neigte den Kopf. »Ich fürchte, das Eis ist ausschließlich für unsere Mitglieder reserviert.«

In dem Fall würde er Mitglied werden, sagte Liam.

»Wunderbar!«, sagte sie. »Wir freuen uns immer über neue Mitglieder. Ich stelle Ihnen gleich Ihre Karte aus. Was für Bücher lesen Sie denn so? Wohl eher keine Romane. Vielleicht Historisches? Biografien? Suchen Sie sich doch gleich ein paar aus, wo Sie schon mal da sind. Sie können drei auf einmal ausleihen.«

Liam zögerte. Die Bibliothekarin lachte und ließ es gut sein. »Welche Sorte hätten Sie denn gern, Mr. Kane? Ich stelle Blaubeer, Schokolade und Vanille her – Vanille habe ich fertig in der Gefriertruhe, die können Sie dann gleich mitnehmen, wenn Sie heute Abend vorbeikommen wollen.«

»Vanille ist perfekt«, sagte Liam und fragte sich unwillkürlich, ob ihr Angebot nur für Eiskrem galt. »Ich kann heute Abend gern vorbeikommen. Danke.«

Auf der Heimfahrt kam ihm der Gedanke, dass sein Leben vor dem Umzug in den Norden mehr und mehr wie ein alter Film wirkte, den er früher mal aufregend gefunden hatte, der ihm jetzt aber nur noch trivial, unglaubwürdig, farb- und leblos erschien. In Solace gab es Farbe und Leben im Überfluss. In jeglicher Hinsicht kam es ihm echter vor als Toronto mit seinen gigantischen Einkaufszentren, Verkehrsstaus und hochkarätigen Jobs.

Doch wenn er nach Toronto zurückkehrte, würde es sich vielleicht umgekehrt verhalten. Nach ein paar Monaten würde ihm Solace möglicherweise unwirklich erscheinen, die beschaulichen Straßen und bescheidenen Läden wie aus einem Traum, die dramatische Landschaft schon bald verblasst, wie ein Urlaubsfoto in der Sonne.

Er dachte an Clara, als er in die Straße zu seinem Haus einbog; wie konnte man ihr klarmachen, dass sie dringend mit dem mysteriösen Jungen sprechen musste, ohne ihr Angst einzujagen? So in Gedanken versunken, merkte er erst, als er bis auf hundert Meter herangekommen war, dass ein Wagen in seiner Einfahrt stand. Er erkannte ihn sofort. Es war Fionas.

Sie stand neben der offenen Autotür, als wäre sie gerade erst angekommen. Sie hatte sich die Haare schneiden lassen, hinten kürzer als vorn, die gleiche Frisur, die sie am Anfang ihrer Beziehung getragen hatte. Zu der Zeit hatte er sie nicht ansehen können, ohne sie zu begehren. Sie war immer noch schön, vielleicht sogar noch schöner als damals.

»Hallo«, sagte sie, als er ausstieg. »Ich dachte, ich überrasch dich einfach mal.«

Er hatte Überraschungen nie gemocht. »Hi.«

Schweigen dehnte sich zwischen ihnen. Liam brach es nur widerwillig. »Bist du die ganze Strecke in einem Stück durchgefahren?«

»Nein. Ich hab in North Bay übernachtet.«

Er sah, dass sie sich mit Bedacht für einen Ausflug aufs Land ausstaffiert hatte: Schnürstiefel, Jeans, Rollkragenpulli und Steppjacke, alles nagelneu und sicher beste Markenware. An diesem Besuch war nichts spontan. Er wusste nicht, was er davon halten sollte. Auf jeden Fall war er auf der Hut. Aber auch neugierig.

»Ich wollte wissen, wie's dir geht«, sagte sie lächelnd.

Da hätte es auch ein Anruf getan. Sie hatte seine Nummer.

»Mir geht's gut«, sagte Liam. »Und dir?«

»Ebenfalls. *Richtig* gut.«

»Schön.« Er blickte die Straße hinunter. Er wollte nicht, dass Clara hier eine Fremde sah und dadurch abgeschreckt wurde.

Fiona deutete auf das Haus. »Das ist es also! Das großartige Geschenk. Reich an altertümlichem Charme, was?«

»Ja, es ist recht nett.«

Sie fröstelte, trat von einem Fuß auf den anderen. »Aber kalt ist das hier oben! Viel kälter als zu Hause. Können wir reingehen? Ich würd's gern mal von innen sehen.«

»Ähm ... jetzt passt es gerade nicht so gut. Ich habe eine Verabredung. Jemand wollte vorbeikommen. Aber später vielleicht, wenn du möchtest.«

»Klingt ja interessant. Hat es mit dem Hausverkauf zu tun? Kommt ein Interessent? Ich könnte so tun, als ob ich auch interessiert wäre, ganz verschossen in das Haus, um den Preis raufzutreiben.« Sie lächelte verschmitzt, mit blitzenden Augen.

»Nein«, sagte Liam zerstreut. Er meinte Clara in der Ferne erspäht zu haben. »Es hat nichts mit dem Haus zu tun. Ich muss mich jetzt auch fertig machen. Entschuldige, aber könntest du ... es gibt ein Café in der Stadt, Hot Potato heißt es, da können wir uns nachher treffen, wenn du willst. So etwa in einer halben Stunde.«

Sie senkte das Kinn, sah ihn von unten herauf an. »Aha, eine Frau!«, neckte sie ihn. »Sehr schön, Liam, ich freu mich für dich. Übrigens ist das einer der Gründe, weshalb ich hier bin, ich hab nämlich auch jemand kennengelernt, und ich wollte sichergehen, dass das für dich in Ordnung ist. Umso besser, wenn wir beide ein neues Leben anfangen.«

»Ich muss jetzt gehen«, sagte Liam. »Wir sehen uns später.«

Nachdem er mit Clara gesprochen hatte, rief er im Polizeirevier an, um Karl mitzuteilen, dass es länger dauern würde als gedacht, bis Clara mit dem Jungen sprechen konnte. Aber Karl war nicht am Platz, er gurkte wohl im Streifenwagen herum, auf der Suche nach Übeltätern. Liam hinterließ eine Nachricht und bat um einen Rückruf am Abend. Dann fuhr er in die Stadt.

Fiona hatte eine Nische ganz hinten gewählt und saß mit dem Blick zur Tür. Wenn sie ungestört sein wollte, hätte sie das auch einfacher haben können – bis auf die Bedienung war das Café leer. Sie lächelte ihm zu, als er hereinkam, und er nickte. Fast eine Stunde hatte er sie warten lassen, doch sie zeigte keinerlei Gereiztheit, das war etwas ganz Neues.

Vor ihr stand eine halb leere Tasse Kaffee. Er fragte sich, wie sie wohl mit der Kellnerin ausgekommen war.

»Was kann ich dir bestellen?«, fragte Fiona, als er sich setzte.

»Kaffee wäre gut«, sagte er. »Danke.« Sein Kopf war noch voll von Clara. Ihre verzweifelte Sorge um die Schwester. Ihr vergeblicher Versuch, die Tränen zurückzuhalten, unmittelbar gefolgt von der Bitte, seine Kartons umzuräumen. Sie wollte gern, dass es ordentlicher aussah. Vielleicht, weil ihre Welt gerade so sehr aus den Fugen geraten war.

»Schrecklicher Kaffee«, sagte Fiona, »und obendrein muss man ewig warten. Sie hat eine halbe Stunde gebraucht, bis sie mir meinen gebracht hat.«

»Ja, sie nimmt sich Zeit.«

Fiona hob eine perfekt manikürte Hand, um die Kellnerin heranzuwinken, die fasziniert von irgendetwas auf der anderen Straßenseite zu sein schien. Sie stand mit dem Rücken zu ihnen am Fenster, breitbeinig, die Hände in die Hüften gestemmt.

»Und das ist wirklich das beste Lokal in der Stadt?« Fiona gab sich keine Mühe, die Stimme zu senken.

»Das einzige.«

»Dann gehst du wohl nicht oft essen.«

»Fast jeden Abend.«

Fiona blickte ihn verdutzt an.

Die Kellnerin wandte sich um. Ihre Miene drückte freudige Überraschung aus, als sie Liam sah. Sie kam an ihren Tisch. »Kaffee, Sir?« Fragend hob sie die Augenbrauen.

»Gerne«, sagte Liam. Er hatte nicht gewusst, dass sie einen auf höflich machen konnte. Es war auf Fiona gemünzt, so viel war klar – offenbar war es Hass auf den ersten Blick gewesen –, aber das machte es irgendwie lustig.

»Vielleicht ein Stück Blaubeerkuchen?«

»Ja, das wär schön, danke.«

Sie strahlte ihn an – es war ein Nachmittag voller Überraschungen –, watschelte davon und kam Sekunden später mit Kaffee und Kuchen zurück.

Als sie wieder gegangen war, schüttelte Fiona den Kopf, als traute sie ihren Augen nicht. »Wow«, sagte sie. »Wow.« Sie wedelte mit der Hand, wie sie es immer tat, wenn sie etwas Irritierendes wie eine lästige Mücke verscheuchte. »Und? Wie war dein Meeting?«

»Mein Meeting?«, fragte Liam verwundert. »Ach so, ja, gut.«

Fiona lächelte. »Du musst mir nichts vormachen, Liam. Ich freu mich für dich.«

Liam löffelte fluffigen, buttrigen Blaubeerkuchen.

»Du bist echt von der schnellen Truppe, was Frauen betrifft«, sagte Fiona. Es klang, als ob sie lächelte, aber er blickte nicht auf. »Wahrscheinlich haben sie schon Schlange gestanden: ein wohlhabender, tierisch gut aussehender, ungebundener Mann kommt neu in die Stadt … aber solange du eine gefunden hast, die dir guttut, bin ich sehr froh.«

Kurz erwog er, sie zu fragen, ob sie etwa dachte, *sie* habe ihm gutgetan, aber er ließ es lieber. Besser gelassen bleiben und rausfinden, was sie wollte.

»Und wer ist dein Neuer?«, erkundigte er sich höflich.

Fionas Gesichtsausdruck war nicht zu deuten. »Ach, bloß jemand, den ich auf einer Party getroffen habe. Er ist auch Jurist. Aber nicht in unserer Firma. Sehr nett, sehr gut aussehend.« Sie lächelte ihn an. »Und sehr humorvoll. Er bringt mich zum Lachen. Das ist doch wichtig, oder?«

Liam nickte. Es gab keinen Neuen. Kindisch, wie ihn das freute.

»Was hast du denn hier in der Einöde so mit dir

angefangen?«, fragte Fiona munter. »Den Müßiggang gepflegt? Die Laubfärbung genossen? Sie ist wirklich wundervoll. Ist mir auf der Herfahrt schon aufgefallen.«

»Ich hab gearbeitet.«

»Ach wirklich? Brauchen die hier oben Buchhalter?«

»Nicht als Buchhalter, als Handwerker. Ich helfe bei einem Zimmermann aus.«

»Du meine Güte! Wieso das denn?«

»Es macht Spaß.«

»Und was zahlt er dir?«

»Gar nichts. Kann er sich nicht leisten.« Er war im Begriff, ihr die Sache mit der Gegenleistung zu erklären, aber Fiona warf den Kopf in den Nacken und lachte.

»Natürlich kann er das nicht! Ach Liam, Liam!« Sie lachte so laut, dass die Kellnerin über die Schulter blickte.

»Warum bist du hier, Fiona?«

Er war unvermittelt damit herausgeplatzt, und sie sah weg. Das Schweigen dehnte sich durch den Raum; er würde es nicht brechen. Fiona senkte den Kopf, starrte auf ihren Kaffee.

»Ich hab über uns nachgedacht«, sagte sie schließlich. »Hab mich gefragt, ob wir uns genug Mühe gegeben haben mit unserer Ehe. Ich für meinen Teil bin mir da nicht so sicher, und ich fühle mich irgendwie schuldig.« Sie sah auf und begegnete seinem Blick. Er konnte sich nicht erinnern, wann sie ihn das letzte Mal so angesehen hatte, ohne Ärger oder Spott. Unwillkürlich ließ es etwas wie Wehmut in ihm anklingen.

»Wir hatten doch mal was richtig Gutes, Liam. Ich hab mich gefragt, ob wir uns nicht noch einmal eine Chance geben sollten. Versuchen, es zurückzugewinnen.«

Vom Blaubeerkuchen waren nur noch Krümel übrig. Er drückte sie sorgfältig platt und leckte sie dann vom Löffel. Versuchte, ihre Worte zu entschlüsseln. Selbstzweifel und Unsicherheit waren seine Domäne, sie passten nicht zu Fiona, und was Schuldgefühle betraf, die würde sie nicht einmal zu buchstabieren wissen. Woher also dieser plötzliche Sinneswandel? Vermutlich hatte sie in den Monaten seit ihrer Trennung ein, zwei Beziehungen gehabt, und es hatte nicht hingehauen. In ihrer Firma gab es häufig gesellige Zusammenkünfte, und so, wie Fiona gestrickt war, hätte sie es als demütigend empfunden, ohne Mann an ihrer Seite zu erscheinen. Vielleicht hatte sie die Erfahrung gemacht, dass es schwieriger geworden war, jemanden abzuschleppen – sie war fünfunddreißig, genauso alt wie er –, und daher beschlossen, dass er besser war als gar nichts. Mit anderen Worten, sie wollte ihn zurück, weil sie einen Partner brauchte und im Moment nichts Passendes auftreiben konnte.

Und dennoch zögerte er. Selbst wenn es so war, wie er vermutete, war er sich doch in den letzten Wochen seiner Paranoia und pessimistischen Grundstimmung bewusst geworden, die sein Urteilsvermögen trübten, sein Leben sabotierten. Wie kann man wissen, was in einem anderen vorgeht? Vielleicht sagte sie die Wahrheit. Es war eine lange Fahrt von Toronto hier herauf, die letzten fünfzig Meilen über grässliche Holperstraßen, und sie hatte eine Stunde in einem schäbigen Café mit unverschämter Bedienung ausgeharrt; irgendwie musste dieses Treffen ihr doch wichtig sein.

Außerdem hatte er selbst ja auch schon die gleichen Gedanken gehabt: dass sie einen Fehler gemacht hatten, dass sie sich mehr Mühe hätten geben sollen. Am Anfang hatte sie für ihn die Hoffnung verkörpert. Sie war der einzige Mensch, dem er sich je nah gefühlt hatte.

Aber das musste man dem Rest gegenüberstellen, diesen letzten Jahren mit ihr, die ihn fast zerstört hatten.

»Liam«, Fiona riss ihn aus seinen Gedanken. »Sag was.«

Er sah die Müdigkeit um ihre Augen. Sie sah älter aus. Einsam. Das war er auch. Aber in ihrer Ehe war er genauso einsam gewesen.

»Ich weiß nicht, was ich sagen soll. Ich muss darüber nachdenken.«

Eine Sekunde lang schien sie verblüfft, dann fing sie sich wieder. »Verstehe. Okay.«

Er sah auf die Uhr. »Es ist schon nach sechs. Wie wär's mit einem Burger?«

»Nein. Jedenfalls nicht hier.«

»Es gibt sonst nichts.«

»Können wir nicht zu dir gehen?«

»Da gibt's nichts zu essen.«

»Aber irgendwas muss doch wohl da sein.«

»Cornflakes. Brot.«

»Kein Käse? Keine Eier?«

»Käse, vielleicht. Ich bin mir nicht sicher.«

Sie musterte ihn. »Du willst nicht, dass ich mitkomme, stimmt's? Du hast Angst – wovor genau hast du Angst, Liam? Hast du deine Neue oben im Schlafzimmer versteckt?«

»Nein.«

»Was ist es dann? Hast du Angst, dass ich dich verführe? Dass du mich nicht mehr loswirst, sobald ich durch die Tür komme?« Sie beugte sich zu ihm vor, die Ellbogen auf dem Tisch, das Kinn auf den Händen, die Mundwinkel zu einem neckischen Lächeln verzogen. »Hmmm? Ist es das?«

Ja, irgendwie war es das wohl. Zweifelsohne würde sie versuchen, ihn zu verführen, und wahrscheinlich würde es ihr auch gelingen. Wenn es zu einem Tauziehen zwischen Lust und Vernunft kam, gewann Liams Erfahrung nach meist die Lust. Wenn er morgen früh aufwachte, wären sie wieder zusammen.

Der Hauptgrund für sein Zögern aber war, dass Clara jetzt wieder da sein würde, um Moses zu füttern, und aus Gründen, die ihm selbst nicht ganz klar waren, wollte er unbedingt vermeiden, dass Fiona auf

Clara traf. Nicht, dass sie sich unfreundlich verhalten würde, ganz im Gegenteil; er wusste genau, wie es ablaufen würde: Fiona würde sich neben Clara hocken, um auf ihrer Höhe zu sein – oder, schlimmer noch, sie würde sich im Schneidersitz auf den Boden setzen, einfühlsame Fragen stellen, vielleicht sogar den Arm um sie legen, sie womöglich zum Weinen ermutigen, um sie dann zu trösten, an sich zu ziehen, ihr übers Haar zu streichen. Scheinbar voller Verständnis dafür, wie es sich für ein Kind anfühlte, wenn die Welt um einen herum zu Bruch ging, wenn man jemanden verlor, den man liebte, und nicht wusste, was überhaupt passiert war. Wenn man sich vollkommen hilflos fühlte. Fiona würde nichts von alldem begreifen, aber so tun, als empfände sie tiefstes Mitgefühl. Und dabei würde sie die ganze Show nur abziehen, um ihm zu zeigen, was für ein warmherziger Mensch sie war. Dann würde sie aufstehen und davongehen und keinen Gedanken mehr an Clara verschwenden.

»Liam, würdest du bitte mit mir reden?«

»Du kannst gerne kommen und dir das Haus anschauen, aber erst nach acht.« Bis dahin würde Clara längst wieder weg sein.

»Wie geheimnisvoll! Und du sagst mir nicht, warum? Das ist ja wie im Krimi.«

»Ich kann dir sagen, warum. Nebenan wohnt ein kleines Mädchen, das Mrs. Orchard sehr nahestand. Sie hat ihre Katze gefüttert, als sie im Krankenhaus war, und macht es nach wie vor. Sie vermisst die alte

Dame offenbar, und mit der Katze zu spielen, scheint ihr zu helfen.«

»Und was spielt es für eine Rolle, ob da ein kleines Mädchen mit einer Katze spielt, wenn wir ins Haus kommen?«, fragte Fiona. »Kannst du mir das bitte erklären?«

»Ihr Leben steht zurzeit kopf. Ihre Schwester wird vermisst – schon seit Wochen, die Polizei ist eingeschaltet und so weiter. Ihre Eltern sind fix und fertig. Ich glaube, Mrs. Orchards Haus ist so eine Art Zuflucht für sie. Ich möchte nicht, dass ihr jetzt noch mehr zugemutet wird.«

»Du meinst, wenn ich in dem Haus auftauche, wird es sie traumatisieren.«

»Nein, nicht traumatisieren, Fiona«, sagte er müde. »Nur überfordern.«

»Aber wenn du da bist, ist es okay?«

»Ich bleibe meistens weg, wenn sie rüberkommt.«

»Du meine Güte! Wer hätte gedacht, dass du so empathisch sein kannst, Liam! Ich bin beeindruckt!«

»Also, hättest du jetzt gern einen Burger oder lieber Brot und Käse, falls welcher da ist, nach acht?«

»Wie wäre es, wenn wir zu dir fahren und ich im Wagen warte, während du diesem Kind erklärst – wie heißt es überhaupt?«

»Clara.«

»Während du Clara erklärst, dass sie heute Abend ausnahmsweise mal eher heimgehen soll, weil du eine Freundin zum Abendessen da hast. Nur für heute.«

»Das möchte ich nicht. Manchmal möchte sie reden.«

»*Nur diesen einen Abend,* Liam, damit du und ich besprechen können, was möglicherweise die wichtigste Entscheidung unseres Lebens ist.«

»Das können wir auch hier besprechen.«

»Bei einem fettigen Burger, der uns nach endlosem Warten von einem riesigen Faultier angeschleppt wird?«

»Und was ist daran so schlimm?«

»Weißt du was?« Fiona legte die Hände flach auf den Tisch. »Ich glaube, wir haben es gerade besprochen.«

Liam nickte. »Ja, das glaube ich auch.«

Als sie gegangen war, bestellte er einen Burger und Pommes und aß sie langsam, mit starrem Blick auf einen kleinen Riss an der Rückenlehne der Sitzbank gegenüber. Er hörte die Tür auf- und zugehen, wenn Leute hereinkamen, hörte die schlurfenden Schritte der Kellnerin, ein Lachen aus der anderen Ecke des Raums. Die Kellnerin schenkte ihm ungefragt Kaffee nach.

Er blieb in dem Café sitzen, bis er sicher war, dass Clara fort sein würde, dann fuhr er nach Hause. Einen Moment stand er unschlüssig im Flur, dann setzte er sich auf die Treppe, die Ellbogen auf den gespreizten Knien, die Hände locker dazwischen baumelnd. Vor seinem inneren Auge sah er sich und Fiona im Café, wie sie miteinander redeten, wie ein Satz den nächsten ergab, als ob sie aus einem Drehbuch lesen würden: Das Ganze wirkte wie vorherbestimmt. Sie sagten, was sie sagten, weil sie die waren, die sie waren, und wegen all der Dinge, die sie früher gesagt hatten. Er konnte sich noch nicht mal den Kopf darüber zermartern, ob es die richtige Entscheidung war, weil er gar keine Entscheidung getroffen hatte; er hatte nur irgendwie auf ihre Worte reagiert, bis sie aufgestanden und gegangen war. Falls er eine Chance gehabt hatte, dann hatte er sie vermasselt, so, wie er bisher jede Chance im Leben vermasselt hatte. Und hier saß er nun. Allein. Auf der Treppe.

Das Telefon klingelte. Das war sicher Fiona. Bestimmt hatte sie irgendeinen Tankwart bezirzt, damit er sie das Telefon benutzen ließ. Wenn Liam dranging, würde sie so etwas sagen wie: »Das ist nicht sehr gut gelaufen, was? Lass es uns noch mal versuchen. Ich übernachte in einem Motel und komme morgen wieder.« Was würde er darauf erwidern?

Das Telefon schrillte immer noch. Mit Mühe rappelte er sich auf und nahm den Hörer ab.

»Und? Wie ist es gelaufen?«, fragte Karl.

*»Herrgott, Karl!«*

Wie konnte er denn nun schon wieder davon wissen? Jemand musste sie im Café gesehen haben, und innerhalb von Sekunden hatte die Nachricht die Runde gemacht und war bis ins Polizeirevier gelangt. Wie konnte hier irgendwer jemals mit einem Verbrechen davonkommen? Man konnte sich ja nicht mal schnäuzen, ohne dass die ganze Stadt es mitbekam.

»Alles okay, Liam?«, fragte Karl vorsichtig.

»Abgesehen davon, dass die ganze verdammte Stadt alles über mich weiß, ja.«

In der Leitung blieb es einen Moment still. »Du hast eine Nachricht für mich hinterlassen«, sagte Karl schließlich. »Ich nahm an, es ging um dein Gespräch mit Clara.«

»Oh«, sagte Liam. Es kam ihm vor wie ein anderes Leben. »Sorry, ich dachte … vergiss es. Tut mir leid.« Er schloss die Augen; in seinem Kopf liefen die Drähte heiß.

»Also noch mal von vorn. Wie ist es gelaufen?«

»Ganz gut.« Liam riss sich zusammen. »Doch, wirklich. Aber es ist ein bisschen kompliziert für sie, dem Jungen eine Nachricht zukommen zu lassen.«

»Kompliziert? Inwiefern?«

»Sie muss es einer Mitschülerin sagen, die einen Bruder an der Highschool hat, damit der dann dem Jungen sagt, dass er irgendwo, wo er Clara auf dem Heimweg abfangen kann, aus dem Schulbus aussteigen soll. Aber sie kann es dem Mädchen erst morgen in der Schule sagen – sie kennt weder ihren Nachnamen noch ihre Telefonnummer. Also kriegt der Junge die Nachricht erst übermorgen.«

Erneutes Schweigen in der Leitung.

»Soll ich das noch mal wiederholen?«, fragte Liam.

»Nicht nötig. Aber die Sache ist die, es wird nicht

zwei Tage dauern, sondern drei, weil der Junge nach dem Gespräch mit Clara erst mal heimgehen und darüber nachdenken wird. Und wenn es ihm nicht gefällt, wird er wegbleiben, und wir sind so schlau wie zuvor.«

»Mist«, sagte Liam.

»Genau.«

Im Hintergrund war Kindergezänk zu hören. »Marge?«, sagte Karl mit gedämpfter Stimme. »Machst du mal die Tür zu?« Dann war seine Stimme wieder klar: »Er wird in der Nähe von da, wo sie wohnt, aus dem Bus steigen, weil dort weniger Häuser sind, also weniger Risiko, gesehen zu werden. Ich werde mich auf die Lauer legen.«

»Und wenn er dir nichts sagen will?«

»Dann nehme ich ihn fest.«

»Das kannst du doch nicht tun, ohne ihm wenigstens Bedenkzeit zu lassen!« Er hatte Clara versprochen, dass dem Jungen nichts passieren würde, und sie hatte ihm geglaubt.

»Das kann ich und das werde ich, wenn das Leben eines Kindes auf dem Spiel steht. Tut mir leid.«

Wut – auf Fiona, auf sich, auf sein ganzes Leben – wallte in ihm auf und brandete durch die Leitung. »Ist mir doch scheißegal, ob's dir leidtut! Du hast es mir versprochen, und ich hab's versprochen – *einem achtjährigen Kind!*«

Und wieder ein Moment Stille. Schließlich sagte Karl sehr ruhig, als besänftigte er einen Kerl, der mit einem Messer herumfuchtelte: »Lass es uns doch mal durchdenken, okay, Liam? Mein Problem ist, dass drei Tage definitiv zu lang ist, und ich weiß nicht, was wir tun können, um die Sache zu beschleunigen. Aber ich bin offen für Vorschläge.«

Liam war zu aufgewühlt, um zu antworten.

»Vielleicht übersehe ich da irgendwas«, meinte Karl. »Eine andere Möglichkeit.«

»Ich weiß nur eins«, sagte Liam, bemüht, seine Stimme unter Kontrolle zu halten. »Du darfst den Jungen nicht festnehmen.«

»Du willst also, dass ein sechzehnjähriges Mädchen noch eine weitere Nacht auf der Straße verbringt und riskiert, vergewaltigt und ermordet zu werden, nur damit ihre kleine Schwester, die sie *lebend* wiedersehen möchte, nicht schlecht von dir denkt? Ist es das, was du willst, Liam?«

Liam knallte den Hörer auf. Ein paar Minuten lang stand er schwer atmend da, mit klopfendem Herzen, und starrte auf das Telefon. Dann rief er zurück.

»Ich finde die beiden. Ich spreche mit ihm.«

»Du bist echt ein schwieriger Scheißtyp, weißt du das?«, sagte Karl grimmig. »Wieso macht es einen Unterschied, wenn du mit ihm redest?«

»Weil ich kein Cop bin und ihn nicht festnehmen kann und er weiß, dass Clara mir vertraut.« Er verkniff es sich, ein »Weißt du noch, was du mir über Vertrauen gesagt hast?« dranzuhängen.

»Einverstanden«, sagte Karl nach einer kurzen Pause

widerstrebend. »Wir versuchen es. Aber nur dass du's weißt, Liam, ich bin dir dicht auf den Fersen. Du wirst mich nicht sehen, aber ich bin da.«

Liam ging in die Küche und öffnete den Kühlschrank. Er war so gut wie leer. Auf einmal erinnerte er sich an das Eis, das er bei der Bibliothekarin abholen sollte. Jo. Gute Idee – das Adrenalin tobte noch durch seinen Körper, er brauchte Bewegung, sonst würde er nicht schlafen können. Er sah auf die Uhr; seinem Gefühl nach war es schon fast Mitternacht, tatsächlich aber noch nicht mal halb neun.

Jo hatte ihm den Weg beschrieben, und es war nicht weit – in Solace war es nirgendwohin weit. Bei der momentanen Außentemperatur bestand keine Gefahr, dass ihm das Eis auf dem Heimweg schmelzen würde. Er ging schnell, in eisigem Mondlicht, mit dampfendem Atem; allmählich ließ die Wut im Bauch nach, und er fragte sich, wo sie in dieser Heftigkeit hergekommen war. Irgendwas stimmte wohl nicht mit ihm, normale Menschen flippten nicht derartig aus.

Das Haus war sehr klein, ein weißer Bungalow mit einer abgeschirmten Veranda, deren Holzverkleidung dringend einen neuen Anstrich brauchte.

»Kommen Sie rein«, sagte Jo und machte die Tür schnell hinter ihm zu, um die Kälte draußen zu lassen. Im Licht der Flurlampe musterte sie ihn. »Sie sehen aus, als ob Sie einen Kaffee brauchen könnten.«

»Ähm, eigentlich …«, sagte Liam. Er wollte einfach

nur das Eis, einem Abend mit Small Talk fühlte er sich nicht gewachsen; der Tag war zu lang, zu hart, zu deprimierend gewesen.

»Hier entlang.« Sie ging ihm voran in ein kleines Wohnzimmer mit Küchenzeile auf der einen Seite, Esstisch und Stühlen in der Mitte des Raums, Holzofen mit zwei tiefen Sesseln in der anderen Ecke. Hier im hohen Norden hockte jeder abends vor dem Feuer, nicht verwunderlich. Jo deutete auf die Sessel. »Setzen Sie sich.«

Nur die Sitzfläche des einen wirkte ausgebeult, also lebte sie allein. Zwischen den Sesseln stand ein Couchtisch mit einer Leselampe und einem wackelig aufgetürmten Bücherstapel. Noch viel mehr Bücher stapelten sich entlang der Wände, was er irgendwie passend fand. Ein kleiner, ausgeblichener Teppich lag vor dem Feuer. Abgesehen davon war das Zimmer eher kahl; kein Bücherregal, kein Nippes, keine kunstvoll platzierten Lampen und auch keine Bilder an den Wänden. Doch es war ganz gemütlich hier vor dem Ofen, der eine milde Wärme ausstrahlte. Er ließ sich in den Sessel fallen, plötzlich benommen vor Müdigkeit. Er würde einen Kaffee trinken, sich dann entschuldigen und nach Hause gehen.

»Sie sollten das Eis probieren, bevor Sie es kaufen«, sagte Jo, während sie die Kaffeekanne auf die Kochplatte setzte. »Es ist teuer, weil viel Sahne drin ist, also sollten Sie auch sicher sein, dass Sie es wirklich mögen. Und ich muss Sie warnen, es gefriert etwas zu fest.«

Er wollte gerade sagen, dass er es schon bei Karl probiert hatte, aber da war sie bereits durch die Tür verschwunden, in eine Art Anbau an der Rückseite des Hauses. Kurz darauf kam sie mit einem großen Behälter zurück.

»Das ist mein privater Vorrat, für Gäste, oder für mich, wenn ich einen harten Tag hatte. Oder wenn mir gerade danach ist, wie jetzt zum Beispiel.«

Aus der Schublade neben der Spüle nahm sie einen Meißel und einen Hammer und machte sich ans Werk. »Ein Trick, den ich von Karl habe. Karl Barnes, Sie haben ihn ja schon kennengelernt. Wie Jim Peake. Die beiden scheinen Sie ganz schön auf Trab zu halten.«

Sie lächelte ihn an. In der Bücherei hatte sie das kräftige, volle Haar im Nacken zusammengefasst getragen, aber nun trug sie es offen; wenn sie sich vorbeugte, fiel es ihr sanft ins Gesicht. Sie strich es mit dem Handgelenk zurück, in einer fließenden, anmutigen Geste. Plötzlich – und ungewollt – schlich sich der vertraute Tanz der Geschlechter in seinen Hinterkopf: erste Annäherungen, Umarmungen, Mund, Hals, Brüste und so weiter. Dann dachte er an sein heimisches Bett, und Letzteres gewann. Das war ihm noch nie passiert – es beunruhigte ihn, und er fragte sich, ob er vielleicht einen Infekt ausbrütete. Oder einen Zusammenbruch. Oder ob er einfach alt wurde.

»Sahne? Zucker?«

»Nur Sahne. Danke.«

Sie reichte ihm einen Kaffeebecher und stellte die

Schale mit Eis auf den Bücherstapel. »Nur keine Eile, Genuss und Eile vertragen sich nicht.« Sie meißelte einen Brocken Eis für sich selbst heraus und brachte den Behälter wieder weg. Als sie zurückkam, setzte sie sich in den anderen Sessel, zog die Beine unter sich. Der Raum war so klein, dass Liam sie hätte berühren können, wenn er den Arm ausgestreckt hätte. Sie blickten beide ins Feuer. Es war sehr still. Er nahm einen Löffel Eis.

Als er in den nächsten Tagen auf den Abend zurückblickte, gestand er sich ein, dass es wohl kaum an dem – wenn auch überaus leckeren – Eis gelegen haben konnte, wenn ihm die Stunden geradezu magisch erschienen waren. Aber er war so deprimiert gewesen wie lange nicht, müde und voller Groll und Selbsthass, und der Sessel, in dem er saß, war bequem, der Raum war warm und roch angenehm nach Vanille, und die Frau neben ihm ruinierte diese Stimmung nicht durch Reden, sondern saß schweigend da und betrachtete die tanzenden Flammen. Er aß das Eis langsam, ließ es im Mund zergehen und dann kühl und süß durch die Kehle gleiten, und ganz allmählich überkam ihn ein Gefühl des Friedens – eine seltene Erfahrung in seinem Leben.

Als er fertig war, setzte er die Schale auf dem Bücherstapel ab und lehnte sich im Sessel zurück. Er dachte daran, dass er etwas sagen sollte – ihr danken, das Eis loben, ihr sagen, dass er sich wie neugeboren fühlte –, doch er wollte den Bann nicht brechen, also schwieg er. Jo blickte immer noch ins Feuer, die leere Eisschale auf dem Schoß. Er konnte nur ihr Profil sehen, aber er hatte den Eindruck, dass sie über etwas Bestimmtes nachdachte. Was er dagegen brauchte, war, eine Zeit lang einfach mal gar nicht zu denken, und mit dem Kopf an der Lehne und dem Duft von Vanille in der Nase gelang es ihm für eine Weile, diesen Zustand zu erreichen.

Mit der Miene einer Frau, die eine Entscheidung getroffen hatte, erhob Jo sich schließlich. Sie brachte die leeren Schalen zur Spüle, kam zurück und blickte auf ihn herab, den Kopf ein wenig schräg gelegt, wie vorhin in der Bücherei, das seidige Haar glitt ihr dabei übers Gesicht.

»Und?«, sagte sie.

# 16

# CLARA

»Er hat mit der Polizei gesprochen? Er hat es Sergeant Barnes gesagt?« Dan schaute verängstigt, was wiederum ihr Angst machte.

»Er hat ihn nur gefragt, ob man ins Gefängnis kommt, wenn man was nicht sagt, was man weiß, und es dann doch sagt.«

»Ja, aber Sergeant Barnes wird kapieren, um was es geht! Er ist ja nicht blöd!«

»Aber er weiß doch nicht, wer du bist!« Sie hätte Mr. Kane gar nicht erst fragen sollen. Aber Rose! Rose!

»Wer ist dieser Kerl überhaupt? Du kennst ihn doch gar nicht. Und wenn es ein Zivilbulle ist? Vielleicht haben sie ihn ins Haus neben euch eingeschleust, als es leer stand.«

»Gar nicht wahr! Es ist jetzt sein Haus, Mrs. Orchard hat es ihm geschenkt, sagt mein Dad! Und er ist *nett!*« Sie musste innehalten, um Luft zu holen. »Er hat gesagt, du musst nicht ins Gefängnis, wenn du Sergeant Barnes alles sagst, aber du musst es ihm gleich sagen, weil Rose in Gefahr ist! Darum müssen wir es ihm sagen! Jetzt gleich!«

Dan schnippte die halb gerauchte Zigarette weg und sah nicht mal nach, wo sie landete, was einen Waldbrand hätte auslösen können. Er schüttelte die nächste aus der Schachtel, zündete sie an und rauchte sie in wenigen Zügen runter bis auf die Finger. Die Asche zitterte am Ende der Kippe wie eine krumme graue Raupe. Schließlich ließ er sie fallen, stand da und sah zu Boden, schüttelte den Kopf. Clara beobachtete ihn beklommen.

»Ich weiß nicht«, sagte er. »Es könnte ein Trick sein.«

Aus der Ferne, von zu Hause her, kam ein Auto heran. Dan fluchte und tauchte im Unterholz ab.

»Ist es ein Streifenwagen?«, fragte er hinter einem Baum hervor.

»Nein«, sagte Clara. Sie konnte es jetzt deutlich sehen. Es war Mr. Kanes Auto.

»Los, geh!«, zischte Dan. »So, wie du immer heimgehst. Halt nicht an, bis er vorbei und außer Sichtweite ist, dann kommst du zurück.«

Sie ging los, aber das Auto kam schnell heran, und sie hatte erst wenige Schritte zurückgelegt, als es neben ihr bremste. Mr. Kane kurbelte das Fenster herunter.

»Hi, Clara.«

»Hi.«

»Hast du mit dem Jungen gesprochen?«

Clara wusste nicht, was sie sagen sollte. Sie wünschte, er spräche leiser. Dan würde jedes Wort hören.

»Ich nehme an, das heißt ja«, deutete der Mann ihr Zögern. »Was hat er gesagt? Wird er mit Sergeant Barnes reden?«

Sie wusste nicht, was sie sagen sollte.

»Clara, warum kannst du mir nicht sagen, was er gesagt hat? Wir wollten doch Rose helfen, oder?«

Er gab sich Mühe, nicht ärgerlich zu werden, das konnte sie ihm anhören. Es machte sie noch beklommener. »Er hat gesagt, er weiß nicht, was er machen soll.«

Mr. Kane rieb sich den Nacken.

»Wie lange ist es her, dass du mit ihm gesprochen hast?«

Sie kaute an einem Fingernagel.

»Ist er schon auf dem Weg nach Hause?«

Am Nagel gab es nichts mehr zu kauen, also kaute sie am Finger.

Mr. Kane musterte sie, dann lehnte er sich zurück und blickte die Straße entlang, den Mund zu einer schmalen Linie zusammengepresst. Ein Auto fuhr vorbei und verschwand in der Ferne. Mr. Kane beugte sich auf dem Sitz vor und spähte zu etwas hin, das weiter vorne am Boden lag. Clara sah auch hin. Am Straßenrand stach ein heller Fleck hervor, der sich aus lauter kleinen weißen Röllchen zusammensetzte. Zigarettenkippen. Frisch, nicht staubig, nicht vom Regen aufgeweicht.

Mr. Kane lehnte sich wieder zurück. Dann wandte er sich ihr zu und sagte, viel lauter als nötig: »Ich steige jetzt aus, Clara. Ich gehe nirgendwohin. Ich will nur, dass er mich sieht, falls er hier in der Nähe ist. Ich will ihn zu nichts drängen, es ist seine Entscheidung. Wenn du weißt, wo er ist, dann geh bitte zu ihm und sag ihm, dass ich ihn zu Sergeant Barnes fahre, wenn er will, und dabeibleiben werde, während sie reden, und ihn hinterher nach Hause fahre. Sag ihm, ich gebe ihm mein Wort, dass er keinerlei Ärger kriegt, wenn er jetzt gleich mitfährt. Sag ihm das.«

Sie wusste nicht, was sie tun sollte. Sie drehte sich um, wollte zu Dan, blieb dann aber stehen; wenn sie jetzt zu Dan ging, würde Mr. Kane ja wissen, wo er war. Und Dan musste ihn ohnehin gehört haben.

Mr. Kane stieg aus, ging um das Auto herum und lehnte sich gegen die Motorhaube, die Hände in den Taschen. Clara blieb, wo sie war, malte mit der Schuhspitze Muster in den Straßenstaub, und nach einiger Zeit trat Dan aus dem Wald, kam auf sie zu und setzte sich ins Auto, und Mr. Kane stieg wieder ein, und sie fuhren davon.

»Heute ist Dienstag«, sagte sie am Abend zu Moses. Er schmiegte seinen Kopf in ihre Hände, so heftig schnurrend, dass ihr die Finger kribbelten. »Und am Donnerstagabend wird Rose wieder heimkommen. Oder am Freitag. Aber nicht später, weil die Polizei in

Toronto jetzt weiß, wie sie heißt und wie sie aussieht, so wird sie leicht zu finden sein.«

Sie stellte sich vor, wie Rose beim Schlafengehen sagte: »Komm, krabbel unter die Decke«, wie sie sich ankuschelte und einschlief, mit Roses Armen, die sie hielten, und Roses Atem in ihrem Nacken und mit der Sicherheit, dass Rose da sein würde, wenn sie am nächsten Morgen erwachte. Dann würde jemand Rose sagen, dass es Clara war, die sie gerettet hatte, und Rose würde sie in die Arme nehmen und ganz fest drücken und »danke, danke« sagen, »danke, danke, mein geniales Schwesterlein.«

Bevor sie ins Bett ging, zog sie Roses sämtliche Sachen aus dem Schrank, verstreute sie kreuz und quer auf dem Boden und verrührte sie zu einem gigantischen Sauhaufen, als Willkommensgruß.

In der ersten Pause am Mittwoch setzte sie sich nicht auf die Treppe, sondern ging hinüber zu dem asphaltierten Platz neben dem weißen Zaun, wo ihre einstigen Freundinnen – Ruth und Jenny und Sharon und Susan – sich mit Seilspringen vergnügten. Sharon und Ruth drehten die Springseile, und Jenny und Susan sprangen von beiden Seiten hinein. Susan war tollpatschig und trat immer wieder auf die Seile. Clara war extrem gut im Seilspringen. Sie hoffte, sie würden sie mitmachen lassen. Erst guckten sie nur, lächelten vage und hüpften weiter, aber schließlich ließ Ruth das Seil sinken.

»Hi«, sagte Ruth.

»Hi.«

»Willst du mitmachen?«

»Okay.«

Die Seile drehten sich, und sie sprang hinein und hüpfte ein halbes Dutzend Mal, aber dann verlor sie vor Aufregung den Überblick und blieb hängen.

»Ich bin aus der Übung«, sagte sie, zwischen den schlaffen Seilen stehend.

»Du kannst ja nachher noch mal mitmachen«, sagte Sharon, »wenn du wieder weißt, wie's geht.«

In der Mittagspause sagte Mrs. Quinn: »Du siehst wohler aus, Clara. Gibt es gute Nachrichten?«

»Noch nicht«, sagte Clara. »Aber bald.«

Mrs. Quinn tätschelte ihr den Kopf. »Tapfer, tapfer«, sagte sie. »So ist's recht.«

Der Donnerstag kam und ging. Am Freitag stand Clara in den Pausen bei den anderen Mädchen, schaute beim Seilspringen zu, machte aber nicht mit. Sie fühlte sich ganz wuschig im Kopf und wusste, dass sie nur wieder hängen bleiben würde. Nach der Schule rannte sie fast den ganzen Weg nach Hause, weil Rose in der Küche auf sie warten würde. Ganz sicher.

Am Samstag stand sie den ganzen Vormittag über am Fenster und summte vor sich hin. Sie dachte nichts, summte nur.

Am Nachmittag ging sie Moses besuchen. Auch er schien zu nichts Lust zu haben. Nachdem er sich so viele Male in sämtliche Ecken der Kartons geschmiegt hatte, reichte es ihm wohl, und an der Maus zeigte er schon lange kein Interesse mehr. Vielleicht war die Maus ja auch gar nicht mehr da, vielleicht war sie gestorben, wie Mrs. Orchard.

Es hätte geholfen, wenn Mr. Kane da gewesen wäre, aber er war nicht da, er und Mr. Peake hatten viel zu tun und nur sonntags frei. Und obwohl Mr. Kane immer noch jeden Abend ins Hot Potato ging, kam er oft so spät nach Hause, dass sie heimgehen musste, ohne ihn getroffen zu haben. Sie wollte ihn gern fragen, warum Rose noch nicht zurück war. Sie wollte auch ganz einfach, dass er *da* war. Da, wo er hingehörte.

Selbst mit Moses auf dem Schoß konnte sie nicht stillsitzen, also schob sie ihn sanft herunter, stand auf und schlenderte umher, öffnete Schubladen und Schränke, wusste dabei selbst nicht, wonach sie suchte.

Hoch oben in einem der Küchenschränke entdeckte sie ein Goldfischglas. Sie erinnerte sich daran, dass sie es vor langer Zeit schon einmal gesehen hatte; es hatte Miss Godwin gehört, Mrs. Orchards Schwester, bevor sie an Altersschwäche gestorben war. Einmal hatte Clara Mrs. Orchard gefragt, ob sie einen Goldfisch darin schwimmen lassen könnten, aber Mrs. Orchard sagte, Moses würde ihn sofort herausfischen, also war das Glas im Schrank geblieben.

Nun rückte Clara einen Stuhl an den Küchentresen, kletterte hinauf, von da aus auf den Tresen und hob das Goldfischglas vorsichtig herunter. Sie trug es ins Wohnzimmer und setzte es auf dem Boden ab.

»Das ist ein Goldfischglas«, erklärte sie Moses. »Gefällt es dir?« Steifbeinig und misstrauisch näherte der Kater sich dem Glas. Es war nicht so groß, wie es im Schrank ausgesehen hatte. »Leider zu klein für dich«, sagte sie bedauernd. »Du bist eben einfach zu riesig.«

Moses strich zweimal um die Glaskugel, stellte die Vorderpfoten auf den Rand und spähte hinein.

»Siehst du?«, sagte Clara, aber er glaubte ihr nicht. Er hängte sich über den Rand, wie ein Handtuch, und unterzog das Innere der Kugel einer gründlichen Musterung. »Wenn du dich da reinstopfst, kommst du vielleicht nicht mehr raus«, warnte ihn Clara, worauf er einen blitzschnellen Purzelbaum machte, so flink, dass sie es kaum mitbekam; kurz herrschte Chaos in der Kugel, als er zappelnd versuchte, seinen Schwanz einzuziehen, doch es gelang ihm schließlich, und er füllte die Schüssel ganz und gar aus.

Clara kreischte vor Entzücken. »Wo ist denn dein Kopf? Mo, was hast du mit deinem Kopf gemacht?« Wieder gab es ein kurzes Fellgewusel, und ein enorm großes Auge starrte triumphierend durch das Glas.

Sie wollte es Mr. Kane so gern zeigen, dass sie ihn wohl herbeigewünscht haben musste, denn schon schabte der Schlüssel im Schloss, und Moses schoss wie ein geölter Blitz aus dem Glas und zur Hintertür hinaus, gerade als Mr. Kane hereinkam.

»Sie haben es verpasst!«, rief Clara. »Sie haben's gerade verpasst, und es war das Tollste, was er je gemacht hat, das hätten Sie sehen müssen!«

»Langsam frage ich mich, ob Moses wirklich existiert«, sagte Mr. Kane. »Bist du sicher, dass du ihn dir nicht ausgedacht hast?«

Clara war schockiert – wie konnte er nur so was denken? Aber dann lachte Mr. Kane, und sie sah, dass er sie bloß aufgezogen hatte, wie Rose es auch immer tat.

Am Sonntag ging es ihr besser, weil Mr. Kane ihr gesagt hatte, dass es noch eine Weile dauern könnte, bis die Polizei Rose ausfindig machte. Montag ging sie wie üblich zur Schule. Sie zählte ihre Schritte auf dem Hin- und Rückweg, aber sie verzählte sich andauernd, was ihr Angst machte, denn das brachte Unglück. Als sie heimkam, war Mrs. Rand da, die Nachbarin vom übernächsten Haus. Sie kam in den Flur gelaufen, als Clara die Tür aufmachte, und sagte: »Mein liebes Kind, komm in die Küche, deine Mutter …«

Claras Herz hüpfte – Rose! –, doch als sie in die Küche kam, saß ihre Mutter zusammengesunken am Tisch, mit rot geflecktem Gesicht. Clara blieb in der Tür stehen. »Mummy?«

Ihre Mutter stand auf, kam auf sie zu und nahm sie in die Arme. »Süße«, sagte sie. »Sie haben ein Mädchen gefunden, ob es Rose ist, wissen sie nicht, Daddy ist hingefahren, um zu sehen, ob sie es ist. Noch wissen wir nichts, aber es könnte sie sein, sie ist in ihrem Alter.«

»Hat sie denn nicht gesagt, dass sie es ist?«, wunderte sich Clara.

»Nein, Süße. Nein, das … ging nicht. Daddy ruft an, wenn er sie gesehen hat, aber das wird wohl nicht vor morgen früh sein, es wird spät, bis er dort ankommt. Wenn er uns anruft, dann wissen wir's.«

Eine andere Freundin ihrer Mutter, Mrs. Turner, war auch hergekommen, als sie die Nachricht gehört hatte, und die Frauen machten Tee und fragten Clara, ob sie Milch und Kekse wollte, doch Clara schüttelte den Kopf.

Ihre Mutter setzte sich wieder hin und streckte die Arme nach ihr aus, wollte sie auf den Schoß nehmen. »Na geh schon«, sagte Mrs. Turner. »Tröste deine Mummy.« Der Schoß ihrer Mutter war bestimmt warm und dampfig vor ungeweinten Tränen, und die Frauen würden unablässig reden und Clara Kekse aufnötigen. Clara schüttelte den Kopf. Ihre Mutter schaute enttäuscht, aber es war ihr egal, es *musste* ihr egal sein. Sie drehte sich um, verließ die Küche und ging hinüber zu Mr. Kanes Haus.

Im Wohnzimmer setzte sie sich auf den Boden und lehnte sich an die Wand. Der Boden und die Wand waren kalt, aber ihr war so heiß innendrin, dass es sich gut anfühlte. Moses tauchte auf, kam heran und beschnüffelte sie. Dann wich er zurück, wie abgestoßen vom Geruch ihres Unglücks. Aber schließlich stieg er ihr doch auf den Schoß und rollte sich dort zusammen. Nur schnurren tat er nicht. Er musste gespürt haben, dass es nicht der richtige Moment dafür war.

Nach langer Zeit hörte sie das Geräusch eines Schlüssels im Schloss, und Moses schoss davon. Mr. Kane kam herein, blieb im Türrahmen stehen und sah sie an. »Es ist wahrscheinlich nicht deine Schwester, Clara. Sie haben das Mädchen in Windsor gefunden, nicht in Toronto. Außerdem hatte dieses Mädchen lange Haare, und Dan hat doch gesagt, Rose wollte sich ihre abschneiden, nicht?«

Clara nickte.

Als sie weiter schwieg, fragte Mr. Kane: »Möchtest du noch einen Karton auspacken?«

Dienstagmorgen rief Claras Vater an. Ihre Mutter begann, ins Telefon zu schluchzen, und Clara erstarrte vor Angst, doch als ihre Mutter den Hörer auflegte, sagte sie: »Es war nicht Rose, das tote Mädchen war nicht Rose. Oh, Clara, es ist furchtbar, sich so sehr zu freuen, dass es das Kind anderer Leute ist.«

Das tote Mädchen ging ihr nicht mehr aus dem Kopf. Wenn sie sich die Zähne putzte oder im Klassenzimmer saß, sah sie plötzlich das tote Mädchen am Boden liegen. Ihr Gesicht konnte sie nie richtig sehen, nur ihre geschlossenen Augen, wie Tote sie hatten.

Oder sie stand draußen im Schulhof und guckte den anderen Mädchen beim Seilspringen zu, und plötzlich sah sie jemand am Zaun liegen, und wieder war es die Tote. Es machte ihr solches Herzklopfen, dass sie kaum atmen konnte.

Im Schlaf sah sie das tote Mädchen auf der Straße vor ihr her gehen. Als Clara näher kam, drehte sie sich um, die Augen noch immer geschlossen, und auf einmal war es Rose. Clara erwachte schreiend. Ihre Eltern kamen herein, und ihre Mutter nahm sie in die Arme und sagte, es sei nur ein Traum gewesen. Einen Moment lang dachte Clara, sie meinte, das Ganze sei ein Traum. Aber so war es nicht.

Freitagnachmittag wartete Dan auf sie, was gut war, denn er wusste, wie es sich anfühlte, ohne Rose zu sein. Aber schon von Weitem konnte sie ihm ansehen, dass er keine Nachricht von ihr hatte; an der Art, wie er dastand, mit hängendem Kopf, und den Rauch zum Boden blies.

»Hi«, sagte er, als sie herankam, und bot ihr eine Zigarette an, was wirklich albern war, sie war erst acht und würde niemals rauchen, es roch so scheußlich. Sie schüttelte den Kopf. »Sorry«, sagte Dan. »Ich weiß nicht, wieso ich das getan habe. Rose würde mich umbringen.«

Eine Weile sagte er nichts mehr, rauchte nur und blickte über die Straße zum Wald hin. »Ich versteh nicht«, meinte er schließlich, »weshalb es so lange dauert, schon mehr als eine Woche. Hat Mr. Kane irgendwas gesagt?«

»Nur, dass es ziemlich lange dauern könnte, weil Toronto so groß ist.«

»Ja, das weiß ich auch«, sagte Dan. »Aber verdammt …«

So standen sie noch ein paar Minuten nebeneinander. Es war windig und sehr kalt.

Dan schlug den Kragen seiner Jacke hoch. »Wir gehen wohl besser nach Hause. Der Wind kommt von Norden, es wird noch kälter.« Er blickte auf sie herab, lächelte verlegen: »Wenn Rose wiederkommt, sag ihr nicht, dass ich dir 'ne Fluppe angeboten hab, okay? Sie würde mich echt umbringen. Sie kann meine Qualmerei sowieso nicht ausstehen.«

Es klang irgendwie tröstlich. Als ob Rose schon hier bei ihnen wäre, stinksauer auf Dan, genauso fuchsteufelswild, wie sie früher, bevor sie fortgegangen war, immer werden konnte.

In der Nacht fühlte sie sich elend. Alles tat ihr weh, und ihr war zugleich heiß und kalt. Als sie am Morgen aufstand, schmerzte ihr Kopf so sehr, dass sie weinte. Ihre Mutter legte ihr die Hand auf die Stirn und schickte sie gleich ins Bett zurück. Sie brachte ihr ein halbes Aspirin in Erdbeermarmelade und ein Glas heiße Zitrone mit Honig.

Zwei Tage blieb sie im Bett, stand nur auf, um aufs Klo zu gehen. Am zweiten Abend fragte ihre Mutter, ob sie im Bademantel herunterkommen wollte, um etwas Suppe zu essen, also tat sie ihr den Gefallen. Sie schaffte ein paar Löffel und einen Kräcker, dann ging sie wieder ins Bett.

Sie träumte, dass Rose ins Zimmer kam – nicht das tote Mädchen, sondern Rose selbst, quicklebendig – und sich auf ihre Bettkante setzte. Der Traum war so intensiv, dass sie davon aufwachte. Es war dunkel draußen, aber die Uhr auf der Kommode zeigte zehn nach acht, also würden ihre Eltern noch nicht im Bett sein. Als sie aufstand, pochte ihr Kopf ebenso wie ihr Herz, aber nach einer Weile war es nicht mehr so schlimm. Der Traum hing ihr nach; sie konnte Rose direkt neben sich spüren. Im Pyjama tappte Clara zum Treppenabsatz. Sie hörte die Stimmen ihrer Eltern in der Küche, aber gedämpft, also war die Tür wohl zu. Etwas wacklig auf den Beinen, die Hand am Geländer, stieg sie die Stufen hinab und ging zum Wohnzimmerfenster. Im Zimmer brannte kein Licht, und sie konnte hinaussehen; der Himmel war sternenklar, die Straße wirkte weiß im kalten Mondschein. Nebenan war alles dunkel, Mr. Kane war also nicht zu Hause, obwohl sein Wagen in der Einfahrt stand.

Sie lehnte die Stirn an die eisige Fensterscheibe und summte vor sich hin, fühlte es in der Brust vibrieren. Sie summte für Rose, rief sie heim.

Es dauerte nicht lange, bis sie Scheinwerfer in der Ferne sah, sie tauchten die mondhelle Straße in gelbes Licht, und die Lichtkegel streiften die Bäume am Straßenrand, die sich wie bleiche Gespenster aus dem Dunkel erhoben. Clara hörte auf zu summen. Sie erwartete, dass der Wagen in irgendeine Einfahrt einbog, aber nein, er kroch immer näher, bis sie dachte, sie schliefe vielleicht noch, träumte wieder. Aber dann bog er in ihre Einfahrt ein, die Reifen knirschten auf dem Kies, die Scheinwerfer blendeten sie so, dass sie die Augen zukneifen musste. Der Fahrer schaltete den Motor aus, und die Scheinwerfer erloschen, sie spürte es durch die gesenkten Lider und schlug die Augen wieder auf.

Im Mondlicht sah sie, dass es ein Streifenwagen war. Beide Vordertüren schwangen auf, Sergeant Barnes stieg auf der einen Seite aus und Dr. Christopherson auf der anderen. Clara vergaß zu atmen. Der Doktor öffnete die hintere Tür, beugte sich hinein und hob jemanden heraus: eine schmale Gestalt, in eine Decke gewickelt.

Rose.

Ihr Vater weinte, direkt vorne unter dem Vordach, direkt vor Dr. Christopherson und Sergeant Barnes. Er hielt Rose so fest an sich gedrückt, dass sie fast in ihm verschwand, und weinte in ihr struppiges, streichholzkurzes braunes Haar. Claras Mutter stand neben ihnen, sie schwankte leicht, aber ihr Gesicht strahlte vor Freude. Sergeant Barnes und Dr. Christopherson standen lächelnd an der Eingangsstufe. Clara hatte nur Augen für Rose. Sie wollte hinlaufen und sie umarmen, aber sie traute sich nicht.

Als ihr Vater sie losließ, taumelte Rose ein paar Schritte zurück. Ihre Augen glitten blicklos von einem zum anderen, und für einen kurzen, beklommenen Moment war Clara sich nicht mehr sicher, dass sie es wirklich war. Es lag nicht an dem zerrupften Haar oder der fehlenden Schminke, obwohl sie dadurch sehr fremd aussah; es lag daran, dass sie schaute, als wüsste sie nicht, wer die Menschen vor ihr waren. Dann nahm ihre Mutter sie in die Arme und küsste sie und wisperte: »Komm herein, mein Schatz, es ist kalt hier draußen. Komm herein in die Wärme.«

Dr. Christopherson machte einen Schritt auf Claras Vater zu und sagte, er käme morgen wieder, dann stiegen er und Sergeant Barnes in den Wagen und fuhren davon. Claras Mutter führte Rose ins Haus, Clara und ihr Vater folgten ihnen. Sie schlossen die Tür, und da waren sie nun, die ganze Familie wieder vereint, so wie es sein sollte. Außer, dass es nicht so war.

Bis Montag hatte es sich schon herumgesprochen. In der Schule nahm Mrs. Quinn Clara in den Arm: »Siehst du? Hab ich's nicht gesagt? Am Ende wird doch noch alles gut.«

»Mein Bruder sagt, Männer haben sie zu ganz schrecklichen Sachen gezwungen. Er wollte nicht sagen, zu was, nur, dass es echt ganz schreckliche Sachen waren«, meinte Ruth.

»Meine Mum sagt, sie ist bestimmt schwanger«, mischte Jenny sich ein. »Ist sie schwanger?«

In den Nächten warf Rose sich im Bett herum und schrie, und ihre Eltern kamen hereingestürzt. Einer von ihnen setzte sich dann zu ihr auf die Bettkante und hielt sie und sagte ihr, dass es nur ein Albtraum war. Rose hörte dann auf zu schreien und drehte sich zur Wand.

Ihre Mutter meinte, Clara sollte für eine Weile in ihrem eigenen Zimmer schlafen. »Nur bis es Rose besser geht«, sagte sie.

Clara schüttelte den Kopf. Nein.

Nachmittags, wenn sie aus der Schule kam, lief sie gleich die Treppe hoch, setzte sich auf ihr Bett und schaute ihre Schwester an. Manchmal wanderten Roses Augen über Claras Gesicht. Sobald sie dort verharrten, wisperte Clara: »Hallo, Rosie«, aber Rose zuckte nicht einmal mit der Wimper.

Dan wartete am üblichen Ort auf sie.

»Ist sie okay?«, fragte er, als Clara herankam.

Clara nickte verhalten.

»Was soll das heißen?«

»Sie redet nicht.«

»Isst und trinkt sie denn?«

»Ein paar Kekse hat sie gegessen. Und manchmal trinkt sie einen Schluck Wasser.«

Dan überlegte. »Glaubst du, deine Eltern würden mich zu ihr lassen?«

»Ich weiß nicht.«

»Wissen sie von mir? Du weißt schon, von … alldem.«

»Ich glaub nicht.«

»Dann komme ich jetzt mit«, sagte Dan entschlossen. »Ich frag deine Eltern selbst, ob ich mit ihr reden kann.«

»Mein Dad wird noch nicht zu Hause sein.«

»Dann frag ich eben deine Mum.«

Ihre Mum sagte Ja. Also ging Dan hinauf in Roses Zimmer, setzte sich auf Claras Bett und sah Rose beim Schlafen zu. Am nächsten Tag kam er wieder und auch am Tag danach. Wenn Rose aufwachte, sprach er zu ihr. Sie gab nicht zu erkennen, ob sie ihn hörte, aber er sprach trotzdem weiter.

»Jim Roust ist heute von der Schule geflogen. Er hat die Gasleitung im Chemiesaal in Brand gesteckt, und Rolands hat ihn achtkantig rausgeschmissen. Ist sowieso ’n Idiot.«

»Du weißt doch, die Steigung in der Kurve vor Cooper’s Corner? Da war heute Morgen blankes Eis, der Bus kam nicht hoch, er ist immer wieder rückwärts runtergeschlittert und am Ende im Graben gelandet. Einfach umgekippt, so ganz langsam, wie in Zeitlupe, wir sind alle übereinandergepurzelt, es war zum Brüllen komisch. Keinem ist was passiert, wir sind alle raus und zu Fuß weiter.«

Vielleicht tat es Rose gut, dass Dan da war, aber es bedeutete gleichzeitig, dass Clara selbst nicht bei Rose sitzen konnte, es fühlte sich irgendwie verkehrt an mit ihm hier im Zimmer. In ihrem eigenen Zimmer gab es nichts zu tun, und sie mochte ihre Bücher nicht mehr, die Geschichten waren nicht echt. Sie hätte in die Küche gehen können, wo ihre Mutter sich immer aufhielt, aber ihre Mutter tat immer noch so, als ob Rose einfach nur müde wäre. Also ging sie dann mit Moses spielen, oder sie stellte sich in der frühen Dämmerung wieder ans Wohnzimmerfenster, als wartete sie immer noch darauf, dass Rose endlich heimkäme.

Sie hätte gern mit Mr. Kane gesprochen, doch er war nie zu Hause, obwohl sie am Mittwoch so lange gewartet hatte, dass ihre Mutter sie holen kam und schimpfte.

Donnerstagabend war Mr. Kane dann endlich da. Clara war so erleichtert, dass sie wütend wurde und ihn am liebsten angeschrien hätte, aber sie fürchtete, er würde sie nach Hause schicken, also hielt sie lieber den Mund. Als sie ihn dann fragte, wieso Rose nicht mit ihr reden wollte, sagte er, sie solle ihre Eltern fragen; das ärgerte sie so sehr, dass sie ihn schließlich doch noch anschrie.

Er schickte sie aber nicht weg. Er ließ sie den Karton auspacken, auf dem *Div* stand, für *Diverses,* was so viel wie *dies und das* heißen sollte.

Am Sonntag kam Dan nicht zu Besuch, weil Sonntag Familientag war und kein Besuchstag, die Leute gingen zur Kirche und blieben ansonsten zu Hause, also hatte Clara Rose endlich für sich. Sie nahm ein Malbuch und Buntstifte mit nach oben, und als Rose schlief, kniete sie sich auf den Boden und malte dort.

Nach dem Mittagessen schlief Rose tief und fest, und Clara sah, dass Mr. Kane daheim war, also ging sie hinüber (das war kein richtiger »Besuch«, weil es ja nur Mr. Kane war) und packte den letzten Karton aus. Eine schöne Mütze kam zum Vorschein, die sie haben durfte, wenn er gestorben sei, sagte er; dann noch Mrs. Orchards zwei Lieblingsfotos, die Clara dahin zurückstellte, wo sie hingehörten. Wie sich herausstellte, war Mr. Kane der kleine Junge auf dem Frühstücksfoto. Sie erschrak fürchterlich, als Mr. Kane sagte, sie könne die kleinen Kartenspieler jetzt schon haben und mit heimnehmen; sie dachte, das hieß, dass er sterben müsse, und war sprachlos vor Schreck. Aber wie sich herausstellte, schenkte er sie ihr einfach so, ohne Grund; also gehörten sie jetzt ihr, *und* sie konnte immer noch hier im Haus mit ihnen spielen, was wirklich sehr nett war.

Als sie nach Hause kam, war Rose wach, und sie sah irgendwie anders aus. Clara setzte sich auf ihr Bett und kaute an ihren Nägeln, versuchte herauszufinden, was der Unterschied war. Zunächst schaute Rose sie nicht an, doch als sie es schließlich tat, hatte Clara zum ersten Mal seit ihrer Rückkehr das Gefühl, dass Rose sie tatsächlich sah.

»Ich bin froh, dass du zu Hause bist, Rosie. Ich bin *so froh,* dass du wieder da bist.«

Rose antwortete nicht, aber sie sah sie weiter an, und Clara stand vorsichtig auf und ging langsam durch den Raum, Schritt für Schritt, als wäre Rose ein kleiner Vogel, der sich ängstigen und wegfliegen könnte. Sie stand am Bett, blickte auf sie hinab und nagte am Daumennagel.

Rose schaute ihr unverwandt in die Augen. Roses Augen waren immer noch bläulich umschattet, und ihr Gesicht war fahl, aber sie sah schon deutlich besser aus. Nach einer Weile hob sie den Arm, langte hoch und zog Clara langsam die Hand vom Mund weg.

»Hör auf mit dem Nägelkauen«, flüsterte sie.

»Okay«, flüsterte Clara zurück.

»Versprochen?«

»Versprochen.«

# 17

# ELIZABETH

Nach dem Mittagessen erzählte ich Martha, was der Oberarzt gesagt hatte. Ich wusste, dass sie es nicht mitbekommen haben konnte, und dass sie mich auch nicht fragen würde, weil sie Angst vor der Antwort hatte. So stand ich vor dem Dilemma, ob ich es ihr trotzdem sagen sollte oder lieber nicht. Ich kam zu dem Schluss, dass sie sich weniger Sorgen machen würde, wenn sie es wüsste.

»Es ist ganz allein Ihre Entscheidung«, sagte ich. »Er wird es verstehen, wenn Sie der Operation nicht zustimmen wollen. Keiner wird versuchen, Sie zu irgendwas zu zwingen, das Sie nicht wollen.«

Sie antwortete nicht. Nach einer Weile sah ich zu ihr hinüber, doch sie hatte den Kopf abgewandt. Jedes Mal, wenn man hinsah, wirkte ihr Bauch noch angeschwollener; ich konnte nicht verstehen, weshalb sie keine Schmerzen hatte. Der Gedanke war wie ein Schock – eine schmerzgepeinigte Martha kann und will ich mir nicht vorstellen. Warum? Vielleicht, weil sie mir so furchtbar wehrlos vorkommt.

Ich versuchte, an andere Dinge zu denken. Ich versuchte, an dich zu denken, mein Geliebter, aber du warst weit weg.

Nach langer Zeit sagte sie mit rauer Stimme: »Danke, dass Sie mit ihm geredet haben.«

»Gern geschehen«, sagte ich. »Wenn Sie darüber sprechen möchten, ich bin ja da.« Offenbar wollte sie es nicht.

Inmitten all der Trostlosigkeit gab es ein rührendes Intermezzo. Mrs. Dubois, die seit mehr als vier Monaten wegen Problemen an der Wirbelsäule auf dem Rücken liegt, durfte sich zum ersten Mal aufsetzen. Vor der Besuchszeit richteten die Schwestern sie behutsam in einem Stapel Kissen auf, und als ihr Mann mit den kleinen Jungen hereinkam, saß sie da, blass, aber gefasst, das dunkle Haar wildromantisch über die Schultern wallend, in den Kissen thronend wie eine Königin.

Mr. Dubois war offenbar schon von dem großen Ereignis unterrichtet worden, denn er brachte nicht nur Blumen und eine Schachtel Pralinen mit (die er auf Mrs. Dubois' Geheiß galant im ganzen Krankensaal herumreichte), sondern auch zwei kleine, ungeschickt verpackte Geschenke für die Jungen, damit sie sich in das freudige Ereignis mit eingeschlossen fühlten. Und er schmuggelte die Päckchen auch noch zu seiner Frau hinüber, sodass sie es war, die ihre Kinder beschenkte. Ich hätte ihn küssen können. (Seine Frau tat es.) So aufmerksam von ihm! Wie nicht anders zu erwarten, waren die Geschenke Matchbox-Autos, und natürlich wollten beide Jungen dasselbe und zankten sich darum. Es war traurig, aber auch komisch, weil es so vorhersehbar war. Zum Glück konnten die Eltern auch darüber schmunzeln.

Es sind wunderbare Eltern. Während ich sie mir so ansah, dankte ich den Göttern, an die ich nicht glaube, dass sie die beiden in die Welt gesetzt hatten, und dann auch noch in diesen unseren Krankensaal. Hoffnungsvolle Neuanfänge, im Kontrast zu den Betrübnissen des Daseins.

Martha schien die Szene ebenfalls beobachtet zu haben, aber ich glaube nicht, dass sie viel davon mitbekam. Als der Besuch dann gegangen war, sagte sie: »Ich muss Sie um etwas bitten, Elizabeth. Noch einen Gefallen.«

Ich hatte das Gefühl, dass sie sich in Anwesenheit der Kinder die ganze Zeit nur mit der Bitte zurückgehalten hatte, um mir die Freude an ihnen nicht zu verderben. Es sah ihr gar nicht ähnlich, so rücksichtsvoll zu sein, aber ich glaube, so war es.

»Aber gern«, sagte ich.

»Werden Sie bei mir bleiben? Wenn das Ende kommt, meine ich, werden Sie bei mir bleiben?«

Ich drehte den Kopf zu ihr hin. »Aber Martha, das kann ich nicht versprechen. Ich hab doch selbst nicht mehr lange. Wir wissen nicht, wer von uns eher geht.«

»Ich weiß, aber wenn Sie können, bleiben Sie dann bei mir? Bis zuletzt?«

»Ja, wenn ich kann, bleib ich bei Ihnen. An Ihrer Seite.«

Trotz der aufgewühlten Gefühle gelang es mir später, ein Nickerchen zu machen, so eine Art schwebender Halbschlaf. Es war sehr friedlich. Als ich jemanden meinen Namen rufen hörte, kam es mir vor wie im Traum.

»Ja?«, sagte ich zögernd, noch nicht ganz wach.

»Sind Sie da?«

Das weckte mich auf. »Ja, Martha, ich bin hier.« Um ehrlich zu sein, ich war ein bisschen ärgerlich; es war so ein angenehmes Nickerchen gewesen.

»Martha? Was wollten Sie denn?«

Sie antwortete nicht.

»Martha? Was ist?« Ich wandte den Kopf und sah, dass sie eingeschlafen war, den Mund in recht würdeloser Weise aufgeklappt. Wenn sie mich schon weckte, hätte sie ruhig noch lange genug wach bleiben können, um mir ihre Frage zu stellen, fand ich.

»Martha?«

Mein Herz setzte einen Schlag aus. Ich rappelte mich in den Kissen hoch. »Martha! Oh! Schwester! Bitte, Schwester!«

Die Schwestern kamen gerannt, aber irgendwer schrie und schrie, ein unaufhörlicher, schriller Klageton, wie von einer verlorenen Seele. Bis ich merkte, dass er aus meinem Mund kam.

Sie hätte nicht so bald gehen sollen. Eine der Schwestern sagte mir später, sie hätten alle gedacht, ihr bliebe noch etwas mehr Zeit. Vielleicht wollte sie gehen. Vielleicht hatte sie solche Angst vorm Sterben, dass sie den Tod willentlich herbeiführte. Wenn es so war, dann beneide ich sie. Diese Macht hätte ich auch gerne.

In der Nacht war mir kalt. Ich fror und fühlte mich wie ausgehöhlt vor Trauer. Um Martha, und um dich, mein Liebster. Du bist so lange vor deiner Zeit gestorben, du hattest noch Jahre vor dir, dir fehlte nichts, und dann dieser blöde Blinddarm. Es war ein Missgeschick – irgendwas ging schief mit der Narkose. Ich erwartete, dich bald mit benebeltem Grinsen im Aufwachraum wiederzusehen, stattdessen kamen ein Arzt und eine Schwester mit betretenen Mienen durch die Schwingtür. Ich verstand einfach nicht, was sie zu mir sagten. Ich war nicht in der Lage, irgendetwas davon zu begreifen.

Ich fürchte mich davor, wieder in Trauer zu versinken. In so einem Zustand möchte ich nicht sterben.

Um mich abzulenken, habe ich Liam einen Abschiedsbrief geschrieben, mit einer Bitte an meinen Anwalt, ihm diesen im Falle meines Todes zukommen zu lassen. Die Schwester bat ich um einen großen Umschlag, in den ich den Brief, die Zeilen an den Anwalt und die gerahmten Fotos steckte, die ich ins Krankenhaus mitgenommen hatte (das von dir in Charleston und das von dir als Liams Frühstückskellner). Ich frankierte den Umschlag mit meinen letzten Briefmarken, was auch eine kleine Befriedigung war.

Aber was auf den Absender schreiben? »Das Jenseits«? Besser nicht. An die Adresse des Anwalts konnte ich mich nicht erinnern. Ich habe sie hier irgendwo, aber ich bin zu müde, um nachzuschauen.

Einstweilen habe ich den Umschlag noch nicht zugemacht, damit ich mir die Fotos immer anschauen kann, wenn mir danach ist. Und nach wie vor ist das mehrmals am Tag der Fall.

Ich versuche nicht mehr, die Vergangenheit zu verdrängen, mein Liebster. Ich sehe jetzt, dass sie Teil der Geschichte ist, und die Geschichte bin ich. Wenn ich sie verleugne, verleugne ich, wer ich bin.

Der Abend, an dem du deiner Befürchtung Ausdruck verliehen hattest, ich könnte Liam zu sehr ins Herz schließen, war ein Wendepunkt für mich. Für mich und für uns. Danach war unsere Beziehung lange nicht mehr dieselbe.

Ich glaube nicht, dass du sehr viel davon gemerkt hast. Das soll keine Kritik sein; du hattest viel um die Ohren, und wenn du gerade nicht auf Dienstreise warst, hast du immer lange gearbeitet. Manchmal konntest du dir den Sonntag freinehmen, und hin und wieder bist du abends plötzlich aufgetaucht, doch abgesehen davon habe ich nicht viel von dir gesehen.

Meine Gefühle, was deine Abwesenheit betraf, waren zwiespältig: Ich vermisste dich natürlich, aber ich konnte es dir ja nicht übel nehmen – in Europa wurden Männer jeden Tag verwundet oder getötet, und wenigstens wusste ich, dass du in Sicherheit warst. Und es ließ sich nicht leugnen, dass deine Abwesenheit sich auch vorteilhaft auswirkte. Liam und ich verbrachten viel mehr Zeit miteinander, als dir bewusst war.

Aber um auf unsere Auseinandersetzung zurückzukommen: Der Fehler an deiner Argumentation lag darin, dass sie ausschließlich rational war, ich aber war es ganz und gar nicht. Du hast darauf verwiesen, dass die Situation bei den Kanes nur zeitweilig angespannt sei, dass Annette sich irgendwann wieder in den Griff bekommen würde und wir dann viel weniger von Liam zu sehen bekämen. Doch die Zukunft war mir gleichgültig, mein Liebster, oder vielmehr, ich machte mir mein eigenes Bild davon, und zwar eins, in dem Liam durch irgendeine unwahrscheinliche Verkettung von Umständen für immer bei uns bleiben könnte. Vielleicht wären Annette und Roger gestorben, und Annettes Mutter hätte die Mädchen genommen, aber nicht Liam, sodass wir ihn adoptiert hätten. Oder Annette hätte die starke Verbindung zwischen uns bemerkt und begriffen, dass es für Liam und ihre Familie das Beste wäre, wenn er bei uns aufwuchs.

Natürlich wusste ich, dass diese Vorstellungen Unsinn waren. Harmlose Wunschträume, dachte ich.

Aber du hast unwissentlich zu diesen Fantasien beigetragen, Charles, weil du so ein fabelhafter Ersatzvater warst, wenn du nach Hause kamst. Es ist schwer, einem Kind zu widerstehen, dessen Augen aufleuchten, wenn es dich sieht, und auch du warst dagegen nicht immun. Erinnerst du dich an die Sonntage? Wenigstens an die Frühstücke musst du dich doch erinnern. Die Lebensmittel waren noch nicht rationiert, und man konnte noch Schinken, Eier und gelegentlich sogar Würstchen bekommen. Es gab dann ein »full English breakfast«, von dir zubereitet und aufgetragen, überaus würdevoll im dunklen Anzug, mit einer Schürze um den Bauch und einem akkurat gefalteten Geschirrtuch über dem Arm. Der perfekte Jeeves. Liam war begeistert. Ich ebenso.

Doch selbst damals schon hütete ich mich davor, die Augen zu lange auf ihm ruhen zu lassen, für den Fall, dass du es mitbekamst. Ich gab acht, meine Freude an ihm nicht zu sehr zu zeigen. Wenn er nicht bei uns war, sprach ich lieber nicht zu viel von ihm, und wenn, dann eher oberflächlich. Du fragtest mich, wie mein Tag gewesen war, und ich sagte dann zum Beispiel: »Mal überlegen … heute Vormittag hab ich Erdbeeren für *Jam for Britain* eingeweckt, und am Nachmittag hat Annette den Jungen rübergebracht, und wir haben zusammen gebacken. Ich hab ihn die Margarine färben lassen, das macht er am liebsten.« (Erinnerst du dich an die Margarine? Sie war in einem Plastikbeutel abgepackt, mit einem kleinen Töpfchen oranger Lebensmittelfarbe dabei, die man in das Fett einkneten musste, damit es wie Butter aussah. Soweit ich mich erinnere, fand dies deine äußerste Missbilligung.)

Jedenfalls hast du nach einer solchen Beschreibung immer gelächelt und gesagt: »Klingt ja nett«, und ich sah die Erleichterung in deiner Miene. Erleichterung darüber, dass ich ruhig und zufrieden war, dass es letztlich wohl doch keinen Grund zur Sorge gab.

Oft war Liam den größten Teil der Woche bei mir. Er hatte sich angewöhnt, seine Mutter zu ignorieren, wenn sie mit ihm redete, und es machte Annette rasend – doch inzwischen machte sie praktisch alles, was er tat, rasend. Sie rief mich völlig aufgelöst an, während Liam schrie und die Zwillinge im Hintergrund plärrten, und fragte, ob ich ihn nehmen könnte, und die Antwort war immer Ja.

Manchmal war er tief bedrückt, wenn er ankam, sagte nichts, sah mich nicht an. Dann nahm ich ihn mit ins Wohnzimmer, und wir saßen erst mal eine Weile zusammen auf dem Sofa. In solchen Momenten wollte er keine Geschichte vorgelesen bekommen; er konnte sich wohl nicht darauf konzentrieren. Ab und zu kletterte er mir auf den Schoß, aber nicht sehr oft. Doch er wollte Nähe. Er drehte an meinem Ehering oder strich immer wieder mit dem Finger über das Ärmelbündchen meines Pullovers.

Wenn er so weit war, sah er zu mir auf. Ich sagte dann leise: »Sollen wir aufstehen?«, und er nickte, rutschte vom Sofa, lief in die Küche, um sein Malbuch und Zeichenpapier zu holen – zeichnen war das Einzige, was er machen wollte, wenn er so erzürnt war, und seltsamerweise gelangen ihm dann die besten Bilder.

Du hast sie immer bewundert, wenn du heimkamst, Charles. Du hast ihm Fragen dazu gestellt, was ihn so freute, dass er stammelte vor Eifer, dir alles zu erklären. Du hast dann ernst dazu genickt und irgendeine Besonderheit an dem Bild gelobt. »Genau so sieht ein Flugzeug aus, wenn es durch die Luft düst, du hast es haarscharf getroffen.«

An einem feuchten Mittwoch im Juli, nachdem Liam und ich zwölf Vögel aus Pappe ausgeschnitten, angemalt und am Kühlschrank befestigt hatten – einen ganzen Schwarm, der von links unten nach rechts oben aufflog –, weigerte Liam sich heimzugehen. Annette kam gegen Abend, um ihn abzuholen, bedankte sich überschwänglich wie immer, und übersah wie immer, was Liam ihr an Wunderwerken zu zeigen versuchte. »Ich hoffe, du bist schön brav gewesen«, sagte sie zu ihm. »Komm, zieh deine Schuhe an, es ist Zeit fürs Abendessen.«

Liam rührte sich nicht. Er zeigte gerade auf einen Vogel, den er in Regenbogenfarben angemalt hatte.

»Nun komm schon«, drängte Annette.

Er schüttelte den Kopf, beobachtete sie aus dem Augenwinkel.

»Liam, zieh bitte deine Schuhe an.«

Er sagte – nicht aufbegehrend, sondern ganz sachlich –: »Ich will nicht mehr, dass du meine Mummy bist. Ich will, dass Tante Elizabeth meine Mummy ist.«

Annette und ich starrten uns an, dann ihn.

»Sei nicht albern, Liam«, sagte Annette. »Zieh deine Schuhe an.«

»Ich will jetzt hier wohnen«, sagte er. »Ich will, dass Tante Elizabeth meine Mummy ist und Onkel Charles mein Daddy. Ich mag sie lieber als euch.«

Schnell – zu schnell – sagte ich: »Liam, mach keinen Quatsch. Zieh deine Schuhe an und geh heim mit Mummy. Wir können ja morgen weiterspielen.«

In dem Moment war alles verloren, Charles. Hätte ich Annette beruhigend angelächelt und in meinem besten »Lehrerinnentonfall«, wie du es nennst, gesagt: ›Keine Sorge, das ist völlig normal, ich weiß gar nicht, *wie* viele Kindergartenkinder ihren Müttern erzählt haben, dass sie mit mir heimgehen wollten. In einer Stunde wird er das alles schon wieder vergessen haben.‹ Hätte ich das gesagt, dann wäre alles Folgende nicht passiert, und unser Leben hätte eine andere Wendung genommen. Doch vor lauter Schuldbewusstsein wegen meiner heimlichen Sehnsüchte plapperte ich zu schnell drauflos, und Annette wurde hellhörig. Sie sah mich stirnrunzelnd an, und zu meinem Schrecken spürte ich, wie ich errötete. Eine Sekunde später breitete sich die gleiche Röte über ihren Wangen aus.

»Was haben Sie ihm eingeredet, Elizabeth?«, wisperte sie.

»Nichts! Mein Gott, Annette, was für eine Frage! Liam, bitte hör jetzt auf mit dem Quatsch. Zeit zum Heimgehen.«

»Ich geh in mein Zimmer«, sagte er, drehte sich um und marschierte aus der Küche. Annette hinterher. Ich hinter Annette her. Er ging in sein Zimmer, holte *Ferdinand* aus dem Regal, damals sein Lieblingsbuch, setzte sich aufs Bett und fing an, die Seiten umzublättern, wobei er uns geflissentlich ignorierte.

Annette war in der Tür stehen geblieben und blickte sich im Zimmer um. Sie hatte es oft genug gesehen, ohne darauf achtzugeben, aber jetzt sah sie alles überdeutlich; die Elefanten, die majestätisch rings um die Wände trabten, das Regal voller Kinderbücher, das Tischchen mit aufgemaltem Parkplatz, wo Liams Matchbox-Autos in Reih und Glied standen, der kleine dunkelblaue Teppich mit den eingewebten goldenen Tieren, den ich vor ein paar Wochen auf einer Auktion zur Unterstützung unserer Truppen gekauft hatte.

Diesmal nahm sie das alles zur Kenntnis. Dann wandte sie sich um und blickte mich erstaunt an. »Ich fasse es nicht. Sie haben das alles geplant, nicht wahr? Von Anfang an.«

»Annette ...«

»Sie haben ihn hierhergelockt, erst mit Keksen, dann mit all dem Zeug da. Sie haben ihn dazu gebracht, dass er Sie liebt statt mich.« Sie hob die Hand, um meinen Einwand abzublocken. »Sie haben ihn gegen mich aufgehetzt, damit er sich daheim unmöglich benimmt und uns alles kaputtmacht. Und dann brüsten Sie sich damit, wie brav er bei Ihnen ist, als ob es meine Schuld wäre, als ob ich eine schlechte Mutter wäre …«

Inzwischen zitterte ich wie Espenlaub. »Annette! Um Himmels willen, das ist nicht *wahr!* So etwas Furchtbares können Sie mir doch nicht unterstellen!«

Sie tat einen Schritt in den Raum, und Liam, der immer noch auf dem Bett saß und uns beobachtete, schrie sie an: »Das ist *mein* Zimmer! Tante Elizabeth hat das gesagt! Du darfst hier nicht reinkommen!«

Mit wenigen Schritten war Annette bei ihm, packte ihn am Handgelenk, zog ihn unsanft hoch. Das Buch fiel zu Boden, und er starrte sie erschrocken an, mit offenem Mund, die Augen weit aufgerissen. Ich trat vor, aber sie schubste mich beiseite, zerrte Liam, der jetzt gellend schrie, hinter sich her in den Flur. Ich versuchte, ihr den Weg zu verstellen, damit sie anhielt und mir zuhörte, doch sie ging auf mich los wie eine Furie.

»Dafür können Sie ins Gefängnis kommen!«, überschrie sie Liam. »Sie wollten mir mein Kind stehlen! Kindesentführung ist strafbar! Ich zeige Sie an, Sie … Sie … Sie …«

»Annette, stopp! Sie bilden sich etwas ein, das gar nicht passiert ist! Hören Sie auf! Sie sind nicht bei Sinnen!«

»*Ich* bin nicht bei Sinnen? Sie sind doch hier die Verrückte! Wehe, wenn Sie sich ihm noch einmal nähern. Halten Sie sich fern von unserem Haus. Sie setzen keinen Fuß mehr auf unser Grundstück, oder ich rufe die Polizei!«

Du warst an jenem Abend nicht zu Hause, Charles. Du warst irgendwo in Manitoba und solltest erst am nächsten Abend zurückkommen. Ich hatte keine Möglichkeit, dich zu erreichen.

Ein paar Stunden lang war ich unfähig, irgendeinen Gedanken zu fassen. Ich musste mich ein paarmal übergeben. Ich wollte mich hinlegen, konnte aber nicht liegen bleiben. Ruhelos lief ich durchs Haus. Schließlich, so gegen neun, sagte ich mir: Ich muss mit Ralph reden. Ich muss ihm alles erklären. Er wird inzwischen zu Hause sein.

Ich ging hinüber. Lange stand ich zaudernd vor der Haustür, und die Knie zitterten mir so sehr, dass ich mich am Türrahmen festhalten musste, bevor ich den Mut aufbrachte zu klopfen. Ich weiß nicht, was ich getan hätte, wenn Annette aufgemacht hätte, aber es war Ralph.

»Ich muss Sie unbedingt sprechen«, flüsterte ich.

Er nickte, mit grimmiger Miene. »Ja. Aber nicht jetzt …« Er sprach leise, doch sie hörte ihn trotzdem und kam aus dem Wohnzimmer gerannt, Gesicht und Hals rot gescheckt, die Augen verheult. Sie wollte gleich wieder auf mich losgehen. Hätte Ralph sie nicht festgehalten, hätte sie mich tätlich angegriffen. Ich machte kehrt und floh.

Ich war nicht bei klarem Verstand, Charles. Ich wusste nur, dass ich Liam nie wiedersehen würde, wenn ich nichts unternahm, und der Gedanke war unerträglich.

Ich wartete bis Mitternacht, auf der Bettkante sitzend, mit klopfendem Herzen, dann nahm ich meine Handtasche, den Autoschlüssel, eine Decke von Liams Bett, ein paar Kekse in einer Papiertüte, eine Thermoskanne mit Wasser und brachte alles zum Wagen. Durch die Bäume auf dem Grundstück zwischen unseren Häusern konnte ich sehen, dass auf der Rückseite des Hauses noch Licht war, es war aber nicht Liams Zimmer. Ich wusste, wo es war, er hatte es mir einmal gezeigt. Wahrscheinlich waren es die Babys, die gestillt werden mussten. Atemlos, innerlich bebend lief ich wartend vor dem Haus auf und ab.

Es dauerte eine halbe Stunde, bis das Licht ausging. Warte noch zehn Minuten, dachte ich. Fünfzehn, zur Sicherheit.

Zehn Minuten später ging das Licht wieder an. Sie kamen nicht zur Ruhe. Ich wartete. Das Licht ging aus. Zehn Minuten. Zwanzig.

Bloß kein Geräusch machen. Ich zog die Schuhe aus und ließ sie im Auto. Barfuß schlich ich mich durch die Bäume. Es war so dunkel, dass ich mich an der Backsteinmauer des Hauses zur Hintertür vortasten musste. Meine Befürchtung, dass sie abgeschlossen sein könnte, war unbegründet; ich schlüpfte hinein und stahl mich durch die Küche in den Flur. An der Treppe blieb ich stehen und horchte, mit angehaltenem Atem. Nichts. Aber die Babys konnten jeden Moment wieder aufwachen. Ich huschte die Stufen hinauf zu Liams Zimmer. Er schlief so tief und fest, wie es nur kleine Kinder können. Trotzdem fürchtete ich, als ich ihn hochhob, dass er von meinem Herzklopfen geweckt werden könnte. Angsterfüllt eilte ich mit dem Kind in den Armen denselben Weg zurück, den ich gekommen war. Sobald wir draußen waren, lief ich, so schnell ich konnte, zum Auto.

Behutsam bettete ich ihn auf den Beifahrersitz, hüllte ihn in seine Decke, stieg ein, drehte den Schlüssel im Zündschloss. Das Motorgeräusch war entsetzlich laut. Panisch blickte ich mich um, doch es ging kein Licht an, niemand riss die Autotür auf. Ich atmete durch, legte den Gang ein und fuhr aus der Einfahrt.

Auf der Straße bog ich nach links ein, ohne bestimmten Grund. Ich hatte keinen Plan, wo ich mit ihm hinwollte. Ich fuhr einfach drauflos, mit Liam neben mir.

Eine Weile, nachdem die Sonne aufgegangen war, hielt ich am Straßenrand, um meine Blase zu entleeren. Wir waren auf dem Land – ich hatte keine Ahnung, wo –, und es gab keinen Verkehr, also hockte ich mich einfach neben das Auto. Als ich wieder einstieg, weckte das Geräusch der zuklappenden Wagentür Liam noch immer nicht auf. Ich hatte Hunger. Ich nahm einen Keks aus der Tüte, aß ihn und betrachtete das schlafende Kind. Seine ruhigen, nichtsahnenden Träume. Ich versuchte mir zu überlegen, wie es nun weitergehen sollte, aber mir fiel nichts ein. Immer noch hungrig, suchte ich in der Tüte nach den Bruchstücken, um die heilen Kekse für Liam aufzubewahren, und als ich mich aufrichtete, klopfte es an die Scheibe. Ich schrak zusammen und ließ die Tüte fallen. Ein Mann stand am Wagenfenster. Polizei. Hinter ihm stand ein Streifenwagen. Ich hatte ihn gar nicht herankommen hören.

Der Polizist öffnete die Tür und beugte sich herein, um nach Liam zu sehen. Dann sah er mich an.

»Mrs. Orchard?« Neutraler Tonfall, ausdruckslose Miene.

Ich konnte nicht sprechen, nickte aber, und er nickte ebenfalls, langte herein und zog den Schlüssel aus dem Zündschloss.

»Wie wär's, wenn Sie und der Junge in meinen Wagen steigen?«, sagte er.

Vieles von dem, was danach geschah, rauschte einfach an mir vorbei, mein Liebster. Du hast weit mehr darunter gelitten als ich. Das tut mir unsagbar leid.

Es gab natürlich einen Skandal. In Guelph verdrängte er sogar den Krieg von der Titelseite. Du hast das alles nie erwähnt, weder bei deinen Besuchen noch später, als ich wieder zu Hause war. Aber ich wusste es trotzdem, weil jemand mir anonym die Zeitungen zuschickte. Aus denen erfuhr ich, dass Annette mit den Kindern zu ihren Eltern nach Calgary geflüchtet war, um der öffentlichen Aufmerksamkeit zu entgehen. Ralph folgte ihnen, sobald er konnte. Anfangs bliebst du noch in Guelph, doch schließlich wurde es dir zu viel, und du hast dich an die Universität von Toronto versetzen lassen. Ich klammerte mich an den Gedanken (und klammere mich immer noch daran), dass es bei deiner kriegswichtigen Arbeit nicht so sehr darauf ankam, wo deine Dienststelle war, sodass es deiner Karriere nicht allzu sehr geschadet hat.

Ich wurde wegen versuchter Kindesentführung belangt, eine weniger schwere Straftat als die vollendete Variante – Annette wird getobt haben. Mir war es egal, wessen man mich beschuldigte. Seit meiner Verhaftung quälte mich nur die Angst, dass Liam wegen meiner Tat zu leiden haben könnte, dass Annette ihre Wut und Bitterkeit an ihm auslassen würde. Ich wollte unbedingt wissen, ob es ihm gut ging. Hätte ich da schon gewusst, dass ich das nie erfahren würde – dass diese Ungewissheit meine wahre Strafe sein sollte –, ich weiß nicht, wie ich das ausgehalten hätte.

Also war mir das Urteil des Richters nicht weiter wichtig. Dir aber schon; du warst außer dir vor Zorn. Ich hatte dich noch nie so gesehen und beobachtete dich mit hilflosem Staunen. Aus deiner Sicht war es vollkommen klar, dass ich in einem Augenblick geistiger Umnachtung gehandelt hatte und Liam zu seinen Eltern zurückgebracht hätte, sobald ich wieder bei

Sinnen war, weshalb die Klage nur abgewiesen werden konnte.

Ich erinnere mich an die Diskussion mit unserem Anwalt, einem älteren Herrn, ruhig und höflich, überaus erfahren. Er hörte aufmerksam zu, mit verständnisvollem Nicken, während du ihm deinen Standpunkt darlegtest, schwieg dann einen Moment, bevor er behutsam zu bedenken gab, dass er vor Gericht nicht damit durchkommen würde. Sie würden mich für voll zurechnungsfähig befinden, durchaus in der Lage zu begreifen, dass ich gesetzwidrig handelte – warum sonst hätte ich gewartet, bis es tiefste Nacht war, um Liam zu entführen? Daher würde es auch nichts nützen, Unzurechnungsfähigkeit geltend zu machen, meinte der Anwalt: Depression sei keine Geisteskrankheit, sie führe nicht dazu, dass man Recht und Unrecht nicht unterscheiden könne. Er riet mir, mich schuldig zu bekennen, in der Hoffnung, dass der Richter meinen durch die Umstände bedingten Geisteszustand zur Tatzeit berücksichtigen würde. Und so folgten wir schließlich seinem Rat.

Meine deutlichste Erinnerung an den Prozess ist deine Miene, als der Richter das Urteil verlas: ein Jahr in dem furchterregend klingenden Andrew Mercer Ontario Reformatory, einem Frauengefängnis in Toronto. Ich sah, wie erschüttert du warst, Charles, und begriff zum ersten Mal, was ich dir angetan hatte. Ich sah dich, den vernünftigsten, rationalsten Menschen der Welt, um Fassung ringen. Du warst dir so sicher gewesen, dass der Richter, ein kluger Mann, die mildernden Umstände – meine Verzweiflung, meine Planlosigkeit, meine bisherige Unbescholtenheit, meine Reue – in Betracht ziehen und das Urteil zur Bewährung aussetzen würde. Tatsächlich zog er diese Dinge auch in Betracht – die Höchststrafe für Kindesentführung war sieben Jahre, also war sein Urteil noch milde. Aber ich glaube, du fürchtetest, ich hätte nicht mehr die Kraft, ein Jahr im Gefängnis zu überstehen.

Du hattest recht mit deiner Befürchtung. Ich hatte bis dahin ein ruhiges, bequemes, behütetes Leben geführt und war in keiner Weise vorbereitet auf den Schock, meiner Freiheit, meiner Privatsphäre, meiner Unabhängigkeit, meines guten Rufs, meines Zuhauses, meines Mannes, meines Herzens und meiner Seele beraubt zu werden. Im Grunde erlitt ich dort nichts Schlimmes, keine Schläge oder sonstige Gewalt. Und doch war ich nach Verbüßung meiner Haftstrafe in einem solchen Zustand, dass unser Hausarzt mich direkt nach St. Thomas, die psychiatrische Klinik in Kingston, überwies.

Ich erinnere mich an meine Panik. Ich erinnere mich, wie mir auf der Fahrt dorthin schlecht wurde. Ironie des Schicksals, denn St. Thomas war am Ende meine Rettung. Als wir dort ankamen, wusste ich nicht, wie ich die nächsten zehn Minuten durchstehen sollte, geschweige denn den Rest meines Lebens. Es war mir eine absolute Offenbarung, dass es Menschen gab, die wussten, was in so einem Fall zu tun war; Menschen, die über die Fähigkeit verfügten, die Scherben einer zerbrochenen Psyche aufzulesen und wieder zu einem Ganzen zusammenzufügen.

Doch ohne deine Standhaftigkeit, Charles, ohne deine Besuche, deine Briefe, deine beständige Unterstützung hätten sie mir nicht zu helfen vermocht. Niemand hätte mir helfen können, weil ich nicht hätte überleben wollen.

Marthas Bett ist neu belegt. Teure Frisur, aufwendiges Make-up. Sie schaut mürrisch drein; offenbar ist ihr Leben ihren Erwartungen nicht gerecht geworden. Ich kann nur hoffen, dass sie mir nicht davon erzählen will. Ihr Mann hat sie hier abgeliefert, und wenn ich mit dem verheiratet wäre, würde ich auch mürrisch dreinschauen. Arroganz ist so abstoßend, dass sie einen Menschen entstellen kann.

Beim Small Talk beschränkte ich mich dementsprechend auf ein Minimum. Ich habe ohnehin solche Mühe zu atmen, dass ich mich nicht unterhalten könnte, selbst wenn ich es wollte. Stattdessen sehe ich den Sonnenstrahlen dabei zu, wie sie über die Decke wandern. Das unaufhaltsame Vergehen der Zeit.

Ich denke oft an Charleston zurück. Weißt du noch? Zur Feier des Kriegsendes bist du mit mir dorthin gereist – es war unsere erste richtige Urlaubsreise. Mir war nicht recht wohl bei dem Gedanken, so weit weg von der Klinik zu sein; ich war erst seit einem

Jahr wieder zu Hause, und es half mir, die Klinik in der Nähe zu wissen, für den Fall, dass es mir wieder schlechter ging. Aber du hattest versprochen, dass wir sofort heimfliegen würden, falls ich Hilfe bräuchte.

Unser Hotel war klein und ein wenig heruntergekommen, aber mitten in der Altstadt gelegen, mit einem Innenhof voller Blumen und Tischen und Stühlen in schattigen Nischen rings um einen Springbrunnen. Solche Üppigkeit hatten wir uns bis dahin noch nicht einmal vorstellen können. Es gab sogar Kolibris, weißt du noch? Sie schwirrten von Blume zu Blume und schimmerten wie Juwelen in der Sonne. Eine Woche verbrachten wir dort. Herrlich.

Schwester Roberts, wie immer geschäftig, blieb kurz an meinem Bett stehen und fragte: »Wie geht es Ihnen denn, liebe Mrs. Orchard? Sie wirken heute so abwesend.«

Ganz im Gegenteil, sagte ich, du seist sogar anwesender denn je, was ich eigentlich gar nicht sagen wollte, aber es rutschte mir so heraus. Oder vielleicht habe ich es auch gar nicht gesagt. Sie lächelte, tätschelte mir die Hand und eilte davon.

Aber du *bist* mir nah, mein Liebster. Ich kann deine Anwesenheit neben mir spüren.

Als sie nach dem Mittagessen das Tablett abgeräumt hatten, bat ich die Schwester, zwei von meinen Kissen wegzunehmen und mir zu helfen, mich auf die Seite zu drehen. Die rechte. »Unsere« Seite, sagte ich. Sie dachte, ich hätte Mühe zu atmen; aber nein, sagte ich, und wenn, würde ich sie rufen. Ich werde so steif, wenn ich immer nur auf dem Rücken liege. Es fühlt sich wunderbar an, sich gemütlich einzurollen, obwohl das Atmen dann schwerer fällt. Ich muss behutsam atmen, in kleinen Zügen.

In dieser Lage kann ich mehr vom Boden sehen, und da fiel mir etwas Merkwürdiges auf. Unter dem Bett von Mrs. Cox (die mit den kurzen Rüschenhemden und den schrecklichen Stampfern) standen zwei Paar Puschen, eins rosa, eins lila. Passend zu den Nachthemden. Ich wusste gar nicht, dass es so etwas überhaupt gibt. Was ich doch alles verpasst habe, mit meinen braven Streifenpyjamas und warmen Socken! Was ich dir an Genüssen vorenthalten habe!

Erinnerst du dich an meinen weiß-blau gestreiften? Es war mein Lieblingspyjama. Die Hose hatte so schön tiefe Taschen, und wenn ich mich zum Einschlafen auf die Seite drehte, so warm und geborgen an dich geschmiegt, wanderte deine Hand an meiner Seite hinab, bis sie die Tasche fand und für die Nacht hineinschlüpfte.

Ich kann sie noch immer fühlen, mein Liebster. Sie ist jetzt dort, in diesem Augenblick, und ruht auf meiner Hüfte.

# 18

## LIAM

Der Streifenwagen bremste neben ihm, als er auf dem Heimweg von der Arbeit war. Er hatte den Tag damit verbracht, Geräte und Armaturen in einer weiteren neuen Küche zu installieren, zusammen mit Jim und Cal – nun, da es für Außenarbeiten zu kalt war, schien jedermann sich plötzlich seine Küche aufmöbeln zu lassen.

»Soll ich dich mitnehmen?« Karl kurbelte das Fenster runter. »Ich wollte dich sowieso nachher anrufen.«

Er hatte Liam angerufen, als Rose gefunden worden war, und zwei Tage später noch einmal, um zu sagen, dass sie jetzt zu Hause war, aber in den zehn Tagen, die seitdem vergangen waren, hatten sie sich nicht mehr gesprochen.

»Ich glaube, ich hab mich noch gar nicht richtig für deine Hilfe bedankt«, sagte er, als Liam einstieg. »Tut mir leid, dass es so lange gedauert hat. Es gab Ärger drüben bei den Holzfällern und dann eine Brandstiftungsserie in Thurston, und dann hat Margie auch noch die Grippe gekriegt, da war's irgendwie eng mit der Zeit.«

»Du hast dich schon dreimal am Telefon bedankt, als du sie nach Hause gebracht hast.« Liam warf seine Jacke auf den Rücksitz.

»Tatsächlich?«

»Es war ziemlich spät, und du schienst mir irgendwie ...« – er sah zu Karl hinüber und grinste – »happy.«

»Na ja, ich war auch happy!« Karl klang defensiv. »Kein Wunder, oder?«

»Ich mache dir doch keinen Vorwurf. Wie ist ihr Zustand?«

»Nicht besonders. Hab ich dir schon erzählt, was ihr passiert ist?«

Liam schüttelte den Kopf.

»Sie haben sie und ein paar andere Mädchen in einem Abrisshaus am Stadtrand gefunden... Gibt's da ein Viertel, das Cabbagetown heißt? Ziemlich übles Pflaster?«

»Ja. Es ist auf dem Weg der Besserung, aber es gibt schon noch ein paar finstere Ecken da.«

»Wieso eigentlich ›Cabbagetown‹? Was hat es mit Kohl zu tun?«

»Es war eine Armeleutegegend. Man sagt, die Leute bauten Kohl in den Vorgärten an.«

Karl nickte. »Jedenfalls war es eine Gang. Mädchenhandel. Die Polizei wusste nur, dass es da so was geben musste, aber nicht, wer dazugehörte und wo genau sie die Mädchen versteckten. Es war eins von drei

Häusern, die über die Stadt verteilt waren. In diesem da fanden sie fünf Mädchen, eins davon Rose. Gefesselt, täglich vergewaltigt von Drecksäcken, die es jung mögen. Die Kollegen in Toronto meinen, sie wurde wahrscheinlich schon kurz nach ihrer Ankunft in Toronto aufgelesen. Von der Straße weg in ein Auto gezerrt. Es war übrigens ihr abgesäbeltes Haar, das geholfen hat, sie zu finden. Dieses eine Detail, an das die Leute sich erinnert haben.

Zwei von den Kerlen waren im Haus, als die Polizei die Tür aufgebrochen hat, das freute sie natürlich – die Cops, meine ich. Die Mädchen wurden gleich ins Krankenhaus gebracht, dann riefen sie mich wegen Rose an, ich rief Doc Christopherson an, er rief im Krankenhaus an und sprach mit den Ärzten, und sie sagten, sie kann nach Hause. Er kümmert sich um sie. So weit, so gut.

Aber leider kein richtiges Happy End. Ist in solchen Fällen auch eher selten. Seelische Beschädigung, Trauma, all so was. Ich fürchte, der Stress in der Familie wird noch 'ne Weile andauern. Aber wenigstens haben sie sie wieder.«

Liam dachte an Clara, wie überglücklich sie war bei dem Gedanken, dass ihre Schwester endlich zurückkommen würde. Und dann die ernüchternde Realität. Noch mehr Unglück, noch mehr Verwirrung.

»Aber jetzt mal zu etwas Erfreulicherem«, sagte Karl nach einer Pause. »Wie ich höre, hast du dir Eiskrem besorgt.«

»Ja, schon vor einer Weile.« Er hoffte, ganz locker

zu klingen, aber wiederum nicht so locker, dass es verdächtig wirkte.

»Wie findest du Jo?«

»Scheint recht nett.«

Karl bog in Liams Einfahrt ein und schaltete den Motor aus. Liam spürte seinen forschenden Blick und klopfte seine Taschen ab, als suchte er nach dem Hausschlüssel.

»Ist sie auch«, sagte Karl. »Sehr nett. Ist vor ein paar Jahren von North Bay hergezogen. Eins solltest du allerdings wissen. Sie hatte es nicht leicht. Zweimal verheiratet, der Erste hat sie krankenhausreif geschlagen, der Zweite hat sie ausgeräubert und ist abgehauen. Nicht nur mit dem Geld, auch mit dem Mobiliar. Hat sogar die Glühbirnen mitgenommen. Also stehen Männer nicht gerade weit oben auf ihrer Wunschliste. Ich sag's dir nur, falls du dir in die Richtung Hoffnung machst. Reine Zeitverschwendung.«

»Ich mach mir in gar keine Richtung Hoffnung.« Liam schob die Tür auf und stieg aus. »Aber danke. Auch fürs Mitnehmen.«

Grübelnd stand er im Wohnzimmer. In den zwei Wochen seit jener ersten Nacht hatte er Jo ein halbes Dutzend Mal wiedergesehen. Ihre Vorsicht war ihm nicht verborgen geblieben, doch sie hatte ihn eher beruhigt, angesichts seiner eigenen Zögerlichkeit, sich auf jemand einzulassen. Aber nun, da er den Grund dafür kannte, fragte er sich, ob es in Ordnung war, weiterzumachen. Schließlich war es ihre Entscheidung gewesen – sie hatte ihn verführt, nicht andersherum. Was bedeutete, dass sie beide dasselbe wollten: menschliche Nähe, den Trost eines anderen Körpers, Sex. Ohne Komplikationen.

»Ich glaube, du weißt inzwischen alles über mich«, sagte Jo an jenem Abend. »Insbesondere über meine Ehen.«

»Na ja, eigentlich hab ich gerade erst davon erfahren.«

Sie lagen im Bett, ihre nackten Körper unter der Decke von einem leichten Schweißfilm überzogen. Jo drehte den Kopf und sah ihn an. »Nur so aus Interesse, hast du es zufällig mitbekommen, oder hat es dir jemand erzählt?«

Liam sah keinen Grund zu lügen. »Karl hat es mir erzählt. Er hat mich vorhin im Auto mitgenommen.«

»Karl ist sonst keine Klatschbase«, murmelte Jo missbilligend.

»Es war kein Klatsch, sondern eine Warnung.«

Sie runzelte die Brauen. »Glaubst du, er weiß von uns?«

»Ich glaube nicht. Er wollte dich wohl nur beschützen.«

»Das sieht ihm ähnlich. Manchmal nimmt er seinen Job ein wenig zu ernst. Was hast du gesagt?«

»Ich hab mich fürs Mitnehmen bedankt.«

Jo lachte.

»Wie kommt es eigentlich, dass jeder hier in der Stadt immer schon von allem Wind gekriegt hat, bevor es überhaupt passiert? Sind die Häuser in Solace alle verwanzt?«

»Wahrscheinlich. Nervt dich das?«

»Manchmal schon. Aber nicht schlimm.«

»Sieh es doch positiv: Wenn wir immer schon alles wissen, brauchen wir es uns nicht zu erzählen.«

Liam nickte. »Stimmt. Das ist ein Pluspunkt.«

Eine Weile blickten sie schweigend an die Decke. »Besser, man denkt gar nicht darüber nach, auch wenn's schwerfällt«, meinte Jo.

»Besonders um drei Uhr morgens.«

»Besonders um drei Uhr morgens.«

Unter der Decke strich sie über seinen Handrücken. Was die Dinge wieder in Gang brachte.

Später sagte sie: »Wie ich höre, bist du ein Fan von Mr. Lis Kuchen.«

»Mr. Lee?«

»Der Koch im Hot Potato. Schreibt sich ›L-i‹. Er ist Chinese.«

»*Was?* Chinese? Echt jetzt?«

»Absolut.«

»Und wieso kocht er dann nicht chinesisch?«

»Gloria erlaubt es nicht.«

»Wer ist Gloria?«

»Die Kellnerin. Die übrigens auch die Besitzerin ist. Ebenso vom Light Bite Café gegenüber.«

»Die heißt echt *Gloria?* Ihre Eltern haben sie *Gloria* getauft? Wie in *Glanz und …?*«

»Scheint so.«

Liam lachte. Er dachte an den Koch, der vielleicht die lange Reise hierher mit dem Traum angetreten hatte, das erste Chinarestaurant im hohen Norden zu eröffnen. »Schade, dass sie ihn nicht chinesisch kochen lässt. Warum denn nicht?«

»Sie sagt, so was mag hier keiner.«

»Woher weiß sie das denn? Woher wissen *die* es?«

»Tja. Aber wenigstens haben wir die Kuchen.«

Aus Gründen der Diskretion hatte er seine Routine ein bisschen geändert, trank nach dem Essen im Hot Potato noch einen Kaffee und dehnte seine abendliche Inspektion des Sees etwas aus, um sich erst zu Jo zu begeben, wenn sonst niemand mehr unterwegs war. In den Seitenstraßen gab es keine Beleuchtung, sodass er kaum Gefahr lief, dort gesehen zu werden. Um nicht zu viele Erwartungen zu wecken, weder bei ihr noch bei ihm selbst, erlaubte er es sich noch immer nicht, sie jeden Abend zu besuchen.

Jo für ihren Teil tat nichts dazu, die Dinge zu beschleunigen, und fragte nie, ob und wann er wiederkommen würde. Beide achteten sie sorgfältig darauf, eine gewisse Distanz zu wahren.

Obwohl sie unvermeidlich einiges mehr voneinander erfuhren. Er beispielsweise, dass sie hier in Solace aufgewachsen war, dass sie einen Bruder in Halifax hatte, dass sie nach dem Schulabschluss nach New York getrampt war und ein Jahr lang in einem Deli gejobbt hatte, ehe der Norden sie wieder heimrief. Zuerst hatte sie sich in North Bay niedergelassen und in der dortigen Bücherei gearbeitet, hatte geheiratet und sich scheiden lassen. Als ihre Eltern krank wurden, kam sie nach Solace zurück, um sich um sie zu kümmern. Nach ihrem Tod bekam sie eine Stelle in der Bücherei von Solace. Heiratete, ließ sich scheiden.

»Glaubst du, du wirst immer hier leben wollen?«, fragte Liam, vorsichtig das Thema Ehen und Scheidungen meidend.

Sie drehte sich zu ihm auf die Seite. »Ich versuche, nicht vorauszuschauen oder mir allzu viel vorzunehmen. Ebenso, wie ich versuche, nicht zurückzublicken.«

»Klingt vernünftig.«

»In der Theorie«, sagte sie.

Da er die meisten Abende mit Jo verbrachte, hatte er in letzter Zeit nicht viel von Clara gesehen. Besser so, sagte er sich. In den Wochen, bevor Rose gefunden wurde, hatte Clara ziemlich viel Zeit bei ihm verbracht, was ihm Sorgen bereitete. Er hatte mit ihrer Mutter gesprochen, betont, dass er nichts dagegen habe, lediglich wissen wolle, ob es ihr auch recht sei. Er habe das Gefühl, sagte er, dass Mrs. Orchards Haus und ihre Sachen Clara irgendwie beruhigten. Vielleicht war es die Vertrautheit. Er erzählte von Claras Interesse an den Umzugskartons, und Mrs. Jordon lächelte.

»Sie hält sich immer im Wohnzimmer auf«, setzte Liam etwas verlegen hinzu. »Ich hab ihr gesagt, sie darf nirgendwo sonst im Haus hin.«

Sie begegnete seinem Blick, und er sah das ganze Gewicht der Angst, die sie um ihr anderes Kind hatte, und ihre abgrundtiefe Erschöpfung.

»Danke«, sagte sie. »Karl Barnes hat schon ... mit uns gesprochen.« Sie schenkte ihm noch ein schwaches Lächeln. »Clara scheint Sie adoptiert zu haben, Mr. Kane. Es ist sehr nett von Ihnen, es ihr zu erlauben.«

»Ich heiße Liam.«

Sie nickte. »Diane.«

Er war erleichtert gewesen, machte sich aber dennoch Sorgen, dass Clara zu abhängig von ihm werden könnte; was es noch schwerer für sie machen würde, wenn er wieder wegzog. Und das musste bald sein. Es war jetzt Ende Oktober, und wenn die Sonne unterging, fiel die Temperatur steil ab.

Also war es wohl besser, sagte er sich, dass er Clara nicht mehr so oft sah.

»Wo ist Cal?«, fragte Liam. Es war Montag, die Armaturen waren fertig installiert und funktionierten, Wasser kam aus den Hähnen, sie brauchten die Küche nur noch zu streichen und ihren Kram wegzuräumen.

Jim ging in die Hocke und klappte den Werkzeugkasten mit einem doppelten Scheppern auf. »Weg.«

»Weg?« Liam blickte hinab auf Jims Hinterkopf, wo sich eine kahle Stelle ausbreitete. Jim sah nicht auf. »Was, ist er wieder ab nach Süden? Zurück auf die Uni?«

»Jepp.«

»Einfach so?«

»Jepp.«

»Wann ist er denn los?«

»Heute Morgen.«

Hätte er gewusst, dass der Junge seinen Rat befolgen würde, hätte er sich lieber den Mund zugenäht. Nun war es seine Schuld – die gesamte Zukunft des Jungen, sein ganzes Leben von jetzt an, alles seine Schuld, und Jim redete nicht mehr mit ihm. Es hätte eine Erleichterung sein sollen, mal etwas Ruhe zur Abwechslung, aber das war es nicht.

»Susan sagt, du sollst morgen zum Abendessen kommen«, knurrte Jim, noch immer in dem Kasten kramend. »Und wehe, du kommst nicht, bei uns ist es wie in einem Totenhaus.« Er sah auf, die Augen zu Schlitzen verengt. »Keine faulen Ausreden.«

Auf dem Heimweg machte Liam einen Schlenker zum See und blickte eine Weile auf die heranrollenden Wellen, die Schultern gegen die Kälte hochgezogen. Eisengrau verschwammen Himmel und See ineinander. Das Ufer hatte eine gezackte Eiskante, und eine v-förmige Gänseformation zog mit schrillem Geschnatter über ihn hin in Richtung Süden. Du solltest auch aufbrechen, sagte er sich. Du solltest wirklich machen, dass du loskommst.

Weit droben hing ein Vogel in der Luft, die ausgebreiteten Flügel waren am Ende leicht nach unten geknickt; ein Fischadler vielleicht? Liam war sich nicht sicher. Er würde es nachschlagen müssen: In Jos Stapeln gab es ein großartig illustriertes Vogelbuch.

Während er zu ihm aufblickte, schoss der Vogel plötzlich hinab, die Beine streckten sich vor, die Fänge öffneten sich in letzter Sekunde, pflügten tief ins Wasser und schwangen wieder heraus, einen dicken, wütend zappelnden Fisch zwischen den Klauen. Liam sah gebannt zu. Der Fisch war so schwer und wehrte sich so heftig, dass der Vogel Mühe hatte aufzufliegen, immer wieder wurde er in die Wellen hinabgezogen. Mit mächtig schlagenden Flügeln inmitten sprühender Gischt schaffte er es schließlich abzuheben; den Fisch unter sich eingekrallt wie eine überdimensionierte Bombe, machte er sich auf zum jenseitigen Ufer.

Am Donnerstag war es aus.

»Möchtest du French Toast?«, fragte Jo.

»Klingt gut.«

»Mit Vanilleeis dazu?«

»Noch besser!«

Sie standen auf und zogen sich schnell an – das Schlafzimmer lag auf der Nordseite des Hauses, und die Isolierung war ein Witz. In der Küche heizte Liam ein und meißelte ein bisschen Eiskrem vom Block, während Jo die Eier für den Toast aufschlug. Dann setzten sie sich zum Frühstück in die Sessel vor dem Feuer und lauschten dem Wind, der ums Haus toste. Morgen, nahm Liam sich vor, würde er sich mal um die Fugenabdichtung kümmern.

»Das ist ja richtig guter Ahornsirup.«

»Selbst gemacht.«

»Tatsächlich?«

»Meine Eltern besaßen zwei Hektar Wald, und als ich das Haus verkaufte, hab ich den Wald behalten. Da gibt es zwei Dutzend Zuckerahorne. Ich zapfe jedes Jahr ein paar an.«

»Wirklich? Und wie geht das?«

»Man bohrt ein Loch, rammt einen Zapfhahn rein und hängt einen Eimer drunter, um den Saft aufzufangen. Das ist alles. Das Mühsame – oder vielmehr Langwierige – ist dann das Einkochen. Man braucht vierzig Liter Saft für einen Liter Sirup. Das dauert Tage. Wenn man genug beisammenhat, füllt man ihn in Flaschen und verkauft ihn für Unsummen an Touristen. Der hier stammt aus der letzten Saison. Man zapft im Frühjahr, wenn die Tage wärmer werden, die Nächte aber noch kalt sind. Dann fängt der Saft an zu steigen.«

»Na, auf jeden Fall lohnt es die Mühe. Also … Eiskrem, Ahornsirup … was machst du sonst noch?«

»Eiskrem und Ahornsirup sind meine einzigen Talente.«

»Aber fantastische Talente. Und zwei mehr, als ich habe.«

Sie legte den Kopf schräg. »Irgendwas muss es doch geben, was du kannst.«

Er überlegte. »Ich kann addieren und subtrahieren. Zählt das auch?«

»Addieren und subtrahieren zählt sogar doppelt.«

Er lachte und tunkte den letzten Rest Eis und Sirup mit dem letzten Eckchen Toast auf. Jo war schon fertig, saß mit hochgezogenen Beinen in ihrem Sessel und blickte ins Feuer. Der Ofen sah aus wie mit geschmolzenem Gold gefüllt. Liam stand auf und ging hinüber zu den Büchern, die an der Wand entlang gestapelt waren. Die Stapel erinnerten ihn an seine Kartons. Clara würde sie bestimmt gleich aufräumen wollen: Sie würde alle Bücher in einer Reihe aufstellen, schön senkrecht, mit den Rücken nach außen, der Größe nach geordnet, oder vielleicht auch nach Farben.

Er fand das Vogelbuch und nahm es mit zu seinem Sessel, ohne es aufzuschlagen. Stattdessen sah er zu, wie die Flammen über Jos Gesicht flackerten, und fragte sich, weshalb ihm erst jetzt auffiel, wie schön sie war.

»Weißt du was?«, sagte er. »Mit dem Eis ist es irgendwie komisch.«

Sie sah ihn stirnrunzelnd an. »Wieso?«

»Ich glaube, es hat eine aphrodisierende Wirkung.«

»Ach ja?«, sagte sie lächelnd. »Dann nimm noch etwas.«

Nachher zog sie mit einer raschen Bewegung ihres nackten Arms die Decke hoch und kuschelte sich an ihn. »Ich muss eine zweite Decke besorgen«, sagte sie. »Ich vergesse es immer wieder.«

Das war der Moment – nicht als er sah, dass sie schön war, nicht als sie miteinander schliefen, sondern danach, im schlichten, wohligen Empfinden ihres Körpers an dem seinen –, als er begriff, dass er sich in sie verliebte, schon in sie verliebt hatte. Und zugleich mit dieser Einsicht, als hätte sie schon die ganze Zeit im Hintergrund gelauert, überrollte ihn die Vergangenheit, mit Fiona als Galionsfigur des Versagens und der Verzweiflung. *Du bist nicht liebesfähig, Liam. Du bist unfähig, jemandem zu vertrauen, jemanden gernzuhaben, dich jemandem hinzugeben. Das ist Liebe, und dazu bist du nicht fähig und wirst es auch nie sein.*

Er versuchte, sie auszublenden, aber es gelang ihm nicht. Er versuchte, an irgendwen zu denken, den er wirklich geliebt hatte, um zu beweisen, dass sie unrecht hatte, aber es fiel ihm niemand ein. Er dachte daran, was Karl über Jos schlechte Erfahrungen mit Männern gesagt hatte, und dass sie mit ihm jetzt wieder alles riskierte. Du wirst es ja doch nur vermurksen, dachte er, und ein Abgrund tat sich in ihm auf. Nächste Woche oder nächsten Monat oder nächstes Jahr vermurkst du es und verschwindest. Das hat sie wirklich nicht verdient.

»Ich muss dir etwas gestehen«, sagte er nach einer Weile.

»Ja?«

»Ich werde bald von hier weggehen. Ich muss Geld verdienen, und hier oben gibt's keine Jobs für mich.« Was nicht stimmte. Just an jenem Morgen hatte Jim angeboten, ihm einen festen Lohn zu zahlen, nicht viel, aber genug, um davon zu leben, wahrscheinlich auf Susans Betreiben hin. Er mochte sie, der Abend bei ihnen war sehr nett gewesen. Doch eine bessere Ausrede war ihm nicht eingefallen.

Sie wandte den Kopf und sah ihm in die Augen. »Oh«, sagte sie. »Danke, dass du es mir gesagt hast.«

Er nahm seinen Mut zusammen. »Soll ich lieber nicht mehr herkommen?«

»Das wär vielleicht das Beste.«

In der Nacht dachte er, krank vor Trauer: Du musst hier raus. Sofort. Steig ins Auto und fahr einfach los, egal wohin. Sag Jim morgen ab, schmeiß alles in die Karre, und nichts wie weg.

Doch am Morgen dachte er an Clara; er konnte nicht einfach verschwinden, ohne es ihr zu sagen. Also gut, noch ein paar Tage; sag's ihr und lass ihr ein bisschen Zeit, um sich an den Gedanken zu gewöhnen.

Er ging zur Arbeit, sagte Jim aber nichts – es würde Fragen geben, denen er sich nicht stellen mochte. Als sie Feierabend machten, ging er nach Hause und wartete auf Clara.

»Wie geht's denn bei euch?«, fragte er, als sie hereinkam. Sie sah unglücklich aus.

»Sie sagt nichts. Liegt immer bloß auf dem Bett. Wieso redet sie nicht mit mir?«

»Clara«, sagte er sanft, weil sie wie ausgehöhlt vor Kummer wirkte. »Diese Frage musst du deinen Eltern stellen. Du musst mit ihnen reden. Sie sind es, die ...«

»Die sagen doch immer nur, sie ist müde, aber es wird ihr bald besser gehen!« Sie war zornig und den Tränen nah. Heute konnte er es ihr nicht sagen.

Sie wollte einen Karton auspacken, also taten sie das. So ging es zwar in die falsche Richtung, auspacken anstatt einpacken, aber sei's drum.

Am Sonntag packten sie den letzten Karton aus. Obenauf lag eine Pelzmütze mit Ohrenklappen, ein scheußliches Ding, das Fiona ihm mal zu Weihnachten geschenkt hatte; sie fand, er sähe damit aus wie Omar Sharif. Er wusste nicht, warum er sie nicht längst weggeschmissen hatte. Daneben lag ein dicker brauner Umschlag, beschriftet mit seiner Adresse in Toronto. Er erinnerte sich daran – der Brief war gerade angekommen, als er die Kartons ins Auto lud, um nach Solace aufzubrechen. Er hatte es eilig gehabt und ihn einfach in einem der Kartons versenkt – und dann prompt vergessen.

Clara stülpte sich die Mütze über, schob sie über den Augen hoch und blickte zu ihm auf. Er rang sich ein Lächeln ab. »Sieht super aus.«

»Darf ich mal raufgehen und in den Badezimmerspiegel gucken?«

Sie sollte eigentlich im Wohnzimmer bleiben, aber da er sowieso bald weg sein würde, spielte es wohl keine Rolle mehr. »Klar.«

Als sie nach oben gegangen war, öffnete er den Umschlag. Darin befanden sich ein zweiter Umschlag und ein Brief von Mrs. Orchards Notar, der besagte, dass sie ihn beauftragt hatte, das beiliegende Päckchen an ihn weiterzuleiten. Das Päckchen enthielt einen weiteren Brief und zwei gerahmte Fotos. Liam las zuerst den Brief.

*Lieber Liam,*
*ich schreibe dies im Krankenhaus und werde jemanden hier bitten, den Brief für mich einzuwerfen.*

*Beiliegend zwei Fotos, die ich hierher mitbrachte und die ganze Zeit an meiner Seite hatte. Ich dachte, du hättest sie vielleicht gern. Eins ist von Charles, vor langen Jahren bei einem Urlaub in South Carolina aufgenommen. Das andere ist von Charles und dir, als du mal ein Wochenende bei uns verbracht hast. Du warst damals vier, und deine Mutter hatte alle Hände voll zu tun mit deinen kleinen Schwestern, sodass du oft bei uns warst; und wenn dein Besuch auf ein Wochenende fiel, an dem Charles zu Hause war, spielte er zum Frühstück immer den Butler, was uns allen riesigen Spaß machte.*

*Charles kam aus England (überaus wohlerzo-*

*gen!) und brutzelte uns sonntags ein »full English breakfast« mit Eiern und Speck und allem Drum und Dran, das er in vollendetem Stil servierte (ich steuerte gestärkte weiße Leinenservietten bei) und so tat, als ob du ein vornehmer Lord wärst. Was haben wir gelacht! Ich hoffe, du hast Freude an den Fotos und Erinnerungen an Charles.*

*Auf die Gefahr hin, dich in Verlegenheit zu bringen, Liam, möchte ich, dass du weißt: Deine Anwesenheit in unserem Leben war ein Quell der Freude für Charles und mich – mehr, als du dir jemals vorstellen kannst. Ich habe immer gebetet, du mögest aus dieser Zeit vor allem die Erinnerung mitgenommen haben, dass du über die Maßen geliebt wurdest.*

*Meine allerbesten Wünsche für deine Zukunft,*
*Elizabeth Orchard*

*PS: Deine Briefe haben mir über die vergangenen Jahre sehr viel bedeutet, Liam. Danke fürs Schreiben, und danke, dass du mich noch einmal in dein Leben gelassen hast.*

Liam holte tief Luft und stand mit einem Kloß im Hals da. Er legte den Brief auf den Tisch und sah sich das Foto an, das Mrs. Orchard erwähnt hatte. Da war er, ganz klein, mit einem roten Pulli und einem riesengroßen Lächeln im Gesicht. Neben ihm stand

Mr. Orchard in dunklem Anzug, weißem Hemd und Fliege, eine akkurat gefaltete Serviette über dem Arm, der eine silberne Servierplatte hielt. Leicht vorgebeugt stand er, respektvoll, aber nicht unterwürfig, und sagte – nach drei Jahrzehnten konnte Liam ihn immer noch hören –: »*Ein Würstchen zum Speck gefällig, Sir? Oder lieber zwei? Sehr wohl, Sir. Und nun zu den Rühreiern: frisch gelegt, Sir, das Mädchen hat sie heute Morgen gleich als Erstes hereingeholt. Einen Löffel voll? Ein bisschen mehr? Sehr wohl, Sir, es wäre schade, sich so etwas entgehen zu lassen. Möchten Sie vielleicht etwas weniger von den Würstchen und dafür lieber mehr von den Rühreiern? Ich könnte dieses hier wieder wegnehmen und warmhalten? Nein, dieses dalassen und das andere wegnehmen? Natürlich, Sir, sehr wohl, Sir. Ich hebe es für Sie auf, keiner wird es Ihnen wegschnappen.*«

Er erinnerte sich an die Wärme, die ihn in diesem Haus umfangen hatte. Das Gefühl, etwas Besonderes zu sein, geliebt zu werden. Am Ende seiner Besuche dort hatte er nie heimgehen wollen. Ob seine Mutter das wohl gewusst hatte? Anzunehmen. Clara konnte ihre Gefühle nicht verbergen, und sie war schon viel älter, als er damals gewesen war. Das erklärte vieles.

Claras Schritte waren auf der Treppe zu hören, und er gab sich einen Ruck, schüttelte die nostalgische Anwandlung ab.

Sie kam ins Zimmer, die Mütze mit der Hand hochhaltend, damit sie ihr nicht über die Augen rutschte. Sie grinste keck. Er staunte über ihre Fähigkeit, zu ihrer guten Laune zurückzufinden, wenn sich auch nur die geringste Gelegenheit dazu bot.

»Sie steht dir«, sagte er und nickte. Und es stimmte; obwohl ihr die Mütze zu groß war, sah sie richtig hübsch damit aus.

»Kann ich die haben, wenn Sie mal sterben?«

»Ja, kannst du. Hier, ich muss dir was zeigen. Kennst du dieses Foto?«

Clara warf einen Blick darauf, dann riss sie sich abrupt die Mütze vom Kopf und nahm ihm das Foto aus der Hand. »Ja! Das war eins von Mrs. Orchards *Lieblings*fotos! Sie hat es ins Krankenhaus mitgenommen – oh, und da ist ja auch das von Mr. Orchard! Wo haben Sie die denn gefunden?«

»In dem Päckchen, das Mrs. Orchard mir aus der Klinik geschickt hat. Weißt du, wer der kleine Junge ist?«

»Ich weiß nicht, wie er heißt, aber er hat bei Mr. und Mrs. Orchard nebenan gewohnt. Er war nicht ihr Kind, aber sie haben ihn ganz doll lieb gehabt.«

»Das bin ich«, sagte Liam. »Als Kind.«

Clara sah ihn mit offenem Mund an.

»Ich war vier, als das Foto aufgenommen wurde.«

Er konnte sehen, wie sie mit der Vorstellung rang; langsam erhellte sich ihr Gesicht zu einem Lächeln.

»Hat Mrs. Orchard Ihnen deshalb ihr Haus geschenkt? Weil Sie der kleine Junge waren?«

»Ich glaub ja.«

Er hatte ihr heute nicht sagen wollen, dass er wegziehen würde, doch eigentlich, überlegte er, wäre es der richtige Moment – nun, da sie sah, dass Dinge sich verändern, Leute erwachsen werden, alles weitergeht.

Sie trug die Fotos zu der Anrichte, wo die anderen aufgestellt waren. »Ich zeig Ihnen, wo sie hingehören«, sagte sie beflissen. »Das hier kommt dahin« – sie setzte das Bild sehr präzise ab –, »und das hier kommt daneben.« Sie trat zurück, begutachtete ihr Werk, trat wieder vor und rückte ein Bild zurecht, drehte sich dann strahlend zu ihm um.

»Sie sehen da gut aus«, sagte er. »Richtig gut. Übrigens, da fällt mir ein, ich wollte dich was fragen. Möchtest du die Kartenspieler vielleicht jetzt schon haben? Sie nach Hause mitnehmen?«

Es war, als hätte er ihr einen Schlag versetzt. Er dachte, sie würde sich freuen, würde zum Kaminsims laufen und die Männchen herunternehmen, und dann würde er ihr alles erklären, und sie würde es akzeptieren, nachdem die kleinen Kartenspieler ihr die bittere Pille versüßt hatten. Stattdessen stand sie stocksteif da und starrte ihn an. Alle Farbe, alles Strahlen war aus ihrem Gesicht gewichen.

»Was ist denn los?«, fragte Liam erschrocken.

Sie brauchte eine Weile, ehe sie antwortete. »Werden Sie sterben?«

Fast hätte er aufgelacht, doch er sah die Angst in ihren Augen und riss sich zusammen. Es rührte ihn, dass der Gedanke sie so aufwühlte. Aber vermutlich, sagte er sich, liegt es an all dem, was sie schon durchgemacht hat. Sie will einfach nicht noch mehr Veränderung. Sie macht sich Sorgen um die Katze.

»Nein, nein, ich werde nicht sterben. Sicher noch viele, viele Jahre nicht.«

»Sind Sie krank? Müssen Sie ins Krankenhaus?«

»Nein, ich bin nicht krank. Ich bin gesund, du musst dir keine Sorgen machen.«

Sie musterte ihn eindringlich, als ob sie versuchte, seine Gedanken zu lesen – was sie bestimmt tun würde, wenn sie es könnte; von wegen Diskretion, von wegen anderer Leute Post nicht öffnen – aufschlitzen würde sie sein Gehirn, ohne Gewissensbisse jede einzelne Zelle und Synapse untersuchen.

Sie blickte immer noch zweifelnd. »Kann ich die Männchen nicht auch hierbehalten? Damit ich mit ihnen spielen kann, wenn ich herkomme, um Moses und Sie zu besuchen? Weil, die gehören doch hierher. Genau wie die Fotos.«

Er sah sie verdutzt an. Hatte sie erraten, was er ihr hatte sagen wollen, und wollte sie es ihm extra schwer machen? War ein Kind in ihrem Alter schon zu solcher Verschlagenheit fähig? Und dieses ganze Kistenauspacken: War das am Ende auch Teil des Plans gewesen? Ach Unsinn, sagte er sich, sie ist doch noch nicht mal acht! Vor seinem inneren Auge aber sah er sie schon die Tür verrammeln und Bretter vor die Fenster nageln, damit er nicht rauskonnte. Es wird nie einen passenden Moment geben, um es ihr zu sagen, dachte er. Sag's ihr einfach. Bring's hinter dich.

»Klar«, sagte er. »Du kannst sie hierbehalten.«

Er wanderte durch das Haus, als sie gegangen war, unfähig, zur Ruhe zu kommen; er verstand sich selbst nicht. Was zum Teufel ist nur los mit dir?, dachte er. Er ging in die Küche, machte den Kühlschrank auf, starrte hinein, machte ihn wieder zu. Du hättest schon vor Wochen hier weg sollen, dachte er. Du hast zu lange gezögert, und jetzt bist du ein fester Bestandteil ihres Lebens. Der Hüter der verfluchten Katze. Willst du vielleicht ewig hier hocken bleiben, nur damit die Katze ein Zuhause hat? Herrgott, was kann denn schlimmstenfalls passieren? Selbst wenn der Käufer des Hauses die Katze abschafft, wird die Kleine schon darüber hinwegkommen. Ihre Eltern werden ihr einen Hund kaufen oder einen Wellensittich, und in ein paar Monaten hat sie alles vergessen. Kinder kommen doch über alles hinweg. Mehr oder weniger.

Er holte Jos Eiskrem aus der Tiefkühltruhe, meißelte sich eine Schüssel voll und löffelte das Eis, an die Spüle gelehnt. Dann wusch er die Schüssel aus, sah zu, wie die blasse Flüssigkeit sich verwässerte und in den Ausguss rann. Lange ließ er das klare, kalte Wasser über die Schüssel fließen, während die Gedanken in seinem Kopf Achterbahn fuhren, sinnlos auf und ab wirbelten, bis sich endlich ein einzelner Gedanke aus dem Chaos löste und für sich stand, unabweisbar: Hör auf, dir etwas vorzumachen; hier geht es nicht nur um ein Kind und eine Katze.

Er ließ die Schüssel im Spülbecken stehen, ging in den Flur, zog Stiefel, Schal, Parka, Handschuhe und Mütze an und stapfte in die Nacht hinaus.

Es war schauerlich kalt, der eisige Wind blies ihm Schnee ins Gesicht. Er kämpfte sich vor bis zum See, in der Hoffnung, beim Gehen allmählich Gewissheit zu erlangen, doch der Wind war so stark, dass er gar keinen klaren Gedanken fassen konnte. Außerdem war die Entscheidung ohnehin gefallen, wahrscheinlich schon vor Tagen, ohne dass es ihm bewusst geworden war; also kehrte er um und ließ sich vom Wind in die Stadt zurücktreiben. Er lief die Main Street hinauf, bog an der ersten Querstraße links ab, dann wieder an der nächsten rechts, und landete schließlich an Jos Tür.

Sie öffnete und stand als Silhouette vor dem Flurlicht.

»Ich schaff's nicht, wegzufahren«, sagte er. »Ich … ich krieg's irgendwie nicht hin.«

»Ach nein?« Sie zog ihre Jacke enger um sich. »Magst du reinkommen und darüber reden?«

Der frisch gefallene Schnee auf den Verandastufen war fast zehn Zentimeter tief, als er nach Hause kam. An den Seiten hatte der Wind die weiße Pracht zu Schneewehen aufgetürmt. Den Kopf noch randvoll von Jo, hatte er dennoch das Gefühl, dass etwas verändert war, sobald er das Haus betrat. Er stand im Flur und horchte: Nichts war zu hören als der Wind. Vorsichtig schob er die Tür zum Wohnzimmer auf und knipste das Licht an.

Mitten im Zimmer saß eine rauchgraue Katze, den Schwanz ordentlich um die Pfoten gelegt, und sah ihn an.

»Hallo, Moses«, sagte Liam. »Schön, dich kennenzulernen.«

Lust auf mehr von Mary Lawson?

Dann lesen Sie weiter in

# LESEPROBE

Taschenbuch

ISBN 978-3-453-42601-6
Auch als E-Book: 978-3-641-28258-5

Überall, wo es Bücher gibt

**HEYNE<**

*Zum Buch*

Kates Kindheit im Norden Ontarios endet jäh, als ihre Eltern tödlich verunglücken. Ihre beiden Brüder Luke und Matt beschließen, sie und die kleine Schwester Bo alleine großzuziehen. Halt findet die verschlossene und bildungshungrige Kate vor allem bei Matt, dessen Liebe zur Tier- und Pflanzenwelt auf sie überspringt. Jahre später arbeitet Kate erfolgreich als Biologin an der Universität von Toronto, weit weg von ihrer Heimat. Doch die Geschehnisse von damals schweben immer noch wie ein Schatten über ihr. Als sie für ein Familienfest nach Crow Lake zurückkehrt, gerät ihre Welt erneut aus den Fugen.

»Ein höchst beeindruckendes Debüt. Lassen Sie es sich nicht entgehen.« *The New York Times Book Review*

# Prolog

Meine Urgrossmutter Morrison hatte ein kleines Lesepult an ihrem Spinnrad befestigt, damit sie beim Spinnen lesen konnte, so wurde uns erzählt. Und eines Samstagabends war sie so sehr in ihr Buch vertieft, dass sie erst nach Mitternacht wieder aufblickte und feststellen musste, dass sie eine halbe Stunde lang am Tag des Herrn gesponnen hatte. Damals galt das als schwere Sünde.

Diese kleine Familienanekdote erwähne ich nicht bloß um ihrer selbst willen; in letzter Zeit ist mir aufgegangen, dass meine Urgroßmutter und ihr Lesepult eine ganze Menge zu verantworten haben. Sie war schon seit Jahrzehnten unter der Erde, als die Ereignisse über uns hereinbrachen, die unsere Familie zerrissen und unseren Träumen ein Ende setzten, aber das heißt nicht, dass sie keinen Einfluss auf den Ausgang des Geschehens hatte. Was sich zwischen Matt und mir abspielte, lässt sich ohne den Hinweis auf unsere Urgroßmutter kaum erklären. So ist es nur recht und billig, ihr auch einen Teil der Schuld zuzuweisen.

Im Zimmer meiner Eltern hing ein Bild von ihr. Als Kind stand ich oft davor. Ich musste meinen ganzen Mut zusammennehmen, um ihr in die Augen zu sehen. Sie war klein, schmallippig, ganz in Schwarz gekleidet, mit einem weißen Spitzenkragen (der zweifellos jeden Abend kräftig geschrubbt und dann in aller Herrgottsfrühe gebügelt wurde), und hielt sich stocksteif. Streng sah sie aus, argwöhnisch und vollkommen humorlos. Nun, kein Wunder – sie hatte vierzehn Kinder in dreizehn Jahren bekommen und fünfhundert Hektar dürren Ackerbodens auf der Halbinsel Gaspé zu bewirtschaften. Wie sie da noch die Zeit zum Spinnen fand, geschweige denn zum Lesen, wird mir ewig ein Rätsel bleiben.

Von uns vieren, Luke, Matt, Bo und mir, war Matt der Einzige, der ihr in irgendeiner Weise ähnlich sah. Wenn auch von seinem Wesen her alles andere als griesgrämig, hatte er doch die gleichen schmalen Lippen und hellgrauen Augen. Wenn ich in der Kirche nicht still saß und einen zurechtweisenden Blick von meiner Mutter erntete, blinzelte ich aus dem Augenwinkel zu Matt hoch, um zu sehen, ob er es mitbekommen hatte. Und jedes Mal machte er dann ein strenges Gesicht, aber im letzten Moment, wenn ich schon anfing zu verzweifeln, zwinkerte er mir doch noch schnell zu.

Matt war zehn Jahre älter als ich, sehr groß und ernst und klug. Seine Leidenschaft waren die Teiche, die sich ein, zwei Meilen hinter den Bahngleisen befanden. Es waren ehemalige Kiesgruben, längst verlassen, seit die Straße fertig ausgebaut war, und von der Natur mit allen möglichen glitschigen Wunderwesen bevölkert. Als Matt begann, mich zu den Teichen mitzunehmen, war ich noch so klein, dass er mich auf den Schultern tragen musste – durch den Wald mit seinem wuchernden Efeu, die Gleise entlang, vorbei an den staubigen Güterwagen, die in langer Reihe auf ihre Ladung Zuckerrüben warteten, und schließlich den steilen Pfad hinab zum Ufer. Dort lagen wir dann auf dem Bauch, während die Sonne uns auf den Rücken brannte, und blickten gespannt in das dunkle Wasser.

Kein Bild aus meiner Kindheit ist mir deutlicher in Erinnerung geblieben; ein Junge um die fünfzehn, neben ihm ein kleines Mädchen mit langen Zöpfen und braun gebrannten Beinen. Sie liegen beide ganz still, das Kinn auf den Handrücken gestützt. Er zeigt ihr seltsame Dinge. Oder vielmehr, seltsame Dinge zeigen sich ihnen, tauchen aus dem Schatten, unter Steinen auf, und er erzählt ihr mit leiser Stimme von dieser kleinen Wunderwelt.

Über die Jahre haben wir wohl hunderte von Stunden so verbracht. Ich lernte die Kaulquappen der Leopardenfrösche von den fetten grauen der Ochsenfrösche und den kleinen schwarzen der Kröten zu unterscheiden. Ich kannte die Schildkröten und die Welse, die Wasserläufer und die Molche und die Taumelkäfer, die wie verrückt über der Wasseroberfläche wirbelten. Hunderte von Stunden, während im Wechsel der Jahreszeiten das Leben im Teich viele Male erstarb und sich erneuerte und ich langsam zu groß wurde, um auf Matts Schultern zu reiten, und stattdessen hinter ihm her durch den Wald stapfte. Natürlich nahm ich den Wechsel gar nicht bewusst wahr – er vollzog sich ganz allmählich, und Kinder haben ja keine Vorstellung von Zeit. Bis morgen ist es ewig lang hin, und Jahre vergehen wie im Flug.

## I

ALS DAS ENDE KAM, kam es scheinbar völlig unvorbereitet, und erst sehr viel später erkannte ich, dass ihm eine ganze Reihe von Ereignissen vorausgegangen waren. Einige der Ereignisse hatten gar nichts mit uns, den Morrisons, zu tun, sondern einzig und allein mit den Pyes, die gut eine Meile entfernt von uns wohnten und unsere nächsten Nachbarn waren. Die Pyes hatten schon immer so ihre Probleme, vorsichtig gesagt; aber in jenem Jahr eskalierten die Probleme in dem großen alten, grau gestrichenen Holzhaus derart, dass sie zu einem Albtraum wurden. Nur schwante uns damals noch nichts davon, wie schicksalhaft sich der Traum der Morrisons mit dem Albtraum der Pyes verflechten würde. Nein, das hätte wahrhaftig niemand vorhersehen können.

Natürlich kann die Suche nach dem Anfang einer Geschichte unendlich weit in die Vergangenheit zurückführen, bis zu Adam und Eva, und noch weiter. Aber in unserer Familie ereignete sich in jenem Sommer eine Katastrophe, die als Beginn von allem Folgenden anzusehen ist. Es passierte an einem heißen, ruhigen Sommertag im Juli, als ich sieben Jahre alt war, und setzte dem normalen Familienleben ein jähes Ende; auch heute noch, neunzehn Jahre später, will es mir nicht gelingen, irgendeinen tieferen Sinn dahinter zu erkennen.

Als einzig Positives ließe sich vielleicht sagen, dass alles wenigstens in gehobener Stimmung zu Ende ging, denn am Tag zuvor – dem letzten, den wir gemeinsam verbrachten – hatten meine Eltern erfahren, dass Luke, mein ältester Bruder, sein Examen bestanden und einen Ausbildungsplatz am Lehrerseminar erhalten hatte. Lukes Erfolg kam einigermaßen überraschend, da er so gar nichts von einem Musterschüler hatte. Irgendwo habe ich einmal gelesen, dass jedes Familienmitglied eine ganz bestimmte Rolle zugewiesen bekommt – »der Kluge«, »die Niedliche«, »der Eigenbrötler« –, und wenn man die Rolle eine Zeit lang gespielt hat, wird man sie nicht wieder los, ganz egal, wie man sich entwickelt; nur im Anfangsstadium habe man die Möglichkeit, Einfluss auf die Wahl der Rolle zu nehmen. Wenn die Theorie zutrifft, dann muss Luke sich schon frühzeitig dafür entschieden haben, »das Problemkind« sein zu wollen. Ich weiß nicht, was ihn zu dieser Wahl bewogen hat, aber vielleicht hat er sich die Geschichte von der Urgroßmutter und ihrem berühmten Lesepult zu sehr zu Herzen genommen. Diese Geschichte muss der Fluch seines Lebens gewesen sein – oder einer der Flüche –, der andere war dann wohl, jemanden wie Matt als Bruder zu haben. Matt war so offensichtlich der geistige Erbe unserer Urgroßmutter, dass es für Luke gar keinen Sinn mehr hatte, sich überhaupt noch groß anzustrengen. Dann also lieber herausfinden, worin seine eigene Stärke lag – unsere Eltern zur Weißglut zu bringen, beispielsweise – und immer schön in dieser Richtung weiterüben.

Trotzdem hatte er nun aber mit neunzehn sein Examen bestanden. Nach drei Generationen eifrigen Bemühens war ein Mitglied der Familie Morrison drauf und dran, den höheren Bildungsweg einzuschlagen.

Was nicht nur für die Familie etwas Neues war, sondern wohl auch für ganz Crow Lake, das kleine Bauerndorf im nördlichen Ontario, wo wir vier geboren und aufgewachsen sind. Damals war Crow Lake bloß durch eine ungeteerte Straße und ein Bahngleis mit der Außenwelt verbunden. Die Züge hielten auf Winkzeichen, und die Straße führte nur nach Süden, da es keinen Grund gab, noch weiter nach Norden zu fahren. Abgesehen von etwa einem Dutzend Farmen, einem Gemischtwarenladen und ein paar bescheidenen Häusern am See, gab es dort nichts außer der Kirche und der Schule. Im Lauf seiner Geschichte hatte der Ort, wie gesagt, nicht eben viele Gelehrte hervorgebracht, und Lukes Leistung hätte in der Kirchenpostille am nächsten Sonntag bestimmt Schlagzeilen gemacht, wäre nicht vorher die Katastrophe passiert, die unsere Familie zerstörte.

Luke muss die Nachricht von seiner Zulassung zum Lehrerstudium am Freitagmorgen erhalten haben, worauf er es unserer Mutter erzählte, die dann sofort unseren Vater in der Bank anrief, wo er arbeitete, in Struan, zwanzig Meilen weit entfernt. Das allein war schon unerhört; unter keinen Umständen hatte eine Hausfrau ihren Mann bei der Arbeit zu stören, wenn es sich um Schreibtischarbeit handelte. Aber sie rief ihn an, und die beiden beschlossen dann wohl, uns anderen die große Neuigkeit beim Abendessen zu verkünden.

Oft habe ich seitdem an jene Mahlzeit zurückgedacht, nicht so sehr wegen Lukes überraschender Erfolgsmeldung, sondern weil es unser letztes gemeinsames Familienmahl sein sollte. Ich weiß, Erinnerungen sind trügerisch, und eingebildete Ereignisse können einem so echt vorkommen wie wirkliche, aber ich könnte schwören, dass ich jedes Detail dieses Essens im Gedächtnis behalten habe. Im Rückblick bestürzt mich am meisten, wie gewöhnlich alles war. Nur nichts hochspielen, war das Motto bei uns. Gefühlsregungen, auch positive, wurden strikt im Zaum gehalten. Es war das elfte Gebot, auf eine eigene

Gesetzestafel gemeißelt, speziell für Presbyterianer: Du sollst nicht deine Gefühle zeigen.

So verlief dieses Abendessen genau wie jedes andere auch, ziemlich förmlich und langweilig, nur ab und zu aufgelockert durch Bo. Es gibt ein paar Fotos von Bo aus dieser Zeit. Sie war klein und rund und hatte hellblondes Flaumhaar, das ihr senkrecht vom Kopf abstand, als hätte sie der Blitz getroffen. Auf den Fotos sieht sie lieb und friedlich aus, was nur beweist, wie sehr Kameras lügen können.

Wir saßen alle auf unseren angestammten Plätzen, Luke und Matt, neunzehn und siebzehn Jahre alt, an der einen Tischseite, ich, sieben Jahre, und Bo, eineinhalb, an der anderen. Ich weiß noch, wie mein Vater mit dem Tischgebet begann und prompt von Bo unterbrochen wurde, die ihren Saft verlangte, und wie meine Mutter sagte: »Gleich, Bo. Jetzt mach die Augen zu.« Mein Vater setzte erneut an, und Bo krähte wieder dazwischen, und meine Mutter sagte: »Noch ein Mucks, und du kommst sofort ins Bett« – worauf Bo den Daumen in den Mund steckte und trotzig vor sich hin schmatzte wie eine tickende Zeitbombe.

»Wir wollen es noch mal versuchen, Herr«, sagte mein Vater. »Wir danken dir für dieses Mahl, das du uns heute Abend beschert hast, und wir danken dir besonders für die gute Neuigkeit, die wir heute erhalten haben. Hilf uns, dass wir unser großes Glück immer zu schätzen wissen. Hilf uns, das Beste aus unseren Gaben zu machen und die kleinen Talente, die wir haben mögen, stets zu deinem Dienst zu verwenden. Amen.«

Luke und Matt und ich reckten uns. Meine Mutter reichte Bo den Saft.

»Was für eine gute Neuigkeit?«, fragte Matt. Er saß mir direkt gegenüber. Wenn ich auf die Stuhlkante rutschte und das Bein ausstreckte, konnte ich mit meinem Zeh an sein Knie tippen.

»Dein Bruder« – mein Vater nickte zu Luke hin – »ist am Lehrerseminar angenommen worden. Heute kam die Zusage.«

»Echt, kein Witz?« Matt sah Luke an.

Ich tat es ihm nach. Ich weiß nicht, ob ich Luke vorher je richtig angesehen hatte, ihn überhaupt je richtig beachtet hatte, meine ich. Irgendwie hatten wir nicht viel miteinander zu tun. Unser Altersunterschied war größer als der zwischen mir und Matt, aber ich glaube nicht, dass es nur daran lag. Wir hatten einfach wenig Gemeinsamkeiten.

Aber jetzt beachtete ich ihn, wie er da neben Matt saß, wie vermutlich jeden Tag in den letzten siebzehn Jahren. In gewisser Weise waren sie sich sehr ähnlich – es war nicht zu übersehen, dass sie Brüder waren: beide hoch aufgeschossen und blond, mit der typischen langen Morrison-Nase und den grauen Augen. Aber in der Statur unterschieden sie sich deutlich. Luke war breitschultrig und stämmig und wog gut dreißig Pfund mehr als Matt. Er war eher bedächtig und kraftvoll, Matt agil und flink.

»Kein Witz?«, wiederholte Matt mit absichtlich übertriebener Verwunderung. Luke warf ihm einen schrägen Blick zu. Matt grinste. »Ist ja fabelhaft! Gratuliere!«

Luke zuckte die Schultern. Ich fragte: »Wirst du jetzt Lehrer?« Ich konnte es mir nicht vorstellen. Lehrer waren Respektspersonen. Luke war einfach nur Luke.

»Sieht ganz so aus«, sagte Luke.

Er lümmelte mit dem Ellbogen auf dem Tisch, aber heute wies mein Vater ihn nicht zurecht. Matt saß auch krumm, hatte sich aber doch nicht ganz so breit hingefleezt, weshalb er im Vergleich zu Luke immer noch relativ aufrecht wirkte.

»Er kann wirklich von Glück sagen«, bemerkte meine Mutter. Sie gab sich solche Mühe, allen unschicklichen Stolz auf ihren Sohn zu verbergen, dass sie fast mürrisch klang. Sie teilte das Essen aus – Koteletts von den Tadworth-Schweinen, Kartoffeln, Karotten und Buschbohnen von der Pye-Farm, Apfelmus von Mr. Jamies knorrigen alten Spalierbäumen. »Nicht jeder bekommt so eine Chance geboten, wirklich nicht. Hier, Bo, das ist für dich. Und iss ordentlich, hörst du? Nicht mit dem Essen spielen.«

»Wann soll's denn losgehen?«, fragte Matt. »Und wohin? Toronto?«

»Mhm. Ende September.«

Bo angelte sich eine Hand voll Bohnen von ihrem Teller und presste sie sich quietschvergnügt an die Brust.

»Wir werden dir wohl einen Anzug kaufen müssen«, sagte meine Mutter zu Luke. Sie sah meinen Vater an. »Er braucht doch einen Anzug, oder?«

»Ich weiß nicht«, sagte mein Vater.

»Aber natürlich braucht er einen«, mischte sich Matt ein. »Er wird ganz allerliebst aussehen im Anzug.«

Luke schnaubte bloß. Trotz ihrer Verschiedenheit, trotz der Tatsache, dass Luke ständig in Schwierigkeiten geriet und Matt nie, gab es selten Streit zwischen ihnen. Sie neigten beide nicht zu Wutausbrüchen, und jeder von ihnen lebte mehr oder minder in seiner eigenen Welt, sodass es wenig Reibungspunkte gab. Wenn es dennoch mal zu einer Auseinandersetzung kam, gingen die sorgsam gezügelten Gefühle schlagartig mit ihnen durch und überrannten das elfte Gebot. Aus irgendeinem Grund aber schien das Raufen gar nicht gegen die Regeln zu verstoßen – vielleicht hielten meine Eltern es für normales Benehmen unter Halbstarken, vielleicht sagten sie sich, wenn der Herrgott nicht gewollt hätte, dass sie sich prügeln, hätte er ihnen keine Fäuste gegeben. Doch einmal, als er in der Hitze des Gefechts gegen den Türrahmen geknallt war, sagte Luke: »Verdammter Scheißkerl!«, und musste dann zur Strafe eine Woche lang in der Küche im Stehen essen.

Ich war die Einzige, die es bei ihren Rangeleien mit der Angst zu tun bekam. Matt war der Schnellere, aber Luke war viel stärker, und ich befürchtete immer, dass einer seiner gewaltigen Faustschläge eines Tages zu gut treffen und Matt umbringen könnte. Ich fing dann stets an zu kreischen, sie sollten aufhören, und mein Geschrei ging meinen Eltern so auf die Nerven, dass zumeist ich es war, die auf ihr Zimmer geschickt wurde.

»Was er auf jeden Fall brauchen wird«, überlegte mein Vater, »ist ein Koffer.«

»Oh«, sagte meine Mutter und hielt im Kartoffelaufgeben inne. »Ein Koffer. Jaja, natürlich.«

Ich sah, wie ihr Gesicht auf einmal traurig wurde. Ich hörte auf, an meinem Kotelett herumzusäbeln, und beäugte sie ängstlich. Wahrscheinlich hatte sie bis zu diesem Moment gar nicht recht begriffen, dass Luke fortgehen würde.

Bo summte vor sich hin und wiegte ihre Brechbohnen zärtlich im Arm. »Baby, Baby«, sang sie leise. »Baby Baby Baby Bohnen.«

»Tu sie auf den Teller zurück«, sagte meine Mutter mit abwesender Miene, und der Löffel schwebte immer noch über der Schüssel. »Die Bohnen sind zum Essen da. Leg sie hin, dann schneid ich sie dir klein.«

Bo machte ein missbilligendes Gesicht, schrie auf und drückte die Bohnen leidenschaftlich an ihre Brust.

»Herrje!«, sagte meine Mutter. »Jetzt aber Schluss. Ich hab genug von deinem Theater.«

Was immer sich in ihrer Miene gespiegelt hatte, jetzt war es verflogen, und alles war wieder wie sonst. »Wir müssen in die Stadt fahren«, sagte sie zu meinem Vater. »Einen Koffer kaufen. Am besten gleich morgen.«

Also machten sie sich am Samstag auf den Weg nach Struan. Eigentlich hätten sie nicht unbedingt zusammen hinfahren müssen. Jeder von ihnen hätte genauso gut allein einen Koffer aussuchen können. Und sie hätten auch nicht gleich an jenem Wochenende fahren müssen – Lukes Seminar begann erst in sechs Wochen.

Aber ich nehme an, sie wollten einfach gerne in die Stadt fahren. So seltsam das bei derart vernunftbetonten Leuten scheinen mag, sie waren wohl doch ganz schön aufgeregt. Immerhin war es *ihr* Sohn, ein Morrison, der sich nun anschickte, Lehrer zu werden.

Sie wollten Bo und mich nicht mitnehmen, und natürlich waren wir noch zu klein, um allein zu Hause zu bleiben, also warteten sie, bis Luke und Matt von Calvin Pyes Farm zurückkehrten. Die beiden halfen dort immer am Wochenende und in den Ferien aus. Mr. und Mrs. Pye hatten selbst drei Kinder, aber zwei davon waren Mädchen, und Laurie, der Sohn, war erst vierzehn und zu jung für schwere Arbeit, sodass Mr. Pye gezwungen war, zusätzliche Hilfskräfte aus der Nachbarschaft anzuheuern.

Matt und Luke kamen gegen vier nach Hause. Meine Eltern fragten Luke, ob er mitkommen wollte, um sich seinen Koffer selbst auszusuchen, aber er sagte Nein, ihm sei heiß und er wolle lieber schwimmen gehen.

Ich glaube, ich war die Einzige, die ihnen nachwinkte. Vielleicht habe ich mir das auch nur eingebildet, später, weil ich den Gedanken nicht ertragen konnte, mich nicht mal von ihnen verabschiedet zu haben – aber es kommt mir doch wie eine echte Erinnerung vor. Die anderen drei winkten nicht, denn Bo war außer sich vor Wut, nicht mitzudürfen, und Matt und Luke starrten Bo finster an und überlegten, wer von ihnen sie für den Rest des Tages auf dem Hals haben würde.

Der Wagen rollte auf die Straße und verschwand aus unserem Blickfeld. Bo ließ sich auf den Kies der Auffahrt fallen und plärrte nach Leibeskräften.

»Also, ich geh jedenfalls schwimmen«, sagte Luke laut, um Bo zu übertönen. »Mir ist heiß, und ich hab den ganzen verdammten Tag lang geschuftet.«

»Ich auch«, sagte Matt.

»Ich auch«, sekundierte ich.

Matt stupste Bos Windelpo mit dem Zeh an. »Und du, Bo? Hast du auch den ganzen verdammten Tag lang geschuftet?«

Bo brüllte.

Luke sagte: »Warum muss sie bloß dauernd so einen Terror machen?«

»Sie weiß halt, wie man dich glücklich macht«, grinste Matt. Er bückte sich, zog ihr den Daumen aus der geballten Faust und stopfte ihr damit den Mund. »Na, wie wär's, Bo? Möchtest du mit zum Baden kommen?«

Sie nickte und wimmerte hinter ihrem Fäustchen.

Es muss das erste Mal gewesen sein, dass wir zusammen baden gingen, alle vier. Der See lag keine zwanzig Meter vom Haus entfernt, also sprang man einfach rein, wenn einem gerade danach war, und das war bisher anscheinend nie bei uns allen zur gleichen Zeit vorgekommen. Auf jeden Fall war es sonst immer meine Mutter, die Bo auf dem Arm trug. Jetzt wechselten wir uns ab, warfen sie uns gegenseitig zu wie einen Wasserball, und es machte uns allen Spaß, daran erinnere ich mich noch gut.

Ich erinnere mich auch, dass Sally McLean sich zu uns gesellte, als wir aus dem Wasser kamen. Mr. und Mrs. McLean besaßen den einzigen Laden in Crow Lake, und Sally war ihre Tochter. In den letzten Wochen hatte sie sich häufig bei uns blicken lassen, aber immer so, als wäre sie auf dem Weg irgendwohin und nur zufällig in der Nähe. Das war seltsam, da es nichts gab, wohin sie hätte unterwegs sein können.

Unser Haus war das letzte am Ort und schon ein ganzes

Stück abgelegen; dahinter kam nichts mehr als dreitausend Meilen Einöde bis zum Nordpol.

Luke und Matt hatten Kiesel übers Wasser springen lassen, doch als Sally erschien, hörte Matt auf, setzte sich neben mich und sah mir zu, wie ich Bo eingrub. Bo war noch nie eingegraben worden und ganz entzückt. Ich hatte ihr eine Kuhle im warmen Sand gebuddelt, und da saß sie nun drin, rund und braun und nackt wie ein Ei, und beobachtete glückstrahlend, wie ich den Sand um sie herum aufhäufte.

Sally McLean war immer langsamer gegangen, je mehr sie sich Luke näherte, um schließlich ein paar Meter vor ihm stehen zu bleiben; die eine Hüfte herausgestemmt, stand sie da und zog mit dem Zeh Striche in den Sand. Sie und Luke unterhielten sich leise und stockend, ohne sich anzusehen. Ich achtete nicht weiter auf sie. Ich hatte Bo bis an die Achseln vergraben und dekorierte nun den glatt geklopften Sandhaufen ringsum mit Kieselsteinen, die Bo immer wieder herausklaubte und an die falschen Stellen zurücksteckte.

»Lass das, Bo«, sagte ich. »Ich mach doch ein Muster.«

»Erbsen«, sagte Bo.

»Nein, das sind keine Erbsen. Das sind Kiesel. Die kann man nicht essen.«

Sie steckte einen in den Mund.

»Pfui bäh!«, sagte ich. »Spuck ihn aus!«

»Dummes Ding«, sagte Matt. Er beugte sich herüber, drückte Bos Pausbacken zusammen, bis ihr der Schnabel aufklappte, und fischte das Steinchen heraus. Sie grinste, schob den Daumen in den Mund, zog ihn wieder vor und schaute ihn an. Er war ganz glibberig vor Spucke und Sand. »Bohnen«, sagte sie zufrieden und schob ihn wieder hinein.

»So, jetzt hat sie Sand im Mund«, sagte ich.

»Daran stirbt sie nicht.«

Er beobachtete Luke und Sally. Luke ließ immer noch

Steine übers Wasser springen, gab sich jetzt aber mehr Mühe damit, wählte sorgfältig die flachsten aus. Sally strich sich ständig die Haare zurück. Lang und dick und kupferrot war ihre Mähne, und die Seebrise lupfte immer wieder kleine Strähnen daraus und blies sie ihr übers Gesicht.

Ich fand die beiden reichlich langweilig, aber Matt musterte sie mit der gleichen Aufmerksamkeit, mit der er sonst die Lebewesen in den Teichen beobachtete.

Sein Interesse weckte meine Neugier. »Was macht die hier überhaupt? Wo will die denn hin?«

Er antwortete nicht gleich. »Ich vermute mal, es hat was mit Luke zu tun«, sagte er schließlich.

»Was? Wieso denn mit Luke?«

Er kniff die Augen zusammen. »Weiß nicht genau. Soll ich mal raten?«

»Ja!«

»Es ist nur so eine Idee, aber überall, wo Luke hingeht, taucht Sally auf. Also nehme ich an, sie ist in ihn verliebt.«

»In *Luke* verliebt?«

»Kaum zu glauben, was? Aber Frauen sind da halt komisch, Katie.«

»Aber ist Luke denn in *sie* verliebt?«

»Keine Ahnung. Kann sein.«

Nach einer Weile zog Sally dann wieder ab, und Luke kam vom Ufer herauf, stirnrunzelnd, mit gesenktem Blick. Matt sah mich an und hob warnend die Brauen, was wohl heißen sollte, dass ich gut daran täte, das Thema Sally McLean nicht anzusprechen.

Wir buddelten Bo aus ihrem Grabhügel aus, klopften ihr den Sand ab und trugen sie zum Anziehen zurück ins Haus. Dann ging ich noch mal nach draußen, um meinen Badeanzug auf die Leine zu hängen, sodass ich es war, die das Polizeiauto in die Einfahrt einbiegen sah.

Ich lief ihm neugierig entgegen, denn Polizeiautos bekam man in Crow Lake höchst selten zu sehen. Der Polizist stieg aus, und zu meiner Überraschung dann auch noch Reverend Mitchell und Dr. Christopherson. Reverend Mitchell war unser Pfarrer, und seine Tochter Janie war meine beste Freundin. Dr. Christopherson wohnte in Struan, aber er war unser Hausarzt – ohnehin der einzige Arzt im Umkreis von hundert Meilen. Ich mochte sie beide gern. Der Doktor hatte einen irischen Setter namens Molly, der Blaubeeren mit den Zähnen pflücken konnte und Dr. Christopherson stets auf seinen Runden begleitete. Ich hopste auf sie zu und sagte: »Mum und Dad sind nicht da. Sie sind einkaufen gefahren, einen Koffer für Luke, der wird jetzt nämlich Lehrer.«

Der Polizist stand neben seinem Auto und starrte auf einen kleinen Kratzer am Kotflügel. Reverend Mitchell blickte Dr. Christopherson an, dann wieder mich und fragte: »Ist Luke da, Katherine? Oder Matt?«

»Sie sind beide da«, nickte ich eifrig. »Sie ziehen sich gerade um. Wir sind baden gewesen.«

»Wir müssten mal mit ihnen reden. Kannst du ihnen sagen, dass wir hier sind?«

»Na klar!« Dann besann ich mich auf meine Manieren. »Möchten Sie nicht hereinkommen? Mum und Dad sind gegen halb sieben wieder zurück.« Mir fiel noch etwas ein. »Ich könnte Ihnen eine Tasse Tee machen.«

»Dank dir«, sagte Reverend Mitchell. »Wir kommen gern rein, aber ich glaube, Tee ... nein, danke, im Moment lieber nicht.«

Ich führte sie ins Haus und entschuldigte mich für den Krach, den Bo mal wieder veranstaltete – sie hatte alle Töpfe und Pfannen aus dem unteren Schrankfach gezogen und schepperte damit auf dem Küchenboden herum. Aber das mache doch nichts, sagten sie, also ließ ich sie im Esszimmer stehen und holte Luke und Matt. Die beiden blickten die zwei Männer verwundert an – der Polizist war draußen beim Wagen geblieben – und sagten hallo. Und plötzlich veränderte sich Matts Gesichtsausdruck. Auf einmal schaute er nicht mehr nur höflich fragend, sondern furchtbar erschrocken.

»Was ist los?«, sagte er.

Dr. Christopherson wandte sich zu mir. »Kate, könntest du vielleicht mal nach Bo sehen? Vielleicht mal ein bisschen, ähm …?«

Ich ging in die Küche. Bo tat nichts Unrechtes, doch ich nahm sie auf den Arm und schleppte sie nach draußen. Allmählich wurde sie ziemlich schwer, und ich konnte sie nur noch mit Mühe tragen. Ich nahm sie wieder mit zum Strand. Die Stechmücken wurden langsam lästig, aber ich blieb trotzdem dort hocken, selbst als Bo zu knatschen anfing, weil Matts Miene mir Angst gemacht hatte und ich nicht wissen wollte, was der Grund dafür war.

Nach langer Zeit, mindestens eine halbe Stunde später, kamen Matt und Luke zu uns an den Strand. Ich sah sie nicht an. Luke hob Bo auf die Schultern und ging langsam mit ihr die weite Bucht entlang. Matt setzte sich neben mich, und als Luke und Bo ein gutes Stück entfernt waren, sagte er mir, dass unsere Eltern tödlich verunglückt seien, beim Zusammenstoß mit einem voll beladenen Holzlaster, dessen Bremsen am Honister Hill versagt hatten.

Ich erinnere mich, dass ich entsetzliche Angst hatte, er könnte jeden Moment in Tränen ausbrechen. Als ob das schlimmer als alles andere wäre, weit schlimmer als das Unfassbare, was er mir da erzählte. Als ob ein weinender Matt das einzig wirklich Unvorstellbare wäre.

Ende der Leseprobe